AUCUNE BONNE ACTION

MICHAEL RUPURED

AUCUNE BONNE ACTION

MICHAEL RUPURED

DSP PUBLICATIONS

Publié par
DSP PUBLICATIONS

5032 Capital Circle SW, Suite 2, PMB# 279, Tallahassee, FL 32305-7886 USA
www.dsppublications.com

Aucune bonne action
Copyright de l'édition française © 2017 DSP Publications.
Titre original : No Good Deed
© 2016 Michael Rupured.
Première édition : avril 2016
Traduit de l'anglais par Julianne Nova.

Illustration de la couverture :
© 2016 Angsty G.
http://www.angstyg.com
Les éléments de la couverture ne sont utilisés qu'à des fins d'illustration et toute personne qui y est représentée est un modèle

Édition e-book en français : 978-1-63533-595-8
Édition imprimée en français : 978-1-63533-594-1
Première édition française : janvier 2017
v 1.0

Édité aux Etats-Unis d'Amérique.

Dédié à Judy Rupert et aux professeurs d'anglais du monde entier.

Remerciements

L'idée de *No Good Deed* (« Aucune bonne action ») est venue d'une scène de mon premier roman, *Until Thanksgiving*. Philip y mentionne un amant qui s'est suicidé il y a longtemps. L'histoire a grandi de cette petite graine. Comme on dit, le reste fait partie de l'Histoire.

L'Histoire, je dois l'admettre, n'a jamais été ma meilleure matière. L'idée d'écrire un roman qui se déroulait quand j'avais huit ans, dans une ville où j'avais vécu seulement quelques mois, trente-cinq ans plus tard, me terrifiait franchement. Quelle était la vie de la communauté gay en 1966 ? Où les hommes gays passaient-ils leur temps dans la région de Washington ? Comment pouvais-je trouver ces informations ?

Maurice Dorsey, un ami précieux avec qui j'avais travaillé durant mon bref séjour à Washington, a grandi dans la région en tant qu'homme gay et était déjà là dans les années soixante. Les souvenirs qu'il a partagés avec moi m'ont aidé à me lancer. Je lui serai pour toujours redevable.

En recherchant des informations sur la vie des gays dans les années soixante aux États-Unis et à Washington, je fus stupéfait de constater à quel point les choses étaient terribles à cette époque et le chemin que nous avons parcouru depuis. Je trouvai en ligne de nombreuses retranscriptions d'interviews avec Frank Kameny, un pionnier du mouvement des droits des homosexuels aux États-Unis et un personnage de ce roman. Cela fut également utile. Toute inexactitude est le fruit de ma propre invention.

Merci à tout le monde chez DSP Publications Publications pour m'avoir aidé à améliorer une histoire déjà bonne. Et bien sûr, je dois remercier les suspects habituels. Le *Robot Unicorn Cult* a fourni de précieux commentaires sur mes premières ébauches, tout comme mes bêta-lectrices habituelles : Terri Clarke, Susan Comisky, Pam Blevins, Marilyn Owens, et la nouvelle venue, Jennifer Rupured.

I

PHILIP POTTER pataugeait dans la neige, la veille de Noël, au milieu des autres acheteurs de dernière minute sur Connecticut Avenue. Encore quelques arrêts et il en aurait terminé. Il hochait la tête à l'attention des gens qu'il croisait, inclinant son chapeau et souriant, ajoutant de temps à autre « *Joyeux Noël* » ou « *Joyeuses fêtes* ».

Il n'avait pas été aussi excité depuis l'enfance à la perspective des festivités. La neige aidait. Sans un peu de poudreuse, on ne se croyait pas vraiment à Noël. Mais ce qui rendait cette année si spéciale, c'était le petit garçon auquel sa sœur avait donné naissance, il y avait presque quatre ans. Depuis le 13 janvier 1963, Thaddeus Mathew Parker était devenu la raison de fêter chaque Noël.

Philip avait hâte de passer Noël dans le Maryland avec Thad – sa sœur, Mary insistait toujours pour appeler Thad Mathew – son mari, Alex, et James Walker, le petit ami de Philip.

Philip passait des semaines, chaque novembre depuis la naissance de son neveu, à se renseigner sur les jouets avant d'acheter ses cadeaux. Thad avait été trop jeune pour savoir ce qui se passait lors de son premier Noël, mais cela ne l'avait aucunement détourné du plaisir d'acheter des choses pour lui. Mais Philip avait été un peu déçu par la réaction froide de son neveu face à l'ensemble de jeu pour le bain qu'il avait acheté, et l'année dernière, il avait été déçu quand Thad avait préféré jouer avec le ruban et le papier cadeau plutôt qu'avec les Lego que les experts avaient recommandés.

Cette année, tout serait différent. Son neveu chéri babillait au sujet du Père Noël depuis des semaines, et à sa demande, avait fourni une liste en perpétuelle évolution des jouets qu'il espérait voir sous le sapin. La seule constante était un camion de pompiers que Philip avait acheté et caché dans le garage de sa sœur. Penser à la façon dont le visage de son neveu s'illuminerait le fit sourire.

La neige tourbillonnait autour de lui. Il rajusta son béret noir sur sa tête et resserra son écharpe autour de son cou, la relevant autour de son menton arborant un bouc, et de ses oreilles gelées. Le météorologue avait prédit que ce Noël de 1966 serait le plus blanc depuis 1962. Peut-être que James et lui pourraient emmener Thad faire de la luge sur la colline près du Washington Monument.

Philip repoussa la manche de son manteau pour vérifier l'heure. James en aurait bientôt terminé avec le rendez-vous qu'il avait organisé avec son père. Philip doutait que la conversation se soit bien passée. Il avait voulu venir, mais James l'en avait empêché : il avait dit qu'il avait besoin de combattre ses propres batailles et qu'il ne voulait pas mettre le nez de son père dedans. Philip renifla de dégoût. James avait peut-être pardonné à son père de l'avoir mis dehors quand il avait quinze ans, mais ce n'était pas le cas de Philip.

Il épousseta la neige de ses sourcils d'une main gantée tout en marchant et en essayant d'imaginer la conversation entre James et Roland Walker. La partie de James était facile à deviner. Après avoir partagé son lit avec lui pendant plusieurs années, Philip connaissait James mieux que quiconque, surtout son piètre père.

James, si doux et si sensible, lui expliquerait sa fascination pour le ballet, partagerait son enthousiasme d'avoir vu *Casse-Noisette* pour la première fois, et révélerait son rêve de jouer le rôle du Roi des Neiges. Il dirait à son père combien il avait appris des classes auxquelles il avait assisté, pour lesquelles Philip et lui avaient économisé, et lui expliquerait pourquoi il avait besoin de quitter son travail pour se former à plein temps sous la tutelle de Mary Day à l'École de Ballet de Washington.

Philip avait enfin rencontré la doyenne du département de danse lors d'un gala censé lever des fonds pour les arts. Elle avait insisté pour que James laisse tomber ce qu'il était en train de faire et vienne étudier à temps plein avec elle, puis s'était extasié sur sa grâce naturelle et ses belles lignes. Le coût des leçons avait donné un temps d'arrêt à Philip, mais seulement parce qu'il pensait qu'elle allait soutenir ses paroles avec une bourse ou trouver un mécène pour payer la note. Toutefois, étant donné les sacrifices que James avait faits pendant que Philip étudiait à l'université, il voulait faire tout ce qui était en son pouvoir pour aider James à réaliser ce rêve, même ravaler sa fierté et accepter l'aumône d'un père qui n'avait rien voulu savoir de son fils pendant les six dernières années.

Philip espérait que Roland verrait combien les yeux de James brillaient quand il parlait de son amour de la danse et qu'il sentirait sa passion pour le ballet. Roland devrait être aveugle pour passer à côté de cela. Un père ne ferait-il pas tout ce qui était en son pouvoir pour aider le rêve de son enfant à devenir réalité ? Quelles que soient les différences qu'ils pouvaient avoir, James restait le fils de Roland. Est-ce qu'un homme ne voudrait pas que son fils soit heureux ?

Comme ils ne s'étaient jamais rencontrés, imaginer la partie de la conversation de Roland était plus difficile. Compte tenu de la réaction de ce dernier en découvrant que son fils préférait les hommes aux femmes, Philip soupçonnait que pas un seul centime de la fortune qu'il s'était faite dans la vente de plastique n'irait dans des cours de ballet pour son fils. Malgré tout, James avait voulu essayer.

Contrairement à Philip, qui avait toujours su qu'il voulait travailler au Smithsonian, James avait eu du mal à trouver sa vocation. Durant le temps qu'ils avaient passé ensemble, James avait sauté tête la première dans une série de carrières allant de soudeur et sculpteur à jardinier, peintre en bâtiment, puis à la chanson et à divers instruments de musique. Il avait essayé sans conviction de jouer la comédie et avait atterri dans une production locale des *Sept femmes de Barbe-Rousse*.

Philip se souvenait à quel point James avait été horrifié à l'idée de danser devant un public quand il avait obtenu le rôle, à quel point il avait été transformé par les répétitions, et son exaltation après sa première performance.

Comme un père indulgent, Philip avait suivi le désir de James de danser, croyant que, comme pour le reste de ses occupations de courte durée, la danse retomberait bientôt elle aussi dans l'oubli. Mais cela n'avait pas été le cas. James aimait danser autant que Philip appréciait les objets historiques. La reconnaissance de Mary Day avait encore fait monter les enchères. Son intérêt envers James prouvait qu'il était fait pour danser. Trouver sa vocation l'avait changé. Si un manque d'argent empêchait James de poursuivre son rêve, Philip ne savait pas ce qui se passerait.

Ils avaient fait les comptes des centaines de fois. James pourrait quitter son emploi de serveur pour se concentrer sur sa carrière de danseur. L'emploi de Philip au Smithsonian payait assez pour les soutenir tous les deux. Mais les frais de scolarité pour l'École de Ballet de Washington étaient hors de portée.

Bien trop hors de portée.

L'idée même de demander à quiconque de l'argent mettait Philip de mauvaise humeur. Il se piquait d'être autosuffisant. Demander à Roland Walker était le dernier recours. Toutes les autres options avaient échoué. La rencontre de James avec ce père qu'il n'avait pas vu ou à qui il n'avait pas parlé depuis plus de cinq ans était la preuve de son désespoir.

Philip s'arrêta devant *Walgreen's*, admirant la devanture attrayante de radios transistors bleu ciel, vert mousse, jaune canari et rouge pompier. Il en acheta deux de chaque couleur, et une rouge supplémentaire, la couleur préférée de James. Tandis qu'il attendait que les assistants du Père Noël emballent les radios, il dégusta une part de tarte à la cerise et une tasse de café chaud près de la fontaine. Ces achats impulsifs alors que l'argent était un tel problème était critiquable, mais il savait que cela ne dérangerait pas James. Quelques dollars de plus ne feraient pas beaucoup de différence, de toute façon.

Sur le chemin du retour, il fit un détour par la *Société d'Aide et d'Accueil pour Jeunes Hommes Égarés*, où James avait souvent séjourné avant que Philip ne le sauve de la rue. Peut-être qu'une nouvelle radio attrayante donnerait du baume au cœur aux garçons qui passaient Noël là-bas. Philip savait que James apprécierait ce geste, encore plus que la montre qui l'attendait sous le sapin recouvert de guirlandes de l'appartement de G. Street qu'ils partageaient.

Philip ouvrit la porte du refuge, tapota ses pieds quelques fois, ainsi que son manteau pour le débarrasser de la neige. Il s'était attendu à ce que l'établissement fauché, qui n'offrait que huit lits, soit désert, mais bien sûr ce n'était pas le cas. La neige et le froid avaient chassé même les âmes les plus hardies des rues. Il espérait avoir acheté suffisamment de radios.

Le grincement de la roue changeant la couleur du sapin artificiel du blanc à l'orange puis au vert, au rouge, au bleu, avant de revenir à l'orange se mêlait à la musique nasillarde provenant d'une radio en mauvais état à la réception. Philip reconnut Joan Baez chantant « *Ave Maria* », une chanson de son nouvel album de Noël. Il l'avait mentionné quelques fois à James et à sa sœur, et espérait en trouver un exemplaire parmi ses cadeaux.

Des garçons jouaient aux dames chinoises sur une table, près du sapin blanc, et ils éclatèrent de rire. La pénurie de bénévoles signifiait qu'il leur manquait une influence parentale, une supervision ou un modèle positif. Philip aurait aimé avoir le temps de se joindre à eux, mais il se dirigea vers le jeune homme au bureau d'accueil. La tête du garçon était baissée, les doigts de sa main gauche emmêlés dans sa frange tandis qu'il se concentrait sur le stylo à plume qui dansait sur la page. Philip l'observa écrire des lignes et des lignes, de la plus belle écriture qu'il avait jamais vue. Il se racla la gorge pour attirer l'attention du garçon. Sans succès. Le stylo volait si

4

rapidement à travers la page du cahier à spirale que Philip s'attendait à voir de la fumée s'en échapper. Il se racla de nouveau la gorge, ajoutant une petite toux pour faire bonne mesure.

Le garçon releva les yeux, surpris. Ses cheveux blonds cendrés devaient comporter une raie de côté, un peu plus tôt dans la journée, mais retombaient désormais sur son front. Ses yeux violets étaient ancrés sur un visage symétrique.

— Bon sang ! Je suis désolé. Je ne vous avais même pas vu.

— J'admire votre concentration. Qu'est-ce que vous écrivez ?

Le garçon rougit.

— C'est mon journal intime. Un jour, je me ferais de l'argent grâce à toute cette douleur et cette souffrance, en sortant un best-seller sur ma vie dans les rues.

— Oh ?

La colère envers les parents ignorants du garçon se déversa en lui. Qui étaient ces parents qui produisaient et abandonnaient les garçons qui se retrouvaient dans la rue ou dans des endroits comme celui-ci ? À quoi pensaient-ils ? Il s'agissait là d'un jeune homme auprès duquel n'importe quel parent aurait dû être fier de se trouver. Comment une si petite chose pouvait-elle provoquer une réponse aussi impitoyable ?

— Je parie que votre histoire sera fascinante.

— Oui, Monsieur. Un jour vous verrez Daniel Bradbury sur les étagères des bibliothèques, entre Isaac Asimov et Truman Capote. C'est moi, Daniel Bradbury.

Philip lui tendit la main.

— Je suis ravi de vous rencontrer, Daniel Bradbury. Philip Potter.

Daniel agrippa sa main fermement et la secoua deux fois.

— Enchanté, Monsieur Potter. Est-ce que je peux vous aider ?

Monsieur Potter ? Il grimaça. Le titre était approprié, supposa-t-il, même s'il avait davantage l'impression d'avoir dix-huit ans que trente. Il déposa le sac de radios emballées de papiers cadeaux joyeux et de rubans coordonnés sur le bureau.

— C'est pour vous, et pour quiconque ici ce soir. Joyeux Noël.

— Bon sang, merci, Monsieur Potter.

Daniel fouilla dans le sac et en sortit un paquet. Puis il appela les garçons qui jouaient aux dames chinoises.

— Hé les gars, des cadeaux !

5

Le jeu s'interrompit dans une clameur de chaises tombant au sol et de pions rebondissant par terre, tandis que les jeunes hommes se précipitaient pour attraper un cadeau dans le sac. Philip recula, appréciant les « ooh » et les « aah » excités que les radios leur soutiraient. *Oui*, pensa Philip. *On dirait que cela va être le meilleur Noël du monde.*

II

LE TRAJET depuis la maison d'enfance de James Walker jusqu'à l'appartement de G. Street qu'il partageait avec Philip Potter se déroula dans un flou total. Il ne remarqua pas la neige, ni les piétons chargés de paquets cadeaux, les klaxons hurlants de la circulation, ou la musique de Noël qui s'échappait des portes des magasins devant lesquels il passait. Les larmes piquaient ses yeux tandis que les paroles de son père résonnaient dans son esprit.

« Comme si vivre avec cet homme n'avait pas assez apporté de honte sur notre famille, maintenant tu veux caracoler sur scène devant Dieu et n'importe qui d'autre, dans un fichu tutu ? Nous avons des amis ici, tu sais. Quand vas-tu sortir de cette phase de tapette et commencer à agir comme un homme ? »

Avouer à son père que son attirance envers les hommes n'était pas seulement une phase avait empiré les choses, le faisant passer d'irrité et agacé à enragé.

« Alors je suis coincé avec une tapette pour fils ? Ce n'est pas la vie que je veux pour toi. Après tout ce que j'ai fait... et ta mère ? Voir à quel point la vie est difficile quand tu nages à contrecourant étais censé t'apprendre une leçon, et toi, tu te prostitues avec une bande de pervers sans apprendre une fichue chose ! »

Les arguments que James lui avait offerts était tombé dans l'oreille d'un sourd. L'homme qui lui avait donné la vie ne souhaitait aucunement rencontrer Philip ou entendre à quel point il était merveilleux. La seule préoccupation de son père, c'était son désir de voir James suivre ses traces. Des larmes amères de frustration et de chagrin avaient coulé sur les joues de James, alimentant la colère de son père comme de l'huile sur le feu.

« Si tu ne peux pas changer, alors arrête de m'embarrasser et quitte Washington. Déménage en Californie avec le reste de ces tapettes communistes. Bon sang, je me fiche de là où tu vas, tant que tu pars, c'est tout ! Tu es mort pour moi. En ce qui me concerne, tu n'as même jamais existé. »

James se rappelait de la haine dans le regard de son père, de toutes les raisons qu'il avait de haïr son fils efféminé. Avec chaque nouvelle révélation de dégoût et de mépris, une nouvelle part de James était morte à l'intérieur. Philip avait raison. Il n'aurait pas dû venir. Quand son père avait fini par s'arrêter, James avait du mal à respirer. Il aurait dû savoir que rien n'avait changé. Son père le haïssait, plus que jamais.

Cette constatation l'avait transpercé comme une lame. Il était resté assis un moment, son père le foudroyant du regard au-dessus du vaste bureau entre eux, se détestant d'avoir été assez idiot pour penser que son père aiderait le fils qu'il avait toujours méprisé. Puis James était sorti, sourd aux dernières accusations que son père avait lancées dans son dos.

Tandis qu'il essayait de se concentrer pour garder l'équilibre sur le trottoir glacé, James parcourut les fragments brisés de ses rêves pour trouver un morceau auquel se rattacher. En un après-midi, son père avait décimé ses espoirs et ses aspirations, ne laissant derrière lui que désespoir et regret.

Sa mère était-elle au courant de cette rencontre ? Le jour terrible où son père l'avait chassé, elle avait tourné le dos et quitté la pièce quand il l'avait suppliée d'intervenir. Son père ne la traitait pas mieux qu'il avait traité James, mais cela n'excusait pas son absence ou son échec à le protéger de l'homme qu'elle avait épousé à la hâte.

Non, même si elle n'était pas dans la pièce quand son père lui avait dit de partir, elle était tout autant à blâmer. Le laisser se débrouiller de lui-même avait été une décision commune. Ils l'avaient abandonné comme un enfant dans un panier. Sauf qu'au lieu de le laisser devant un hôpital ou une église, ils l'avaient déposé à la gare routière avec dix dollars en poche.

Cela avait été le pire jour de sa vie, jusqu'à aujourd'hui. Six ans auparavant, il avait encore eu un espoir. S'éloigner de son père lui épargnait ses critiques constantes et son incessante désapprobation. Toutes les chances étaient contre lui, mais demander de l'aide à son père était un pari qu'il avait dû prendre, un quitte ou double qu'il avait perdu.

Et maintenant, il n'avait plus rien.

James aurait dû savoir qu'il n'aurait pas dû donner une autre chance à son père de le blesser. Que lui avait-il pris de penser qu'il avait peut-être changé ? Quand il s'agissait de blesser sa femme et son fils, Roland Walker n'avait jamais manqué une opportunité au cours de sa vie. Aujourd'hui n'avait pas été différent. Il avait saisi l'occasion de détruire les rêves de James et s'en était donné à cœur joie.

Rencontrer Philip avait restauré la foi de James en l'humanité et lui avait donné une raison de croire en lui-même. Philip lui avait offert une chance de laisser derrière lui le train de vie dangereux et risqué qui avait été le sien dans les rues pendant six mois. Mais après trente minutes avec son père, James ne croyait plus en rien, tout n'était que mensonges et vérités brisées.

Oui, il avait Philip. D'une certaine façon, là était le problème. Cinq années avec Philip n'avaient pas effacé quinze ans de dommages, mais son amour et son soutien avaient aidé James à recouvrir sa psyché brisée d'une épaisse cicatrice. Sans l'amour inconditionnel dont Philip le comblait, toutefois, les mots de son père ne l'auraient peut-être pas autant blessé.

Son père avait traité Philip de pédophile pervers. Cela n'aurait pas pu être plus faux. Au début, sa relation avec Philip ressemblait davantage à celle qu'il imaginait qu'un père aimant entretiendrait avec son fils. En gentleman, Philip n'avait pas même embrassé la joue de James avant son dix-huitième anniversaire, presque deux ans après qu'ils se furent rencontrés, peu importe combien de fois James l'avait supplié ou à quel point il lui avait fait des avances. Philip avait voulu qu'ils apprennent à se connaître d'abord, insistant qu'un bon ami était plus dur à trouver qu'un amant.

Philip était l'ami le plus proche que James ait jamais eu et la meilleure chose qui lui soit arrivée. Les années qu'ils avaient passées ensemble étaient les plus belles de sa vie. James ne pouvait pas imaginer où il serait sans Philip. Et Oncle George. La culpabilité se déversa en lui. Tant de mensonges.

« Si tu ne peux pas changer, alors arrête de m'embarrasser et quitte Washington. »

Où irait-il ? Il ne pourrait jamais demander à Philip de quitter Washington. Travailler au Smithsonian était son rêve et son futur là-bas semblait prometteur. Quitter Philip serait plus simple que lui demander d'abandonner ses rêves. Vivre sans le seul homme qu'il ait jamais vraiment aimé serait pire que la mort.

Son père avait raison. James était une source constante d'humiliation, autant pour Philip que pour sa famille. Philip était trop bon pour lui. Il méritait mieux. Tout ce que faisait James, c'était l'entraîner vers le bas avec ses mensonges et ses rêves idiots.

Trop de mensonges et trop de secrets. La vie de Philip était comme un livre ouvert, tout était visible, sans rien à cacher. Il s'était toujours montré bon envers James et lui mentir était d'autant plus difficile.

Quand James atteignit enfin l'appartement, sa décision était prise. Il se dirigea droit vers son bureau et récupéra un stylo et du papier. Il écrivit deux mots, plia la page en deux et la laissa sur le bureau, où Philip pourrait la voir.

Il ouvrit le tiroir du bas du bureau et récupéra le Colt .25 caché au fond, sous un album photo qu'il n'osait plus ouvrir désormais. Les photos de son temps passé auprès de Philip pourraient obscurcir son jugement. Il savait ce qu'il avait à faire.

James se promena dans l'appartement, le pistolet à la main, désormais calme. Détendu, même. Il avait pris la décision de s'ôter la vie auparavant, mais cette fois, c'était différent. Il n'avait pas le choix. Savoir qu'il n'y avait aucune autre solution rendait son plan plus facile.

Il passa les mains sur le peignoir en velours côtelé bleu marine que Philip avait accroché sur la porte de la salle de bain. James toucha la brosse à dents encore humide de Philip et renifla sa bouteille d'eau de Cologne Aramis. Il lissa les plis du vieux couvre-lit sur le lit qu'ils partageaient. Une ribambelle de cadres arborant des photographies d'eux deux entouraient le réveil sur la table de nuit. C'était la même chose dans chaque pièce. Philip était partout… même dans la chambre d'amis qu'ils gardaient soigneusement meublée afin que leurs propriétaires ne soupçonnent pas qu'ils étaient plus que des colocataires. Il ne pouvait pas faire ce qu'il avait à faire là où ils vivaient.

Il glissa le pistolet dans sa poche et quitta l'appartement. L'arôme de dinde rôtie, de cannelle et de fumée de cigarette emplissait le long couloir étroit. Au lieu de se diriger vers la gauche, en direction des escaliers et de la sortie vers la rue, plus bas, il tourna à droite. Sa décision prise, il passa devant une demi-douzaine de portes jusqu'au bout du couloir.

James s'appuya contre le mur, sortit le pistolet de sa poche et glissa jusqu'au sol. Assis par terre, il passa son doigt sur la gâchette et posa le canon dans sa bouche.

Il ne décevrait plus jamais Philip.

III

PHILIP JETA un coup d'œil à sa montre et se demanda où était passé le temps. Après avoir déposé toutes les radios sauf une au refuge, il s'était rendu au rayon des jouets du magasin *Sears & Roebuck* pour trouver des cadeaux de dernière minute pour Thad. Cela lui avait pris plus longtemps que prévu, mais il ne voulait pas se montrer impoli envers l'aimable vendeuse. Les regards noirs des clients qui attendaient derrière lui n'avaient pas atténué sa bonne humeur festive.

La neige crissait sous ses chaussures noires et Philip réfléchit à ce qui l'attendait à la maison. James était... hypersensible. Quelle qu'ait été la réponse de son père, la réaction de son amant serait extrême. Si le vieil homme avait rédigé un chèque pour James, il danserait au plafond. Sinon, eh bien... sinon Philip ferait ce qu'il pourrait pour lui remonter le moral.

Depuis le jour où ils s'étaient rencontrés, Philip avait été poussé par un désir de guider et protéger ce cadeau rare et magnifique envers la race humaine. Comment quelqu'un avait pu jeter à la rue une créature aussi exquise ? Cela lui échappait. Le père du garçon avait commis un acte si odieux et déloyal que cela le rendait furieux. Philip avait seulement neuf ans quand son père était mort. Il avait peu de souvenirs de lui, mais ceux qu'il avait étaient merveilleux... à tel point qu'il n'était pas certain de savoir lesquels étaient réels et lesquels étaient seulement le fruit de son imagination.

En plus de sa capacité à danser, James possédait un don inné pour l'embellissement et un talent pour rendre des événements ordinaires meilleurs ou pires qu'ils ne l'étaient. Même si c'était divertissant lors des fêtes, vivre avec ce drame constant était parfois un défi. Demain serait soit le meilleur Noël que James ait jamais eu... soit le pire. Si seulement Philip avait pu influencer ce résultat. Savoir que tout dépendait du père de James, un homme qui n'était pas connu pour faire les bons choix, mettait Philip mal à l'aise.

Les rues qui débordaient un peu plus tôt de circulation et d'acheteurs de dernière minute étaient désormais presque désertes. Sa progression était lente à cause de la neige accumulée sur les trottoirs. Que James jubile ou soit triste, Philip ne voulait pas qu'il reste seul plus longtemps que nécessaire le soir de Noël. La solitude et James ne faisaient pas bon ménage.

Quand Philip arriverait à l'appartement, il écouterait ce que James avait à dire au sujet de cette rencontre avec son père. Il soupçonnait qu'il connaissait déjà la réponse, mais il repoussa cette pensée, espérant qu'il ne s'était pas porté malheur. Il fallait penser positivement.

Pas à pas, minutieusement, il avança jusqu'en bas de la 21e et atteignit G. Street. Il sursauta au cri d'une sirène d'ambulance passant près de lui. D'autres sirènes hurlaient dans le lointain. Sa nuque le picota. Même s'il ne s'était pas rendu à la messe depuis l'école primaire et qu'il ne s'était jamais considéré comme un homme religieux, il se signa et récita une courte prière pour la famille et les amis de la malheureuse victime tandis que les sirènes convergeaient à quelques rues de lui.

Il tourna sur G. Street et vit que le tumulte se concentrait autour de son immeuble. L'angoisse soudaine qu'il ressenti en pensant à James forma une boule dans sa gorge, rendant sa respiration difficile. Le trottoir glacé l'empêchait de courir, mais il accéléra le pas autant que possible et se précipita vers le bâtiment.

Une ambulance et une demi-douzaine de voitures de police bloquaient la rue. Les gyrophares rouges, ambres et bleus qui clignotaient sur les conifères enneigés lui rappelèrent l'arbre de Noël qu'il avait vu au refuge. Des curieux s'entassaient en petits groupes, discutant entre eux.

En passant le premier groupe, il entendit une femme dire :

— Nous regardions la télévision quand j'ai entendu un coup de feu juste devant notre porte.

Une autre voix sans visage atteignit son oreille.

— … s'est ôté la vie, et ici, la veille de Noël…

Philip s'arrêta sur le trottoir, trois marches avant le palier. Un agent en uniforme bloquait l'entrée de son immeuble.

— Excusez-moi, monsieur. J'habite ici. Est-ce que je peux entrer ?

L'agent le regarda de haut en bas et demanda :

— Quel appartement ?

L'obscurité et les gyrophares l'empêchaient de bien voir son visage. Un unique sourcil broussailleux s'étendait presque d'une oreille à l'autre, sous la visière de son chapeau. Philip eu envie de lui demander s'il avait déjà entendu parler des pinces à épiler.

— J'habite dans l'appartement 203 avec mon colocataire.

— Colocataire ?

Le sourcil géant se plissa et l'expression de l'agent changea. Philip détecta de la dérision dans sa voix.

— Oui, mon colocataire, James Walker. Est-ce que vous l'avez vu ?

La frange touffue s'arqua tandis que les lèvres de l'agent se relevaient en un rictus.

— Ouais, je l'ai vu. Il est allongé dans ce couloir, avec une balle dans la tête.

Philip entendit ses paroles, mais n'arriva pas tout à fait à en glaner le sens.

— Je suis désolé, qu'est-ce que vous avez dit ?

— J'ai dit que ton pédé de petit ami s'est fait sauter la cervelle.

La compréhension frappa Philip alors que l'agent disparaissait en haut des marches. Ses genoux se dérobèrent et le trottoir enneigé se précipita vers lui. La dernière chose qu'il vit fut le sac contenant le transistor rouge pompier qu'il avait acheté pour James, dégringolant le long du pavé jusqu'à la rue.

QUELQU'UN SECOUA fermement l'épaule de Philip. Il força son corps à coopérer et roula sur le dos. De la glace glissa de ses sourcils sur ses joues et dans son oreille. Pas étonnant qu'il ait si froid.

Une main gantée toucha la joue de Philip. Il entendit une voix profonde avec un accent traînant du Sud, lente et douce comme le miel.

— Monsieur, est-ce que vous m'entendez ?

Philip frotta ses cils de ses doigts tremblants et ouvrit les yeux. Les feux clignotants jouaient sur l'homme qui était agenouillé près de lui.

— Oui, répondit-il.

— Est-ce que vous allez bien ?

L'homme brossa la neige et la glace du manteau de Philip.

Philip entrevit le profil de l'étranger à la lumière vacillante. Il bougea ses jambes, secoua ses bras et tourna la tête de droite à gauche.

— Honnêtement, je n'en suis pas sûr.

— Pouvez-vous vous asseoir ?

L'homme lui offrit sa main.

Philip l'agrippa, et avec beaucoup d'aide, se redressa en position assise.

— Je vous remercie, Monsieur… ?

13

Il releva les yeux et s'arrêta de frissonner. Il en eut le souffle coupé. Le bel homme qui était venu à son secours aurait été à sa place dans un film.

L'étranger ramassa les cadeaux de dernière minute éparpillés sur le trottoir et les replaça dans le sac en lambeaux de *Sears & Roebuck*.

— Beauregard Carter. Vous voulez essayer de vous lever ?

Des yeux bleus étincelants regardèrent Philip et ses frissons reprirent. Il ne se rappelait pas avoir eu aussi froid de sa vie. Avec moins d'aide qu'auparavant, Philip se releva et trembla de froid sur ses genoux frémissants.

— Philip P-P-P-Potter, aboya-t-il, les dents claquantes. Je n-n-n-n-ne sais p-p-p-p-pas ce qui s'est p-p-p-p-passé…

« *Ton pédé de petit ami s'est fait sauter la cervelle.* »

La douleur se déversa sur Philip comme une vague d'eau bouillante.

— Non !

Il gémit, pressant ses phalanges contre ses joues. Des frissons gelés secouaient son corps et il serait retombé au sol si Monsieur Carter n'était pas venu à son secours. Philip agrippa les revers de Monsieur Carter, sanglotant et grelottant.

— Pourquoi ?

Il répéta ce mot, encore et encore, tandis que des bras forts l'empêchaient de tomber et l'éloignaient des spectateurs curieux.

La foule ne sembla pas le remarquer. Leur attention était focalisée sur l'entrée de l'immeuble, à regarder la police aller et venir. Philip s'éloigna de Monsieur Carter, tirant un mouchoir de soie blanche d'une poche intérieure de son manteau. Le froid entravait son discours.

— Je suis tellement désolé, gémit-il d'une voix étouffée.

« *Merci de m'avoir aidé. Je vous serais pour toujours redevable, mais ne me laissez pas vous garder plus longtemps…* » restèrent de simples pensées. Philip regarda le sol fixement, tripotant le mouchoir le long du bord, là où sa sœur avait brodé son nom au fil noir.

— Je ne vais nulle part, Monsieur Potter, jusqu'à ce que je sois certain que vous allez bien et que vous avez un endroit où aller.

Il agrippa le bras de Philip.

— Vous ne devriez vraiment pas rester seul pour le moment.

Répondant à la douce pression le tirant vers l'avant, Philip suivit Monsieur Carter, le mouchoir plié s'échappant de sa main.

— Venez avec moi. Mon appartement est à un pâté de maison. Y a-t-il quelqu'un que vous pouvez appeler pour venir vous chercher ?

Il fallut une minute à Philip pour se rendre compte qu'on lui avait posé une question et une autre pour y répondre. Il tremblait tellement que ses dents en claquaient. La réponse lui vint à l'esprit tout de suite, mais resta figée dans sa tête sans réussir à sortir. Philip s'arrêta pour se concentrer afin de répondre à la question.

— M-M-M-Mary.

— Bien, répondit Monsieur Carter en saisissant le coude de Philip. Vous pourrez l'appeler de chez moi et vous réchauffer en l'attendant.

Philip entendit ses paroles, mais leur signification n'avait aucun sens. Il se concentra pour lever un pied après l'autre, les reposant chaque fois sur le sol gelé en prenant soin de ne pas tomber. Philip aurait été incapable de dire s'il avait marché un pâté de maisons ou plusieurs kilomètres. Il plaça sa foi dans la main qui le conduisait à travers la nuit silencieuse.

IV

DANIEL BRADBURY reposa le stylo avec lequel il avait écrit la majeure partie de la journée. Terrence, Lanny et David se prélassaient sur un canapé en vinyle orange, grignotant les friandises des nombreux paniers que les sympathisants et les organismes de charité de la région avaient déposés, en regardant *Mister Magoo's Christmas Carol* à la télévision. Il ne savait pas où étaient partis les autres garçons. Ils vérifiaient probablement les églises pour voir s'ils pouvaient y récupérer des cadeaux ou des friandises. Il avait été trop absorbé par son journal pour remarquer quand ils étaient partis.

Il regarda derrière le trio assis sur le canapé, au-delà de la grande baie vitrée, vers la rue dehors. La neige ne semblait pas tomber aussi rapidement et furieusement que cela avait été le cas la majeure partie de la journée. Il ne pouvait pas en être certain, mais il pensait que les flocons qui tourbillonnaient sur le lampadaire étaient tombés plus tôt et voguaient désormais à la recherche d'un lieu de repos final.

Combien de temps était-il resté assis là ? Il referma le cahier, se leva et s'étira. Assez longtemps pour se mettre en appétit. Daniel rangea le cahier dans sa sacoche et déambula jusqu'à une table de pique-nique recouverte de paniers de toutes les tailles et de toutes les sortes. Il récupéra une orange, une boîte de saucisses de Vienne, une barre de chocolat et un sachet de biscuits salés, puis repassa derrière le bureau jusqu'au petit dortoir. Daniel jeta sa sacoche sur le premier des lits qui remplissaient la pièce sans fenêtre aux murs de béton peints en beige. Son lit était le plus proche de la porte et le plus éloigné de la salle de bain. Il n'avait pas eu son mot à dire. En tant que résident le plus récent, il dormait dans le lit dont personne ne voulait. Il fit descendre les bouchées de saucisse de Vienne avec des biscuits et s'émerveilla de voir à quel point sa vie avait changé.

Il y avait deux mois à peine, tout allait parfaitement bien, tout avait été parfaitement normal. Bien sûr, comme n'importe quel adolescent, il s'était pris la tête avec ses parents de temps à autre, avait dépassé quelques couvre-feux, eu quelques mauvaises notes ou une chambre en désordre. Les choses habituelles, rien de majeur. Il n'avait jamais imaginé qu'ils pourraient se

16

retourner contre lui comme cela avait été le cas en cet horrible après-midi, après qu'ils eurent fouillé sa chambre.

Humilié, il était resté assis dans un silence stupéfait tandis que sa mère et son père lui présentaient des preuves accablantes. Quelques magazines pornographiques en lambeaux, une boîte à chaussures avec des photos de stars de cinéma torse nu, et une histoire inventée dans son journal intime : c'étaient toutes les preuves dont ils avaient besoin. Quelques minutes plus tard, il avait été jugé, reconnu coupable du crime d'homosexualité, expulsé, désavoué et condamné à l'éternité en enfer sans aucune possibilité de libération conditionnelle.

Plutôt que les flammes auxquelles il s'était attendu, l'enfer avait été un endroit froid, affamé, qui puait les ordures, les corps non lavés et la vieille urine. Les minutes lui avaient semblé des heures, et l'espoir quelque chose de sombre et brumeux, comme un rêve lointain.

Il ne savait pas combien de temps il avait erré dans les rues avant de rencontrer Terrence. Assez longtemps pour apprécier à quel point il était mieux ici que dehors, même avec tout ce qu'on lui avait fait subir les premiers jours, quand les autres garçons ne l'avaient pas encore accepté et s'étaient moqués de lui d'être aussi naïf. Daniel ne savait pas où il serait si Terrence ne l'avait pas pris sous son aile et ne lui avait pas montré les ficelles.

Terrence Bottom allait au même lycée que lui et était assis près de lui en cours d'anglais. Mis à part ses cheveux incroyables, épais, blonds et naturellement bouclés, Daniel ne connaissait pas grand-chose de son camarade de classe dramatique jusqu'à ce que Terrence trouve Daniel en train de fouiller une poubelle pour trouver quelque chose à manger. C'était l'intrépidité de Terrence qui impressionnait le plus Daniel. Rien ne lui faisait peur. Daniel avait vu des types de deux fois la taille de Terrence reculer de peur alors qu'un de leurs potes roulait au sol en se serrant les testicules.

Quand Daniel avait dit qu'il pensait que frapper un gars dans les testicules, ce n'était pas se battre à la loyale, Terrence avait éclaté de rire.

— Chéri, avait-il dit, il n'y a pas d'arbitres. Quand on en vient aux mains, se battre à la loyale, c'est la dernière chose dont tu dois t'inquiéter.

Des mots remarquables et inattendus venant d'un gamin désœuvré que Daniel aurait décrit comme carrément efféminé.

Malgré ses attributs féminins, avant de le croiser au refuge, Daniel n'avait aucune idée que Terrence, ou n'importe quel homme d'ailleurs, pouvait aussi aimer les garçons. Daniel n'avait pas su non plus que Terrence s'était enfui de chez lui plus d'un an auparavant. Désormais, ils savaient tout l'un de l'autre et travaillaient ensemble sur un livre, combinant les compétences d'écriture de Daniel avec celles de Terrence en matière de photographie.

Après l'extinction des feux, tous les soirs, Terrence se glissait dans son lit. Daniel avait un énorme béguin pour lui, mais il avait peur d'accorder trop d'importance à leurs rencontres intimes. Terrence se sentait juste seul et avait besoin d'être étreint. Ils jouaient ensemble et s'endormaient dans les bras l'un de l'autre.

D'accord, peut-être que ses sentiments pour Terrence étaient davantage que du béguin. Après tout, il avait donné à Daniel une raison de croire à nouveau en lui et l'avait sauvé de la famine et de l'hypothermie. Il ne savait pas de quoi serait fait son avenir, mais Terrence resterait pour toujours son premier baiser et celui qui l'avait initié aux plaisirs de la chair.

Il pensa à cette ironie. Quand ses parents avaient lu son fantasme de s'enfuir à Paris avec le plus bel homme au monde, ils s'étaient dit qu'il écrivait d'expérience et avaient exigé de savoir qui lui avait enseigné ces choses honteuses. Désormais, il les avait toutes essayées avec Terrence, et même davantage, des choses qu'il soupçonnait qu'ils ne connaissaient même pas.

Daniel cacha sa sacoche sous son lit et tira son caban bleu marine du casier qu'il partageait avec Terrence. Il glissa son tout nouveau transistor bleu pâle dans sa poche et se dirigea vers la sortie.

Terrence sauta du canapé et le rejoignit à la porte.

— Hé, sexy. Où est-ce que tu vas ?

— Marcher un peu, répondit Daniel en remarquant la façon dont Terrence n'arrêtait pas de regarder vers la télévision. J'ai à peine bougé de la journée.

— Tu veux que je vienne avec toi ?

Ses yeux étaient rivés sur la télévision en attendant que Daniel réponde.

Même s'il avait envie que Terrence se joigne à lui, son incapacité à se détacher de l'écran exprimait clairement son désir de regarder l'émission spéciale de Noël.

— Non, reste là avec Monsieur Magoo et les gars. Je n'en ai pas pour longtemps. Je veux juste sortir dans la neige, pour pouvoir écrire un peu à ce sujet.

— D'accord.

Terrence l'embrassa sur les lèvres et croisa son regard.

— Sois prudent dehors, ajouta-t-il en l'embrassant de nouveau avant de rejoindre Lanny et David sur le canapé. On se voit tout à l'heure.

Daniel avait envie de le traîner dehors pour rouler ensemble dans la neige, peut-être même construire un bonhomme de neige. Mais les actions de Terrence, à défaut de ces paroles, rendaient ses envies évidentes. La neige n'était pas prête de disparaître. Demain, ils trouveraient une bonne colline et quelque chose à utiliser comme luge.

Hormis le bruit de la neige soufflant sur la glace, la rue était silencieuse. Déserte. Ses mains gantées et le temps venteux l'empêchèrent d'allumer sa cigarette jusqu'à ce qu'il plonge dans une cabine téléphonique au coin de la rue. Puis il releva le col de son manteau, brancha la radio sur sa station préférée et se dirigea vers la gare routière, fredonnant tandis que les Beatles chantaient « *Yellow Submarine* » dans son oreille droite.

Le vent glacé piquait ses joues et ses oreilles, mais ne pénétrait pas son manteau. Il aimait avoir la rue pour lui. La couche fraîche de neige reflétait le clair de lune, ce qui rendait la nuit plus claire qu'à l'ordinaire. Il se demanda si sa mère avait cuisiné des cookies pour en laisser au Père Noël tandis que son père lisait « *The Night Before Christmas* » à sa petite sœur. Il en apprécia sa petite radio bleue davantage, sachant que ce serait probablement son seul cadeau cette année.

Il laissa couler ses larmes en arpentant les rues désertes. Il n'y avait personne pour le voir pleurer. Aucun garçon pour se moquer de lui d'être une telle mauviette. Personne pour savoir combien sa sœur lui manquait, sa mère… même son père. Ses parents ne comprenaient pas. Il ne pouvait pas les blâmer. Il ne comprenait pas vraiment, lui non plus. Aimer les hommes n'était pas quelque chose qu'il avait choisi. Qui le ferait ? Les conséquences étaient trop sévères. Quel typique garçon américain choisirait un modèle de vie si universellement méprisé ? Non, le coût dépassait de loin les avantages pour qu'il soit question de choix. Il payait le prix parce qu'il ne pouvait pas s'empêcher d'être qui il était, pas plus que ses parents ne pouvaient s'empêcher d'être qui ils étaient. Il essuya une larme sur sa joue de son poing ganté et prit une grande bouffée de sa cigarette.

Des phares s'approchèrent, la voiture ralentit en s'avançant vers lui. Daniel avait vu la même chose assez de fois pour savoir plus ou moins comment les choses se passeraient. La voiture s'arrêterait près de lui, la vitre se baisserait, et un troll lui offrirait de l'argent pour une pipe. Quelques-uns

19

voulaient le sucer, lui. Mais à moins que le type veuille également payer pour une chambre d'hôtel, faire davantage dans une voiture était trop risqué.

Avoir des relations sexuelles pour vivre n'était pas aussi amusant qu'il l'avait pensé au premier abord. L'excitation avait disparu assez rapidement, laissant place à la terreur pure quand il avait été arrêté. Mais une fois qu'il avait réussi à prendre l'habitude de s'exécuter sur demande, eh bien… à vrai dire, coucher avec des étrangers était comme n'importe quel boulot. Parfois, être à la hauteur des attentes était facile, et parfois ça ne l'était pas. Dans tous les cas, plaire aux clients restait un travail.

Tandis que la voiture se glissait dans la flaque de lumière d'un réverbère solitaire, Daniel remarqua un ornement de capot carré surmonté d'une étoile à quatre branches et la couleur jaune pâle de l'élégant véhicule. Contrairement aux autres voitures, les poignées se trouvaient côte à côte et les portes s'ouvraient en s'éloignant l'une de l'autre, comme une double baie vitrée. Même s'il n'avait jamais vraiment accordé beaucoup d'attention aux voitures, celle-ci l'impressionna.

La voiture jaune dériva vers le trottoir, à quelques mètres de l'endroit où se trouvait Daniel, attendant. Quand il approcha, il put distinguer l'écriture argentée à l'arrière. *Continental*. Il emplit ses poumons de fumée et jeta sa cigarette d'une pichenette dans la neige fondue. La vitre du côté passager se baissa et Daniel eut un premier aperçu du conducteur.

— Vous avez besoin qu'on vous dépose quelque part ? Personne ne devrait rester dehors par ce temps.

La voix traînante et profonde provenait d'un bel homme avec une fossette au menton, une mâchoire angulaire et un sourire éclatant. Pas son genre habituel de clients du tout. Daniel plaça ses avant-bras sur la portière et regarda dans la voiture pour y voir de plus près.

— Non, Monsieur. Merci. Je me dégourdis juste les jambes.

L'homme magnifique lui fit un clin d'œil et le cœur de Daniel manqua un battement.

— Puis-je au moins vous offrir un Coca ou autre chose ? Mon *diner* [1] préféré reste ouvert jusqu'à minuit. Peut-être que vous aimeriez manger quelque chose ?

---

1 Un *diner* est un type de bâtiment-restaurant, typique de l'Amérique du Nord. Les caractéristiques du *diner* sont un grand choix de mets qui sont pour la plupart américains, une atmosphère sobre, un comptoir et des horaires d'ouverture étendus, souvent 24 heures sur 24. (Toutes les notes sont de la traductrice)

Il portait une chemise bleu ciel avec une cravate desserrée, un bouton défait au cou et les manches retroussées.

De beaux bras, et cet accent du sud ! Daniel pensa à Terrence, au refuge. Il aurait dit que le travail restait la priorité. Ils économisaient pour prendre un appartement ensemble et avaient besoin d'argent.

— Oui, Monsieur, dit Daniel. J'aimerais ça.

V

Philip plissa les yeux, sans trop savoir où il se trouvait. Le soleil matinal se déversait par la fenêtre, l'éblouissant. Il roula sur le dos et son bras tomba du côté d'un lit jumeau. Il s'assit et glissa ses pieds nus au sol, surpris du pyjama qu'il portait. Avant que toute question ne puisse se former dans son esprit, la réponse lui vint.

James était mort.

Un déluge d'images de leur vie commune défila dans son esprit comme une série de diapositives en marche arrière. Un paquet au ruban rouge dégringolant dans la rue. Des gyrophares et une rue remplie de voitures de police. James dansant un solo à son dernier récital. Aider James à faire ses devoirs. Le trouver en train de marcher dans la rue, comme les chiots et les chatons que Philip avait sauvés en grandissant.

S'il s'était trouvé dans son propre lit, il se serait rallongé et aurait tiré des couvertures par-dessus sa tête afin de retourner à ses rêves, où James était encore vivant. Mais ce n'était pas son appartement. De l'autre côté de la chambre se trouvait un autre lit jumeau, vide celui-ci. Un amas enchevêtré de draps de superhéros traînait sur le lit et au sol. Philip remarqua également des hommes en collant sur ses propres draps. Il n'eut pas besoin de voir le petit garçon roux en pyjama Superman passer la tête par la porte de la chambre pour savoir où il se trouvait. Jusqu'à l'arrivée du petit frère ou de la petite sœur que Mary et Alex désiraient, Philip passait souvent la nuit dans ce lit jumeau, se réveillant la plupart du temps avec Thad blotti contre lui.

Thad s'arrêta à un demi pas de la porte, ses yeux vert de jade incertains, attendant un signal.

Le visage de Philip s'illumina, une réponse involontaire provoquée par la présence de son précieux neveu.

— Bonjour, Thad. Joyeux Noël.

Thad ne bougea pas. Il restait debout, les mains dans le dos, une expression compatissante sur son visage de presque quatre ans.

— Maman a dit de ne pas te souhaiter joyeux Noël parce qu'Oncle James est au ciel.

Abasourdi, Philip ouvrit ses bras. Thad courut à travers la chambre et se jeta sur ses genoux. Les larmes coulèrent le long des joues de Philip quand Thad enroula ses petits bras autour de son cou et le serra contre lui. Philip l'étreignit et remercia l'univers pour ce petit garçon qui était la chose la plus proche d'un fils qu'il aurait jamais. Ici se trouvait sa raison de vivre, son lien avec le futur. Quelqu'un qui aurait toujours besoin de son amour.

— Merci, Thad.

Il tâtonna à la recherche d'un mouchoir, mais dut essuyer ses larmes avec sa manche de pyjama quand il n'en trouva aucun.

— Qu'est-ce que le Père Noël t'a apporté ?

Thad sauta de ses genoux et courut vers la porte.

— Oh, Oncle Philip, attends de voir mon nouveau camion de pompiers !

PHILIP ÉTAIT assis dans la Ford Fairlane blanche que sa sœur conduisait et tapait du pied au rythme de « *Rockin' Around the Christmas Tree* ». Mary, quant à elle, gardait les deux mains sur le volant et se concentrait sur la route glacée.

Passer la matinée de Noël chez sa sœur avait toujours été ce qu'il avait prévu. Après ce qui s'était passé la veille de Noël, cela avait aussi été la bonne chose à faire. Thad lui avait montré la valeur de l'instant présent. Jouer avec lui avait forcé Philip à arrêter de ressasser les choses qu'il aurait pu faire ou ne pas faire le jour précédent. Pour traverser cela, il ne pouvait pas s'inquiéter d'événements qu'il ne pouvait plus changer et d'un futur qu'il ne pouvait pas prédire.

— Merci d'être venu à mon secours, dit Philip.

— C'est ce que font les grandes sœurs.

La voix de Brenda Lee diminua quand Mary baissa la radio.

— En plus, je ne faisais que te rendre la pareille. Nos cinq ans de différence ne t'ont jamais empêché de t'occuper de moi comme un grand frère l'aurait fait. Maman dit que tu es né en sachant utiliser le pot, et que quand tu as atteint quatre ans, tu te comportais comme si tu en avais trente.

Philip se mit à rire.

— Je me souviens qu'elle me taquinait en disant que j'avais neuf ans, allant sur quarante. Pauvre maman.

Il renifla.

— Heureusement que nous pouvions nous occuper de nous-mêmes.

— La plupart du temps. Heureusement que nous avions l'autre pour nous soutenir pendant les années difficiles.

Mary marqua une longue pause.

— Maintenant que je suis mariée avec mon propre enfant, je suis plus compatissante, dit-elle en jetant un regard à Philip. Si quelque chose arrivait à Alex, je boirais aussi tout le temps.

— N'importe quoi !

Philip savait que c'était faux.

— Et si maman avait eu ta confiance en toi ou une fraction infime de ton courage, elle ne l'aurait pas fait non plus.

— Qui sait ? dit Mary en haussant les épaules. Nous étions des enfants. Impossible de dire ce qu'elle nous cachait.

Elle repoussa ses cheveux d'une main.

— Être veuve avec deux enfants à nourrir, ce n'est pas chose facile.

Il s'appuya contre son siège.

— La peur de ne pas pouvoir prendre soin de nous après que Papa est mort l'a empêchée d'essayer.

Il se tourna vers elle.

— Elle a choisi la solution de facilité et nous a laissé nous débrouiller par nous-mêmes.

La tristesse traversa le visage de Mary.

— Elle a fait du mieux qu'elle pouvait, à sa façon. Comme nous tous.

Philip n'était pas sûr d'être d'accord. Certaines personnes, avait-il observé, connaissaient les bons choix à faire, mais faisaient malgré tous les mauvais. Il décida de ne rien dire. Cette discussion pourrait attendre un autre jour. Il savait où les pensées de Mary l'avaient menée. Elle n'était pas à l'abri de la peur. À plusieurs reprises, elle avait avoué ne rien savoir de ce que c'était d'être mère et être terrifiée d'abîmer son enfant au-delà de tout retour.

Il se laissa glisser sur la large banquette et l'embrassa sur la joue.

— Tu fais un excellent travail en tant que mère, et j'étais certain que ce serait le cas.

— Tu le penses vraiment ?

Ses yeux croisèrent les siens, mais retournèrent rapidement vers la route.

— Je m'inquiète de ne pas être assez stricte, ou peut-être trop stricte. Qui sait ? Nous ne verrons pas à quel point nous l'avons endommagé avant quinze ou vingt ans.

— En tant qu'oncle et parrain de ton enfant, je t'assure que je ne pourrais pas rester là à te regarder tout gâcher. Alex et toi faites un travail fantastique. Si je ne croyais pas que Thad était entre de bonnes mains, je ne le lâcherai jamais du regard et je vous accompagnerai en Italie.

Le beau-frère de Philip travaillait pour le Département d'État et avait accepté une mission de deux ans à l'ambassade américaine à Milan. Mary et Thad partaient avec lui. Ils avaient réservé la traversée sur un paquebot au départ de Baltimore, la veille du Jour de l'An.

Elle rit.

— Je me sentirais vraiment mieux à l'idée de ce voyage si tu venais. Tu es sûr de ne pas vouloir le faire ?

Oh, il avait envie de venir, c'était certain. Il avait pleuré trois jours d'affilée après qu'elle lui eut appris qu'ils partaient. Ne pas être capable de parler à Mary quand il le voudrait était déjà difficile. L'idée de tout le temps qu'il allait manquer auprès de Thad était presque insupportable. Et maintenant… sans James. Il se força à se concentrer sur le positif, à rester dans l'instant présent. Il avait sa carrière au musée, et Mary avait un mari. Le voyage serait bénéfique pour leur mariage.

— J'aimerais pouvoir venir. Tu as toujours été derrière moi, à me soutenir quand les choses étaient difficiles et à me pousser de l'avant quand j'en avais besoin. Je ne sais pas où je serais sans toi.

Inquiet de se mettre à pleurer, il marqua une pause.

— Tu vas me manquer à la folie et je n'arrive pas à m'empêcher de penser que James serait toujours là si au moins une seule personne de sa famille avait été davantage comme toi.

Le regard de Mary quitta la route un instant et Philip vit l'inquiétude dans ses yeux du même vert que celui de Thad. Elle reporta son attention vers sa conduite et se racla la gorge.

— Ce n'est pas ta faute si James s'est ôté la vie. Il savait que tu l'aimais.

— Je sais.

Philip regarda les voitures recouvertes de neige alignées dans la rue, par la fenêtre. Il prit une profonde inspiration et la relâcha lentement en choisissant ses mots.

— Mes premières pensées, une fois le choc passé, tournaient autour des choses que j'aurais faites différemment.

— C'est toujours à double tranchant de repenser aux choses après qu'elles ont eu lieu. Tu ne peux pas t'en vouloir pour des choses que tu ne pouvais pas savoir.

— Bien sûr, tu as raison.

Il resta assis en silence, en repensant à l'époque où il avait rencontré James pour la première fois. Il l'avait vu marcher seul sous la pluie. Quelque chose dans la lenteur de son allure et ses épaules affaissées avaient poussé Philip à s'arrêter et à lui demander s'il allait bien. Ses yeux tristes, semblables à ceux d'un chiot, avait percé Philip jusqu'à l'âme.

— Sa vulnérabilité m'a attiré comme un papillon vers une flamme. Il avait besoin de moi. M'occuper de lui me rendait heureux.

Philip repensa à l'appartement minuscule, infesté de cafards, dans lequel il vivait à l'époque et combien il avait eu peu de choses à offrir. Il avait dormi sur le sol plutôt que de laisser James le faire, refusant de partager un lit avec lui jusqu'à ce qu'il ait dix-huit ans.

— Il était si jeune. Je voulais le protéger, empêcher le monde de détruire sa beauté fragile.

Ses pensées s'égarèrent. Dès le premier jour, il s'était privé quand il n'y avait pas eu assez pour deux, heureux de donner ce qu'il avait à James. Et tout ce qu'il avait attendu en retour, c'était que James termine le lycée pour pouvoir poursuivre ses rêves.

Ce n'était pas vrai. « Rester en vie » avait toujours été en tête de sa liste d'attentes pour James. Si Philip avait eu dix centimes chaque fois que James avait menacé de se tuer, ils auraient eu assez d'argent pour ses leçons de ballet.

Il haussa les épaules.

— Les choses étaient vouées à finir ainsi, depuis le début. Cela n'aurait pas pu finir d'une autre manière.

Elle acquiesça.

— Comme James dans *La Sylphide*.

Mary était allée avec Philip et James à une représentation du ballet tragique. Tous trois avaient sangloté tout au long du second acte. Les larmes jaillissaient encore chaque fois qu'il entendait certaines parties de la partition.

— Pourquoi te blâmes-tu ?

La question le surprit. Il serra fermement les mains contre son torse, comme s'il priait.

— J'ai échoué, Mary. J'avais promis à James que je serais toujours là pour lui, que je ne laisserai jamais rien lui arriver.

Mary quitta la route pour se garer sur le parking d'un magasin de vins et spiritueux vide et coupa le contact. Elle prit sa main dans les siennes.

— Tu ne peux pas suivre quelqu'un chaque minute de chaque jour pour t'assurer qu'il ne se tue pas. Ce n'est pas ta faute s'il a finalement réussi.

Il serra sa main.

— Je sais, je sais. Le garder en vie me donnait un but. Prendre soin de lui me rendait heureux. Je ne vais jamais me marier, avoir d'enfant, élever une famille.

Elle glissa une main autour de ses épaules et ses yeux vert de jade scrutèrent les siens.

— Le besoin n'est pas une bonne base pour une relation forte. Tu ne peux pas être l'égal d'un partenaire s'il a besoin que tu t'occupes de lui.

Ses paroles le frappèrent de plein fouet. Quand il le fallait, Philip obtenait toujours ce qu'il voulait. Il était plus vieux, et par conséquent, il avait toujours le dernier mot. L'avis de James comptait seulement quand cela n'empêchait pas Philip d'obtenir ce qu'il voulait.

— J'ai besoin qu'on ait besoin de moi.

Mary fronça les sourcils.

— Tu ne peux pas continuer à amener cette faiblesse pour les animaux errants sans défense et les orphelins dans ta vie amoureuse. Prends un chien. Trouve toi une cause. Présente-toi comme bénévole à l'hôpital. Alors peut-être, tu pourras tomber amoureux d'un partenaire qui sera ton égal au lieu d'un projet qui a besoin de toi pour survivre.

Elle ralluma le contact et se glissa de nouveau dans la circulation.

Philip ne répondit pas. La tendance de Mary à la franchise frisait parfois l'impolitesse. Même si cela ne l'empêchait pas d'être un peu en colère, elle avait raison. Elle aurait pu attendre quelques jours, mais il comprenait son désir de dire ce qu'elle pensait pendant qu'ils étaient ensemble plutôt que de lui envoyer une lettre de l'étranger. Il tendit la main et serra son genou.

— Je ne sais pas ce que je vais faire quand tu seras en Italie.

Elle tapota sa main.

— Tu survivras. Ces deux années passeront avant même que tu t'en rendes compte. N'oublie pas que tu as promis de nous rendre visite et je te promets de lire toutes tes lettres à Mathew et de l'aider à te répondre, peut-être même en italien.

— Tu veux dire Thad.

Elle grogna.

— Devons-nous vraiment avoir cette discussion une nouvelle fois ?

— Je ne pensais pas, mais tu n'arrêtes pas de l'appeler Mathew. Le monde n'est pas fait pour les gens qu'on appelle par leur deuxième prénom.

— Ne t'inquiète pas. Quand je l'appelle Mathew, il tape du pied et utilise sa voix autoritaire pour me demander combien de fois il devra me dire que son nom est Thad.

Philip se mit à rire.

— Alors je suis moins inquiet de le voir partir un moment.

— Il t'adore et je ne vois pas pourquoi cela changerait.

— Je l'espère, répondit Philip. Je ne peux même pas imaginer à quel point tu dois l'aimer. Je suis tombé fou amoureux de lui avant même qu'il soit né. Malgré cela, je ne m'étais pas rendu compte à quel point le voir pour la première fois me frapperait.

— Oui, je m'en souviens, dit Mary en riant. Tu pleurais tellement que tu n'arrivais plus à parler. J'avais peur que tu aies remarqué que quelque chose n'allait pas chez lui, quelque chose que j'aurais raté.

— C'est la seule fois où je suis vraiment resté sans voix, dit Philip. Voir tes yeux, le menton de papa, le nez de maman, et ses cheveux magnifiques… Une sorte d'instinct primal a pris le dessus et j'ai su que je ferais n'importe quoi pour lui.

— Et nous apprécions cela.

Elle se gara devant son immeuble et s'arrêta.

Rien ne semblait avoir changé en deux jours. Rien ne faisait allusion à l'horrible scène dans laquelle il avait fait irruption la veille, comme si cela n'avait jamais eu lieu. Tout semblait si normal que cela lui parut surréaliste.

— Tu es sûr de vouloir faire ça seul ? Je me sentirais vraiment mieux si tu me laissais venir avec toi.

Son visage était aussi anxieux que le ton de sa voix.

Philip descendit sur le trottoir.

— Non, merci. Tu en as déjà fait assez. J'ai besoin de temps pour réfléchir et savoir ce que je vais faire.

Il referma la portière et s'écarta.

— Rentre voir ton mari et ton superbe fils.

— Souviens-toi, je ne suis pas plus loin qu'un coup de fil.

Elle lui envoya un baiser.

— Je t'aime, Philip.

Philip agita la main tandis que Mary s'éloignait. Puis il prit une profonde inspiration et se dirigea en haut des escaliers, jusqu'à son appartement au premier étage. Il ne monta pas les marches quatre à quatre cette fois. Il les monta une par une. Chacune lui demanda plus d'efforts que la précédente.

La porte de son appartement était entrebâillée et l'odeur âcre de peinture en aérosol lui envahit le nez. Il entra dans son salon et eut le souffle coupé. Des gouttes noires s'étiraient de chaque lettre grossière du mot vulgaire griffonné sur le mur du salon.

« PÉDÉS »

VI

PHILIP REGARDA l'horrible mot fixement, se souvenant de ce que James lui avait raconté au sujet d'actes de vandalisme semblables réalisés par la police. Il se sentait violé, et comme il n'avait aucun recours, vaincu. Les forces de l'ordre étaient plus souvent un problème qu'une solution pour les homosexuels. La sodomie était illégale dans tout le pays. Servir de l'alcool à un homosexuel reconnu était contre la loi à New York, et à en juger par toutes les descentes de police, semblait tout aussi illégal à Washington. Le simple soupçon d'homosexualité menait à des agressions brutales, souvent mortelles. Si la police ne provoquait pas les choses d'elle-même, elle s'y joignait avec plaisir.

Il inspecta son appartement. Le sapin de Noël n'était plus qu'un amas de verre brisé et de guirlandes nouées. Le contenu des tiroirs défoncés recouvrait les fauteuils renversés aux pieds cassés et aux assises éclatées. À en juger par le bazar qu'il voyait dans le couloir, les deux chambres et la salle de bain avaient aussi été saccagées.

— Est-ce que vous allez bien ?

Surpris, Philip se retourna vivement, l'esprit vide, jusqu'à ce qu'il reconnaisse l'homme qui l'avait aidé la veille au soir.

— Nous nous retrouvons. Je suis désolé, mais je ne me souviens pas de votre nom.

— C'est parfaitement compréhensible, compte tenu des circonstances.

Il sourit et lui tendit la main.

— Beauregard Carter. Vous pouvez m'appeler Beau.

La scène qui l'entourait était accablante. Découvrir l'homme qui était venu à son secours la veille dans son appartement aujourd'hui le perturbait. Incapable de lever la main, Philip s'imprégna de l'appartement profané. Perdre James avait déjà été assez difficile. Et maintenant, ça. Il refoula ses larmes.

— Je suis vraiment désolé.

Beau passa un bras autour des épaules de Philip et serra.

— Je suis venu voir si vous alliez bien ce matin et j'ai trouvé l'endroit comme ça. Je surveillais pour voir quand vous rentreriez chez vous. Vous auriez dû m'appeler.

Philip recula pour satisfaire un besoin soudain et désespéré d'espace. Il ne s'était pas souvenu jusque-là que le numéro de téléphone de Beau se trouvait dans son portefeuille. Il pensait avoir repris le contrôle de ses émotions jusqu'à ce qu'il essaie de parler.

— Je pensais que je pouvais… que je devrais… faire ça… seul. Mais maintenant…

— Maintenant, vous n'y serez pas obligé. Je suis ici pour vous aider.

Beau balaya l'appartement du regard et jeta un coup d'œil au mot horrible peint sur le mur.

— Au moins, le mot est correctement orthographié.

AVEC BEAU à ses côtés, Philip s'attaqua au désordre pièce par pièce. Les dégâts étaient concentrés dans le salon. Ailleurs, le vandale (ou les vandales) avait jeté les choses dans tous les sens, causant du bazar sans vraiment casser quoi que ce soit. Autant qu'il puisse dire, rien ne manquait.

En nettoyant le sapin de Noël détruit, il trouva une boîte enveloppée au milieu des ampoules cassées et des ornements brisés, avec une étiquette : « *Pour Philip, de la part de James* ». Il regarda le cadeau fixement sans savoir que faire. James et lui auraient ouvert les cadeaux ensemble, quelques heures plus tôt, pour débuter Noël.

Il retira le ruban argenté et le scotch, en faisant attention à ne pas déchirer le papier rouge brillant tandis qu'il déballait le cadeau. La boîte en velours vert contenait une gourmette en or. Il la glissa à son poignet et se démena un moment pour ajuster le fermoir. Il aimait le poids des maillons épais, mais il se demanda dans quel sens il devait placer son nom gravé sur une plaque incurvée. Le cadeau était censé remplacer un beau bracelet que James avait donné à Philip au début de leur relation. Deux ans plus tôt, il avait disparu. Philip n'avait aucune idée de la façon dont il l'avait perdu. Il avait retourné l'appartement quatre fois en autant de jours avant d'avouer à James que le bracelet avait disparu. Il devait être tombé dans le bus en chemin pour le travail. Plutôt que de le fustiger comme il l'avait prévu, James en avait endossé la responsabilité et s'était excusé de ne pas avoir fait engraver le bracelet.

Philip se promit de prendre soin de celui-ci.

Ce n'était pas la première fois que Philip se demandait comment James avait trouvé l'argent pour acheter des bijoux aussi coûteux. Ses goûts penchaient vers l'extravagant. Les vêtements magnifiques et les accessoires que James trouvait pour eux deux dans les magasins de seconde main et les vides-greniers qu'il fréquentait pendant que Philip était au travail l'étonnaient. Oui, James avait été économe, mais les bijoux comme le bracelet à son bras n'étaient pas bon marché.

— Est-ce que c'est James ?

Philip regarda le cadre dans la main de Beau.

— Oui, c'est sa photo de Terminale.

Il repensa à quel point James avait été fier d'être diplômé à temps, même s'il avait manqué la majeure partie de son année de Seconde.

— Très beau, et il ressemble de façon frappante à cet homme que je connais... il s'appelle Rudy.

Il regarda Philip comme s'il attendait une réaction.

— Oh ?

Philip ne savait pas comment réagir. Beau le mettait encore mal à l'aise, mais un peu moins qu'au début. Parler de James avec lui, toutefois, était gênant.

— Ils disent que tout le monde a un jumeau, dit Beau en étudiant l'image. Ses yeux sont comme des mares limpides.

Des mares limpides ? Philip retint un grognement.

Ils transportèrent des brassées de déchets à l'extérieur et récupérèrent des meubles abandonnés dans la cave du vieil immeuble pour remplacer la bibliothèque, une table basse et plusieurs lampes que les vandales avaient endommagées. En quelques heures seulement, ils avaient développé et mis en œuvre un plan. Le concept combinait la créativité et le génie de Beau en matière de récupération et le travail manuel de Philip. Son malaise avait diminué et il était reconnaissant de la compagnie de Beau et de toute son aide.

— Nous utiliserons la peinture que nous avons trouvée sous les marches pour embellir les murs et ces vieux meubles, expliqua Beau. Comme ça, au lieu d'avoir l'air de se trouver dans un décor d'*Ozzie and Harriet* [2], la couleur donnera à cet endroit une ambiance moderne et *groovy*.

2 « *The Adventures of Ozzie and Harriet* » est une sitcom américaine diffusée entre 1952 et 1966. La série est centrée sur la famille Nelson, considérée comme la famille idéale des années 1950.

Il se promenait dans l'appartement en parlant, passant sa main sur les murs par endroits, se penchant pour inspecter un meuble à d'autres.

— Il n'y a pas assez dans chaque pot pour une pièce entière, alors nous peindrons chaque mur d'une couleur différente pour une ambiance énergique et *edgy*, et nous peindrons les meubles de la même façon.

Le plan de Beau incluait un mémorial en l'honneur des années que Philip avait passées avec James, mais rendrait l'appartement plus joyeux que cela n'avait été possible quand James était vivant. Ou du moins, c'est ce que disait Beau. Philip n'était pas certain de savoir pourquoi ils ne pouvaient pas simplement acheter davantage de peinture et se demandait si ce plan lui convenait, mais il était d'accord sur un point : ces multiples couleurs seraient un changement.

Ils avaient fait beaucoup de progrès et travaillé jusqu'à pratiquement deux heures du matin, quand Philip réussit enfin à convaincre Beau de rentrer chez lui, dans son propre appartement, pour se reposer un peu. Beau s'attarda à la porte, attendant un moment… comme s'il voulait un baiser. Philip pensa qu'il devait se tromper. Personne n'était aussi insensible. Et avec cet accent, cet homme venait du Sud. Les bonnes manières allaient de soi.

— Je serais heureux de revenir demain… si vous le voulez, dit-il d'une voix traînante. Vous savez, pour vous aider à terminer de nettoyer.

— Ce ne sera pas nécessaire, dit Philip. Vous avez déjà fait tellement. Je ne pourrais pas m'imposer davantage.

— Balivernes, répondit Beau en lui lançant un de ses sourires éclatants.

S'il était prêt à passer une si grande partie de Noël avec Philip, cela suggérait qu'il n'avait nulle part où aller. Son attitude dans l'expectative confirma les soupçons de Philip. Personne ne devrait être seul pendant les fêtes. Et Beau était venu à son secours ; sans lui, il se trouverait peut-être toujours dans la neige. Philip céda.

— Si vous insistez, votre aide serait évidemment la bienvenue.

Le visage de Beau s'illumina.

— Génial ! À demain, alors.

Philip continua à travailler jusqu'à ce que l'épuisement le force à s'allonger. Mais le sommeil lui échappait et après une heure à se retourner sans cesse, il se releva pour travailler davantage.

Revigoré par une douche, il se tenait dans le salon, les bras croisés, portant simplement son peignoir marine en velours côtelé. Trois couches de peinture vert vif sur le mur profané avaient transformé la pièce. La nuit précédente, il avait dit à Beau que la couleur était trop sombre. La lumière du jour le faisait changer d'avis. Libéré des rideaux en velours violet que James avait adoré, le soleil ruisselait à travers les fenêtres qu'il n'avait jamais même remarquées. La lumière donnait à Philip l'envie d'essayer d'installer de nouveau des plantes.

Il remplit le percolateur Pyrex d'eau et de café, puis le posa sur l'un des brûleurs à gaz. Il récupéra le *Washington Post* devant la porte de son appartement. Il s'apprêtait à poser la section « *Lifestyle* » soigneusement pliée sur le napperon, devant l'endroit où James s'asseyait chaque matin pour boire son café et faire les mots croisés du jour, quand il se souvint. James ne lirait pas le *Post* ce matin.

Jetant le journal sur la table, il s'assit brutalement et regarda le café gargouiller et siffler sur la cuisinière. Il avait fait assez de café pour deux. Accepter la mort de James ne l'avait pas préparé à son absence. La chaise vide de l'autre côté de la table attira son attention. Combien d'heures étaient-ils restés tout deux assis là en face de l'autre, à boire du café et à discuter ?

Il faudrait qu'il demande à James.

Il soupira. Combien de temps continuerait-t-il à penser à des choses à dire à James ? Cela lui manquerait de partager ce qu'il faisait ou les choses qui l'intéressaient avec son meilleur ami. Philip essaya de se rappeler de leur dernière conversation. Si seulement il avait su. Il se serait assuré de dire tellement de choses. De quoi avaient-ils parlé ?

Pas de la rencontre avec son père. Ils avaient parcouru cela en détail la veille. Le regret le submergea. S'il avait insisté pour aller avec James, ou résisté à la tentation d'acheter des radios pour les garçons, ou attendu jusqu'à Noël pour les déposer au refuge…

Si seulement il avait su…

Mais il n'avait pas su. Mary avait raison. Réfléchir aux choses après coup, c'était toujours à double tranchant.

James et lui avaient discuté au petit-déjeuner du jour de Noël qu'ils passeraient chez Mary à Silver Spring. James adorait Thad autant que Philip, et il avait été tout aussi excité que lui à l'idée d'être témoin de la joie de Noël à travers les yeux de l'enfant.

Est-ce que Philip avait dit à James qu'il l'aimait ? Oui, il pensait l'avoir fait, tout comme il lui avait assuré que le costume qu'il portait pour le rendez-vous avec son père ne le grossissait pas. Comme si quoique ce

34

soit pouvait le faire. Ses rêves de danse lui faisaient craindre de prendre du poids plus que tout le reste.

Est-ce que James croyait que Philip l'aimait ? Il n'en était pas sûr. Si James l'avait su, il n'aurait pas voulu se tuer. Ils étaient ensemble dans cette barque, une équipe, et ensemble ils auraient pu surmonter n'importe quel obstacle.

Du moins, il l'avait toujours cru. Désormais, il n'en était plus si sûr. À quel point avait-il vraiment connu James ? À quel point James l'avait-il vraiment connu ? Dans quelle mesure sommes-nous capables de vraiment connaître une autre personne ?

Philip rejoua leur matinée en pensée, essayant de se rappeler de leur dernière conversation. Après avoir éteint la cuisinière, il versa du lait dans une tasse, ajouta du sucre et la remplit de café. Quand il se leva pour se servir une deuxième tasse, il se souvint.

Philip avait été sur le point de partir pour ses courses de dernière minute quand James l'avait embrassé sur la joue. Les bras enroulés autour du cou de Philip, il lui avait annoncé qu'il avait une question. Philip lui avait rendu son étreinte et avait offert à James toute son attention, observant ses yeux bruns tristes qui lui rappelaient toujours Judy Garland quand elle chantait « *Over the Rainbow* ».

— Si quelque chose m'arrivait, est-ce que tu pourrais aimer de nouveau ?

— Probablement pas, avait répondu Philip en embrassant le front de James. Qui diable pourrais bien te remplacer ?

James avait hoché la tête, observant le plafond tout en absorbant cette information. Puis il avait étudié le visage de Philip, son regard intense.

— Est-ce que tu pourrais m'oublier ?

— T'oublier ? Bien sûr que non.

Philip l'avait attiré plus près, mais James avait résisté.

— Mais tu pourrais… si tu voulais… si tu y étais obligé… tu pourrais m'oublier ?

D'énormes yeux bruns l'imploraient.

Philip avait été amusé.

— Oui, James, si j'essayais vraiment, vraiment beaucoup, peut-être qu'après assez de temps, je pourrais t'oublier.

— Bien, avait-il répondu en hochant la tête.

35

En cet instant, Philip avait simplement pensé que James était James. Ils avaient eu la même discussion des centaines de fois auparavant. Aucune raison de s'alarmer.

Ou du moins, c'était ce qu'il avait cru il y avait deux jours.

Il avait eu tort. La note qu'il avait trouvée sur le sol près de son bureau quand Beau et lui avaient nettoyé contenait les derniers mots de James, destinés uniquement à Philip.

« *Oublie-moi* »

Il replaça la note froissée dans sa poche, se jurant de ne plus jamais la regarder. Même si c'était son dernier souhait, Philip ne pourrait jamais oublier le temps qu'il avait partagé avec James Walker. Ils avaient passé cinq merveilleuses années ensemble. Il l'aimait et ce serait toujours le cas.

Trois coups secs frappés à la porte interrompirent ses pensées. Philip se dirigea vers le salon. Refermant son peignoir, il noua la ceinture avant d'ouvrir.

Deux hommes se tenaient dans le couloir. Le plus âgé des deux portait un costume européen sur-mesure et avait peut-être dix ans de plus que Philip. Des boutons de manchettes en or ornés de lourds diamants dépassaient de ses manches. Ils semblaient importants, tous les deux. Philip n'arrivait pas à savoir qui ils étaient ou ce qu'ils voulaient.

— Vous êtes Philip Potter ?

La question provenait du deuxième homme, qui était plus grand et plus jeune... un homme à faire tourner les têtes, à peu près de l'âge de Philip. Il semblait avoir tout autant réussi, mais peut-être d'une façon plus discrète et réservée.

Philip acquiesça.

— Oui. Puis-je vous aider ?

— Je suis George Walker, dit le grand homme à la voix douce. Voici mon frère, Roland. Nous aimerions vous parler de James.

VII

Harold Clarkson était assis à table et poussait son petit déjeuner de sa fourchette, broyant toujours du noir au sujet des vêtements hideux qu'il avait trouvés sous l'arbre de Noël la veille. Non pas qu'il se soit attendu à autre chose. Année décevante après année décevante, le Père Noël avait ignoré les demandes chuchotées d'Harold et ses lettres de suppliques. Plutôt que la Barbie qu'il voulait, le Père Noël lui avait amené un G.I. Joe sans rien d'autre que d'horribles uniformes à porter. Au lieu d'un four *Easy-Bake*, il avait écopé d'un *Creepy Crawler*³ et d'une cicatrice sur la main, là où il s'était brûlé en sortant une araignée multicolore du moule.

Même si le Père Noël n'était pas doué pour choisir ses cadeaux, ses parents étaient encore pires. Ils n'avaient pas la moindre idée de la façon d'acheter des vêtements pour un garçon de treize ans avec du panache et du style. Cela n'avait aucun sens pour lui que sa mère, toujours fabuleusement habillée, ait un goût aussi mauvais quand elle devait faire les courses pour lui… Surtout après ses commentaires positifs quand il lui avait montré les quelques vêtements de confection qu'il avait trouvés dans le catalogue *Sears*. Harold suspectait que Poppa était responsable de son décevant butin de Noël. Encore une fois.

— Ivy, dit sa mère au frère d'Harold, bois ton lait et va te brosser les dents. Poppa nous dépose au centre-ville afin de pouvoir ramener le chandail de Noël que tu n'aimes pas, même si je pense qu'il est parfaitement adorable sur toi.

Harold essaya de ne pas rire. Le pull criard arborait un bonhomme de neige embelli par des yeux en pompons noirs, un nez en pompon orange vif, un trio de pompons rouges le long du torse du bonhomme de neige, et en arrière-plan, des arbres remplis de pompons marrons pour représenter les pommes de pin. Son frère de dix-sept ans pensait que cette monstruosité tricotée était trop laide pour être portée et c'était peu dire.

---

3 Jeu pour enfant contenant une série de moules en forme de divers insectes et créatures.

37

L'appeler Ivy était drôle également. Le vrai nom de son frère était Simon Peter Clarkson IV. Mais à moins que Poppa soit dans le coin, tout le monde l'appelait Pete. Harold avait appris il y a longtemps que l'appeler Ivy ou le Quatrième devant ses amis lui causerait des ennuis qu'il préférait éviter.

Harold avait été nommé d'après sa mère, Harriet, et avait toujours été son préféré. Il la regarda s'affairer dans la cuisine et se demanda pour la énième fois comment elle avait fini avec le Troisième. Bien sûr, il était beau, une version proprette aux yeux bleus de ces cow-boys dans les publicités pour les cigarettes. Mais Poppa n'abîmerait jamais ses cheveux bruns ondulés avec un chapeau, pas plus qu'il ne couvrirait les fossettes au coin de sa bouche ou sur son menton avec un bandana.

— Tripp, est-ce que je peux réchauffer ton café ?

Le père d'Harold baissa le *Washington Post* qu'il lisait à table tous les matins et tous les soirs et hocha la tête.

— Merci, ma belle.

Tout le monde appelait Simon Peter Clarkson III uniquement Tripp. Quand on s'adressait à lui en utilisant son premier prénom, le second, ou même Monsieur Clarkson, il disait : « *Appelez-moi Tripp* ». Puis il ajoutait : « *jamais deux sans trois* » ou « *trois fois plus chanceux* » ou quelque chose au sujet du nombre trois qui n'avait rien à voir du tout avec le fait d'être le Troisième.

Harold n'avait jamais rencontré ni même jamais vu de photographies du Premier ou du Second Simon Peter Clarkson. Ils étaient morts dans le sud, l'Alabama pour être exact, dans une petite ville qu'Harold n'avait aucune envie de visiter. Il n'avait aucun souvenir d'avoir vécu ailleurs qu'à Chevy Chase, et il aurait été heureux de partir pour un endroit qui n'était ni l'Alabama, ni Washington.

Sa mère remplit la tasse de Poppa de café et inspecta la table du petit déjeuner pour voir si quelque chose requérait son attention.

— Harold, termine tes œufs, s'il te plaît. Nous avons une matinée bien remplie devant nous.

— Oui, m'dame.

Il piqua un morceau de pain grillé de sa fourchette et le traîna dans son œuf. Hormis les quelques fois où il avait été malade et où elle était venue voir s'il allait bien au milieu de la nuit, avec de la crème sur le visage et du papier toilette enroulé autour de son brushing, il ne l'avait jamais vue sans celui-ci et sans maquillage. Elle était prête pour le tapis rouge, comme une star de cinéma, tout le temps.

Harold rêvait d'une terre lointaine où personne ne se moquerait de lui pour vouloir être aussi belle qu'elle. Elle l'avait surpris en train de jouer avec son maquillage assez de fois pour le mettre sous clé, il y avait des années, dans un sac qu'elle gardait en haut de son armoire. Une épingle à cheveux torsadée lui en accordait l'accès lorsqu'il avait besoin de couvrir un bouton ou des cernes. Il mourait d'envie de porter son ombre à paupières sarcelle, son eye-liner, son mascara et n'importe quelle pièce de son tiroir de sous-vêtements, mais il n'osait pas. Poppa avait mentionné un camp d'été spécial pour l'endurcir. Harold avait imaginé deux semaines de gymnastique brutale dans un uniforme horrible, saupoudrées de versets de la Bible à mémoriser et complétées par de la mauvaise nourriture. Impossible de dire ce que Poppa ferait s'il surprenait Harold en train d'admirer ses gaines, ses porte-jarretelles, ses soutien-gorge en dentelle, ses culottes délicates ou ses bas de soie qui étaient plus légers que de l'air entre ses mains.

— Harold, as-tu décidé si tu voulais échanger ce pantalon ?

— Oui, m'dame.

À la seconde où il l'avait vu. La couleur était déjà assez horrible, si on considérait que le bleu marine était une couleur. C'était mieux que marron, gris, ou noir. Et cela, Mesdames et Messieurs, complétait la palette de couleur pour les hommes jusqu'au Memorial Day, où les plus audacieux pouvaient sortir un costume de lin blanc. Tout le monde pouvait voir que la coupe carrée de ce pantalon n'allait pas avec son corps mince. Sans parler du polyester.

— Où est-il ?

Ses talons claquèrent sur le linoléum tandis qu'elle rangeait le lait au réfrigérateur.

— Dans mon placard.

Avec le reste des vêtements informes et ennuyeux qu'elle avait achetés pour lui. Pourquoi les vêtements pour garçon devaient-ils être si ternes et laids ?

— Pourquoi diable l'as-tu mis dans ton placard ? Cours dans ta chambre maintenant et récupère-le. J'espère que tu n'as pas retiré les étiquettes.

— Non, m'dame. Je ne les ai pas retirées.

Il attrapa un morceau de pain grillé et quitta la table.

HAROLD TROUVA un Pete morose dans la chambre qu'ils partageaient, assis sur son lit, les coudes sur ses genoux, le menton sur ses mains, et le pull atroce posé près de lui. Être le préféré de Poppa était davantage un fardeau qu'une récompense. Pete étudiait dur, avait de bonnes notes, pratiquait le sport à l'école et était populaire avec ses camarades de classe. Mais rien de tout cela n'était suffisant pour Poppa. Harold ne l'enviait pas.

— Qu'est-ce qui ne va pas ?

Il s'installa sur son lit face à son frère aîné.

Pete évita de croiser son regard.

— Poppa.

— Qu'est-ce qu'il a fait ?

Pete regardait le bout de ses chaussures cogner l'un contre l'autre.

— Rien, vraiment. Il était dans la salle de bain quand je suis sorti de la douche. La même chose qu'il fait de temps à autre depuis des années, sauf que maintenant, il est là presque tous les jours… et il est différent. Il ne prétend même pas avoir besoin de quoi que ce soit dans l'armoire à pharmacie. Il reste planté là, à me regarder me sécher, avec cette expression bizarre.

Harold récupéra le pantalon immonde dans le placard. Il connaissait le regard dont Pete parlait, mais il n'avait jamais vu Poppa le lui lancer à lui. Sa mère non plus ne justifiait pas ce genre d'attention. Ce regard admiratif était réservé à Peter et à d'autres hommes attirants, comme le mécanicien qui s'occupait de la luxueuse Continental jaune de Poppa.

— Venez, les garçons ! appela Harriet dans le couloir. Votre père est déjà dans la voiture.

Harold se sentait désolé pour Pete, mais ne savait pas quoi dire.

— Allez. Tu sais que le Troisième n'aime pas qu'on le fasse attendre.

VIII

DES DEUX hommes qui se tenaient à la porte de Philip, Roland Walker était celui qui était habillé de la façon la plus clinquante. Il passa devant George et Philip pour entrer dans l'appartement. Il s'arrêta au milieu de la pièce, les mains sur les hanches, jetant autour de lui des regards de dégoût.

— Je pensais que vous autres, les folles, vous étiez censés être de bons décorateurs.

Le visage de Philip s'enflamma. Ses mains se mirent à trembler tandis que son agacement dépassait la vexation, l'irritation et la colère, pour se diriger vers la fureur.

— Est-ce que vous venez de me traiter de folle ?

Les mains de l'homme retombèrent de ses hanches, ses doigts agités de tics.

— Ouais. C'est ce que j'ai fait. C'est vous qui avez fait de mon fils une tapette, n'est-ce pas ?

Il voyait la ressemblance. Roland avait les mêmes yeux que James, le même nez, et il avait manifestement inspiré à son fils son sens du style flamboyant. La ressemblance rendit Philip encore plus en colère.

— Après l'avoir jeté dehors, l'avoir ignoré pendant des années et détruit ses rêves, maintenant vous voulez appeler James votre fils ? Vous êtes un père pathétique.

Roland serra les poings.

— Fais gaffe à ce que tu dis, pédé.

Même s'il n'était pas enclin à la violence, Philip savait se défendre. Roland et lui faisaient presque la même taille, mais Philip pesait dix bons kilos de plus que cet homme, et comme il marchait beaucoup, il aimait croire qu'il était en meilleure forme. Si on en venait là, Philip savait qu'il pourrait lui tenir tête.

Il se rapprocha d'un pas et agita brusquement un doigt devant le visage de Roland.

— Si vous pensez que vous pouvez venir ici et m'intimider comme vous le faisiez avec James, vous allez prendre une sacrée douche froide.

41

Ils échangèrent un regard noir. Le jeune frère abasourdi les regardait de la porte. Enhardi, Philip fit un pas vers l'avant et son peignoir se défit. Quoi qu'il soit en train de se passer, il se retrouvait nu dans son appartement avec le père et l'oncle de son amant défunt. Trop en colère pour être embarrassé et sans rien à perdre, Philip laissa éclater sa rage. Les émotions qu'il avait gardées pour lui depuis qu'il avait rencontré James explosèrent. Chaque pensée qu'il avait jamais eue au sujet de l'homme qui avait maltraité et abusé de James jaillirent.

La bouche de Roland s'ouvrait et se fermait comme un poisson rouge hors de l'eau, mais il n'émit aucun son. Philip n'était pas sûr que le silence de son adversaire soit dû à ses paroles ou à son peignoir ouvert.

Roland sembla se ressaisir. Il serra les lèvres jusqu'à former une mince ligne et ricana.

— Maintenant, tu vas m'écouter…

— Je n'en ai pas terminé !

Philip se rapprocha, ressentant dans sa nudité une puissance qu'il n'aurait jamais ressentie entièrement vêtu. Le malaise de Roland était évident. Il baissa les yeux sur la virilité de Philip et recula d'un autre pas. Philip envisagea de poser un pied sur la table basse pour renforcer son effet, mais il se contenta de refermer son peignoir et d'en nouer la ceinture.

— Vous avez exactement une minute pour m'expliquer pourquoi vous êtes ici.

Roland tourna les yeux vers un George aux joues rougies, sans obtenir aucune aide. Il fit face à Philip avant de reprendre la parole.

— Oubliez avoir jamais connu James Walker. Nous vous donnerons mille dollars pour quitter la ville, vers un endroit comme la Californie, avec les autres gens de votre espèce.

Philip recula d'un pas. Il n'arrivait pas à décider quelles paroles de Roland le choquaient le plus. Que père et fils croient tous deux aux bienfaits de l'amnésie le prit de court, mais ce n'était pas digne d'être commenté. Là où il vivait, toutefois, c'était une autre histoire.

— Pourquoi voudrais-je déménager ? Washington est ma ville et le seul endroit où j'ai jamais voulu vivre.

— Disons deux mille dollars.

Roland croisa les bras sur son torse, se tenant debout, les jambes écartées.

Philip pouvait deviner que Roland avait l'habitude d'obtenir ce qu'il voulait. Mais bon, lui aussi, assez pour ne pas laisser ce crétin lui marcher sur les pieds.

— Vous pourriez même dire cinquante mille, je n'irai nulle part.

L'audace de Roland l'énervait.

— Quelle différence cela fait-il où je vis, pour vous, de toute façon ?

Roland sembla revoir son approche. Il se tourna vers son frère embarrassé, puis regarda Philip longuement.

— Écoutez, Potter.

Sa voix était moins colérique, presque suppliante.

— Mon frère et moi avons des postes à haut niveau. La réputation fait tout dans cette ville. Vous comprenez sûrement. Si la rumeur s'étend au sujet de vous et James, eh bien… cela nous ruinerait.

La tête de Philip lui tournait. Il se demanda d'où venait cette soudaine inquiétude. Le risque que les gens découvrent ce qui se passait était bien plus grand quand James était vivant. Pourquoi Roland n'était-il pas venu avant ? Qu'est-ce qui motivait la visite des deux frères aujourd'hui ?

Puis il le sut : Roland Walker ne voulait pas que quiconque apprenne la façon honteuse dont il avait traité son seul et unique fils.

Philip le dévisagea, le voyant pour ce qu'il était vraiment. Aucune parure ne pourrait améliorer son apparence. Il était lamentable. Un être humain déplorable.

— Que pensez-vous que les gens diront quand ils verront sa notice nécrologique ?

Roland jeta un coup d'œil vers George.

— Il n'y aura pas de notice nécrologique. Nous avons payé beaucoup d'argent pour que sa mort ne soit pas mentionnée dans les journaux.

Désormais, Philip comprenait pourquoi James avait été convaincu que se faire jeter dehors était la meilleure chose que son père ait jamais faite pour lui.

— Qu'en est-il de ses funérailles ?

Roland jeta un regard à Philip.

— Pas de funérailles. J'ai dit au médecin légiste que le défunt n'était pas mon fils. On dirait que le corps n'a pas été identifié.

— Mon Dieu. Est-ce qu'il y a une chose que vous ne feriez pas ?

Philip ne pouvait rien imaginer de plus insensible qu'un père laissant le fruit de ses entrailles dans une morgue et prétendant qu'il s'agissait d'un inconnu.

— Qu'arrivera-t-il à sa dépouille ?

— Selon le médecin légiste, les corps non identifiés sont utilisés comme cadavres pour la recherche médicale.

Philip avait envie de s'arracher les cheveux.

George fixait le plancher sans croiser son regard.

— Permettez-moi de voir si j'ai bien compris, dit Philip. Pour conserver le soi-disant nom de votre famille, vous abandonnez votre seul et unique fils, le dernier à porter le précieux nom de Walker, sans même une sépulture décente. Puis, afin de garder sa mort secrète, vous dépensez autant d'argent qu'auraient coûté les frais de scolarité de James, ceux dont il avait tant envie qu'il s'est tué quand il ne les a pas obtenus.

Philip grimaça.

— Quelle chance terrible de finir avec un père comme vous.

Roland, en colère, pointa son doigt vers Philip.

— Ce n'est pas mon fils ! Aucun fils ne se serait épris de quelqu'un comme vous.

La rage se déversa de nouveau en Philip.

— Décidez-vous. Un instant, c'est votre fils, le suivant, il ne l'est plus.

Il pointa son doigt en retour vers Roland.

— Vous êtes pathétique.

Il s'écarta et ouvrit la porte, sans se soucier du fait que son peignoir se soit ouvert de nouveau.

— Sortez de chez moi et ne revenez pas. Je ne veux plus jamais vous revoir, tous les deux.

— Comment osez-vous nous jeter dehors, cracha Roland. George, vas-tu le laisser nous traiter comme ça ?

— Oui, répondit ce dernier en lançant un regard noir vers Roland. Il est clair que Monsieur Potter aimait James bien plus que tu ne l'as jamais fait. En tant que conseiller juridique et quelqu'un qui aimait James, je te conseille de quitter cet appartement comme il te l'a demandé.

Roland en resta bouche bée.

— Mais, George…

— Tais-toi !

George l'agrippa par le coude et se dirigea vers la porte. Des yeux gris sans joie examinèrent Philip.

— Je suis désolé de m'être imposé à vous de cette façon. Nous ne reviendrons pas. S'il vous plaît, acceptez mes excuses et mes condoléances.

Avant que Philip ne puisse répondre, ils étaient partis.

IX

ÉTAIT-CE VRAIMENT seulement mercredi ? Philip regarda à travers la fenêtre du côté passager de la Continental de Beau. La façon unique dont les portes s'ouvraient donnait une vue imprenable sur les piétons emmitouflés se pressant sur le trottoir bondé. La circulation empêchait la voiture de se déplacer plus rapidement que les marcheurs armés de bottes.

L'animosité et l'adrénaline de la visite surprise des Walker avaient porté Philip jusqu'au lundi. Repenser à cette rencontre ravivait encore sa colère. Les Walker semblaient penser que l'argent était la réponse à tout. Pour eux, la mort de James avait simplement été une autre dépense.

S'arranger pour faire déplacer le corps de la morgue de la ville vers les pompes funèbres avait été beaucoup plus difficile que Philip ne l'avait imaginé. Les liens avec une famille qui n'avait jamais aimé ou voulu de leur fils remettaient en doute à chaque instant sa relation aimante avec James. Acheter une concession dans un petit cimetière aux abords d'Alexandria avait été bien plus simple.

Rencontrer Roland Walker avait rendu Philip heureux de n'avoir jamais croisé auparavant le chemin de ce crétin prétentieux et ostentatoire. Sa coupe de cheveux hors de prix, ses ongles manucurés, son costume de créateur, ses mocassins italiens et ses bijoux voyants l'habillaient peut-être, mais il restait un être humain méprisable. Philip pouvait pardonner à un homme pauvre de ne pas aider son fils. Mais Roland portait plus d'argent sur lui que Philip n'en gagnait en une année. Refuser d'aider James n'était rien d'autre que méchant.

En comparaison, son frère n'avait pas été aussi terrible. Il avait au moins dit qu'il aimait James et avait reconnu l'amour de Philip envers son neveu. Un costume sur-mesure *Brooks Brothers*, des ongles coupés et polis, et une attitude discrète et conservatrice, que Philip trouvait attirants chez des hommes ordinaires, ne l'empêchaient pas de ne pas apprécier Monsieur George Walker.

Même s'il était extraordinaire. Des cheveux épais et noirs, coupés courts sur les côtés mais assez long sur le dessus pour laisser paraître leurs boucles naturelles, encadrant un beau visage aux traits ciselés. Que ce soit le résultat de sa formation juridique ou un désir d'être différent de son odieux frère aîné, George avait frappé Philip comme étant quelqu'un de calme et réservé. Ses mots d'adieu et la façon dont il avait semblé embarrassé par le comportement de Roland étaient presque assez pour que Philip l'apprécie.

Presque.

Jusqu'à ce qu'il repense à ce que les frères avaient fait. Il était prêt à parier que l'avocat avait tout organisé pour préserver le nom des Walker. C'était déjà assez horrible que leur machination ridicule les pousse à donner de l'argent à Philip pour qu'il quitte la ville. Mais laisser le corps de James à la morgue, non réclamé et non identifié, cela allait au-delà de la cruauté. Quel genre d'homme pouvait faire quelque chose d'aussi vil ?

Puisque les Walker avaient bloqué la parution de toute notice nécrologique dans les journaux, Philip avait passé son mardi au téléphone, à appeler des amis et d'autres personnes qui auraient voulu être mises au courant de l'enterrement qu'il avait organisé pour dix heures, ce matin-là. Payer pour la concession funéraire, un cercueil, l'embaumement et tout le reste nécessaire pour le service simple avait épuisé ses économies. Il avait même retourné le cadeau de Noël qu'il avait acheté pour James. Il n'avait plus besoin de montre désormais.

La participation au service fut meilleure que Philip ne l'avait prévu. Des cieux gris et mornes, de la neige sale et des flaques d'eau glacée accueillirent ceux qui étaient venus pleurer un homme qui n'était désormais plus tourmenté par une famille qui ne l'avait jamais compris. Mary et Alex Parker, quelques collègues du restaurant où James avait travaillé, et une poignée d'étudiants en danse, ainsi que plusieurs des collègues de Philip déposèrent des roses blanches sur le cercueil. Les quelques personnes qui connaissaient sa relation avec James lui présentèrent ses condoléances.

Philip n'avait pas vu George arriver et se demanda comment il avait découvert le service. À sa vue, le sang de Philip se mit à bouillir. Quel culot ! Après la petite scène à l'appartement, comment osait-il venir ici ? Philip se mordit la langue. Les funérailles de James n'étaient ni le lieu ni l'endroit pour se lancer dans une tirade envers le rôle de cet homme dans la tragédie qui les avaient menés ici. Il avait acquiescé quand George avait regardé dans sa direction et vu un profond chagrin dans ses yeux gris argentés. Avant que Philip puisse dire quoi que ce soit, Beau l'avait pris par le coude pour le guider vers sa voiture.

Ah, oui. Beau. L'homme magnifique conduisant la Continental à travers la circulation du déjeuner était une aubaine. Philip avait fréquenté des hommes séduisants, y compris James, mais Beau Carter était de loin le plus beau, avec ses cheveux bruns ondulés peignés vers l'arrière, ses yeux d'un bleu profond légèrement écartés, une mâchoire forte, des fossettes aux joues, et une fente intrigante sur le menton.

Depuis Noël, Beau avait été une source de soutien presque constante, poussant Philip de l'avant avec ses demandes douces mais insistantes pour qu'il passe à l'action. Au lieu de l'autoriser à rester au lit, avec les couvertures au-dessus de la tête, Beau occupait Philip, disant qu'il avait trop à faire pour rester allongé et que s'occuper l'aiderait à mieux dormir.

Beau avait emballé les vêtements de James et les avait emmenés au refuge. Il lui apportait des sandwiches d'une épicerie du coin, de la nourriture chinoise à emporter et des sacs de courses. Il avait demandé à Philip ce qu'il avait prévu de porter aux funérailles et après avoir réparé un ourlet et remplacé un bouton manquant, il avait déposé le costume au pressing. Il avait ciré les chaussures de Philip, repassé sa chemise, et quand il était venu le chercher pour les funérailles, il avait rajusté sa cravate.

— Merci, Beau, de m'avoir conduit aujourd'hui et pour tout ce que vous avez fait.

— De rien. Avec les vacances scolaires et l'état des routes, impossible de rentrer en Géorgie pour les vacances, je devrais donc vous remercier, vous, de m'avoir aidé à passer le temps.

Le sourire de Beau avait l'air un peu répété. La façon dont il pencha légèrement la tête et le clin d'œil qui suivit, une seconde à peine ensuite, semblaient tout aussi peu sincères.

Philip repoussa cette pensée.

— Je n'arrive pas à imaginer comment je m'en serais sorti sans vous. Je vous serai pour toujours redevable.

— Balivernes, répondit Beau, détournant assez longtemps les yeux de la route pour lui lancer un rapide sourire.

Répété ou non, la réaction de Philip était viscérale. Cet homme était plus que beau. Il aurait été prêt à parier que la plupart des filles et au moins quelques garçons de sa classe et du lycée pensaient la même chose.

— J'ai emménagé ici, de Watkinsville, en août, une semaine avant que l'école commence, dit Beau d'une voix traînante. Je n'ai pas encore eu l'occasion de me faire des amis. Corriger des copies, organiser les leçons, superviser les enfants qui participent au journal de l'école, relire des livres que je n'ai pas lus depuis des années pour m'assurer de savoir de quoi je parle… tout cela est très chronophage.

Philip aimait la voix grave de Beau, profonde, masculine, exotique. Parfois, il appréciait tant la voix de baryton et le charmant accent du Sud que cela l'empêchait d'entendre les paroles de Beau.

— Eh bien, je suis très heureux de vous avoir rencontré. J'aurais seulement aimé que les circonstances…

Beau l'interrompit.

— Il faut faire avec les cartes que l'on reçoit. Le bon Dieu m'a mis sur ce trottoir la veille de Noël à ce moment précis pour une raison.

Il tendit la main à travers le siège et la posa sur le genou de Philip, le serrant.

— Je ne crois pas aux coïncidences.

Philip aimait sentir la main de Beau sur sa jambe, bien plus que la façon dont il prononçait certains mots. Son accent traînant leur donnait parfois plus de syllabes que nécessaire. Les petits « ah » supplémentaires qu'il ajoutait parfois rendaient ses paroles magnifiques. Poétiques. Musicales.

La culpabilité enveloppa Philip comme un linceul. S'émerveiller sur Beau en revenant des funérailles de James, à quoi pensait-il ? Qu'aurait pensé James ?

Les mots apparurent dans son esprit. Il les avait vus sur la page, mais la voix qu'il entendit appartenait à James.

« *Oublie-moi* »

X

LE SERGENT Shirley White leva les yeux du tas de rapports sur son bureau vers l'horloge de l'autre côté de la porte, dans la salle de son équipe, et grimaça. Encore trois heures et sa journée prendrait fin. Après ce qui pouvait être décrit comme une putain de journée de merde, elle avait hâte de rentrer chez elle. Elle avait rendez-vous avec un bon bain chaud et un verre de Chablis rose. Ou deux. Peut-être même trois.

L'appel au sujet d'un corps sur la rive de la rivière Anacostia avait été le pet précédent le gros tas de merde venant gâcher son vendredi. Elle n'avait pas besoin d'attendre le rapport du médecin légiste pour connaître la cause de la mort. Blessure par balle à bout portant à l'arrière de la tête. Au moins, le pauvre gosse n'avait pas souffert. Il n'avait probablement rien vu venir.

Les lieux au bord de la rivière leur avaient offert quelques indices. Shirley pensait que le garçon avait été tué tard dans la nuit précédant Noël, mais elle n'en était pas certaine. L'eau pouvait accélérer ou ralentir les choses. Mais étant donné le temps froid, elle aurait parié la porcelaine de sa mère que le garçon avait été abattu samedi soir ou tôt le jour de Noël.

Shirley repensa aux grands dîners festifs cuisinés par sa maman et servis dans cette porcelaine. Ils ne ressemblaient en rien au dîner de Noël qu'elle avait mangé cette année. Il lui avait fallu une heure pour à réchauffer le papier aluminium rempli de dinde caoutchouteuse, de sauce fade, de maigres pommes de terre, de petits pois détrempés et de maïs insipide ; c'était la durée la plus long à laquelle son four avait tourné toute cette année. Elle avait pensé longuement avant de décider que tout ce dont elle avait vraiment envie pour Noël, c'était d'une tranche de la dinde tendre et moelleuse de sa maman, entre deux morceaux de pain maison badigeonné du chutney de canneberge de Tante Esther. Maintenant, elle se contenterait même de l'un des sandwiches secs et mous du distributeur. Tout pour laver le goût de cet horrible café de sa bouche.

Elle vida la tasse en carton, grimaça et tourna la page, cherchant des preuves dans les rapports remplis par les autres agents qu'elle avait dépêchés sur les lieux. Un stylo à bille, un briquet en acier inoxydable, et une radio bon marché, rien de notable à voler, avaient été trouvés dans les poches du caban bleu marine que le tueur avait fixé autour du corps avec plusieurs bandes de ruban adhésif. Le portefeuille de la victime était vide, hormis une carte du fan-club des Beatles. Pas d'argent. Elle se demanda si le vol avait été un mobile en continuant à lire.

Une pierre de la taille d'un ballon de football avait été trouvée à l'intérieur du manteau. Elle vérifia de nouveau et vit que le corps avait été enveloppé de ruban adhésif autour des épaules, des hanches, des genoux et des chevilles. La victime avait été enrubannée après avoir été abattue pour s'assurer que les rochers l'entraîneraient vers le fond. Les autres pierres avaient dû se détacher. Soit le tueur était paresseux, soit il était pressé. Elle aimait ça. Tôt ou tard, il ferait une erreur qui la conduirait à lui.

Shirley était l'une des rares femmes du DCPD [4] et même si les minorités représentaient près d'un quart des forces de l'ordre, elle était la seule femme de couleur. Les hommes la testaient tout le temps. Ils étaient obligés. Flics ou non, très peu d'hommes obéissaient quand une femme de couleur leur disait quoi faire. Ceux qui rechignaient découvraient rapidement qu'elle n'avait pas tendance à se laisser marcher sur les pieds. Elle savait tenir bon et soutenir le regard d'hommes qui faisaient deux fois sa taille jusqu'à ce qu'ils reculent.

Les hommes qu'elle supervisait ne savaient pas que ses frères éclipsaient les plus grands hommes de la force. Durant la majeure partie de sa vie, Shirley avait rouspété parce qu'elle était l'aînée et la seule fille d'une famille de six enfants. Puis elle était devenue flic. En un clin d'œil, l'ordre de naissance et le sexe qu'elle avait maudits chaque jour de sa vie était devenus une bénédiction. Les années passées à jouer les grandes sœurs autoritaires l'avaient préparée à une carrière dans les forces de l'ordre.

— Robinson, est-ce que tu as trouvé quoi que ce soit au refuge ?

Un flic chauve d'âge moyen, au mono-sourcil broussailleux et à l'expression contrariée, s'arrêta de taper à la machine.

— Un type nommé Philip Potter a déposé un sac de radios la veille de Noël, dit-il en recommençant à taper. Apparemment, d'après ce qu'on en dit, il serait la dernière personne à avoir parlé à Daniel Bradbury.

Peut-être que le vol n'avait pas été le mobile. Un tueur apportant des cadeaux ? Ce ne serait pas la première fois. Ce n'était pas comme si elle avait des suspects à revendre.

4 Département de Police du District de Columbia (Washington)

— Vous avez un numéro pour ce Potter ?

— Laissez-moi vérifier.

L'agent Robinson fit rouler sa machine pour voir une autre section du rapport.

— Oui, Sergent.

Il s'exprimait avec respect, mais elle pouvait voir qu'il la haïssait. Elle avait entendu parler des choses qu'il disait derrière son dos et des rumeurs de son implication au sein du Ku Klux Klan. Il ne faisait pas parti de l'élite de Washington. C'était plutôt la mauvaise pomme qui gâtait tout le panier.

— Passez un coup de fil à Monsieur Potter. Invitez-le à venir ici prendre une tasse de café, lui ordonna-t-elle. J'aimerais avoir une petite conversation avec lui. Et dites-lui qu'il doit être là d'ici une heure. J'ai un rendez-vous ce soir que je ne peux pas manquer.

XI

Philip essuya la sueur sur son front à l'aide d'un mouchoir de soie tandis que le taxi se dirigeait vers le poste de police. Il ne pouvait pas imaginer pourquoi un sergent de la police voulait le voir. Il tripota les lettres noires brodées le long du bord et s'essuya de nouveau le front.

Comme il n'avait rien fait de mal, il n'était pas inquiet. Toutefois, ce genre de convocation le rendait nerveux. Lors de rencontres précédentes, la police s'était montrée bien moins qu'utile. Les images de son appartement saccagé et de l'obscénité griffonnée sur le mur de son salon, désormais cachée, lui revinrent en mémoire. Il se rappela aussi des paroles de l'agent, la veille de Noël.

« Ton pédé de petit ami s'est fait sauter la cervelle. »

Il frissonna et s'essuya le front une nouvelle fois avant de ranger le mouchoir dans sa poche. Oui, quelque chose lié à la mort de James devait être la raison de cette convocation. Sinon, pourquoi la police voudrait-elle lui parler ? Il remercia le chauffeur de taxi, le paya, puis traversa le trottoir jusqu'au poste de police.

Le bruit des téléphones en train de sonner, des machines à écrire en train de cliqueter, et des conversations bruyantes le salua quand il passa la porte. La dernière fois que Philip avait vu autant de policiers en uniforme, ils avaient fait une descente dans un petit bar de quartier où James et lui partageaient de temps à autre des cocktails avec des amis. Il se redressa, essaya de rendre sa démarche plus masculine, et s'approcha de l'agent assis à un bureau face à l'entrée du poste de police.

— Excusez-moi, Monsieur l'agent. Je suis là pour voir le Sergent White. Pourriez-vous lui dire que Philip Porter est là pour le voir ?

La tête chauve de l'agent luisait sous la lumière fluorescente. Il laissa retomber son stylo et leva les yeux du registre qu'il avait été en train de remplir.

— Le Sergent White ?

Le sourire concupiscent qu'il lui lança informa Philip que sa démarche avait échoué.

— Ouais, asseyez-vous. Je vais dire au sergent que vous êtes là.

Philip prit place entre une vieille dame tenant un chapelet à la main et un vieil homme triste aux vêtements en lambeaux, arborant une barbe grise de plusieurs jours. Philip plia soigneusement son manteau sur son bras et s'assit, remarquant en croisant les chevilles et posant le manteau sur ses genoux que l'homme avait clairement besoin d'un bain.

Tandis qu'il attendait, Philip essaya de distinguer le sergent White dans la foule d'agents allant et venant dans la salle. Une grande femme à la peau sombre qui avait émergé d'un bureau de l'autre côté de la pièce attira son attention. Elle était frappante, avec ses cheveux tirés vers l'arrière dans un chignon noir d'encre serré au-dessus de son col d'uniforme. Elle se dirigea vers lui, s'arrêtant un moment pour poser une question à l'agent à la réception. Il indiqua Philip. Elle hocha la tête et reprit son chemin jusqu'à le rejoindre.

— Monsieur Potter ? demanda-t-elle.

— Oui. Je suis Philip Potter.

— Merci d'être venu. Puis-je vous offrir une tasse de café ?

— Non, merci, Mademoiselle, mais j'aimerais beaucoup une tasse de thé chaud avec un peu de citron et du sucre. Est-ce que c'est possible ?

Son sourire disparut.

— Où est-ce que vous vous croyez, dans un restaurant ? J'ai du café. J'ai de l'eau. Qu'est-ce que vous choisissez ?

Choqué, Philip jeta un regard vers son badge. Personnaliser un sermon le rendait toujours plus sévère. Puis il remarqua l'insigne de sergent et le nom sur la plaque de bronze. « Shirley White ».

— Euh. Je suis désolé… euh… euh… Sergent. De l'eau, ça ira très bien… si cela ne vous dérange pas trop.

— Je pense que nous pouvons gérer ça. Venez dans mon bureau.

Elle s'adressa à l'agent à la réception.

— Robinson, pourriez-vous amener un verre d'eau à Monsieur Potter ?

Elle fit entrer Philip dans le bureau et lui indiqua deux sièges en cuir usé.

— Installez-vous, dit-elle en prenant place derrière le bureau.

Il se glissa sur le siège le plus près du mur, drapant son manteau sur le dos du fauteuil vide. Robinson passa la porte et tendit un verre d'eau à Philip. Son unique sourcil frontal fit penser à Philip que cet homme essayait peut-être de le faire pousser suffisamment afin de le peigner vers l'arrière sur son crâne luisant.

— Je vous remercie, Monsieur l'agent. Je vous suis redevable.

Robinson grogna en quittant la pièce, récoltant un froncement de sourcils de la part du Sergent White. Philip avala le verre d'eau d'un trait, chiffonna le gobelet dans sa main et le jeta dans la poubelle à côté du bureau.

— Alors dites-moi, Monsieur Potter. Comment connaissez-vous Daniel Bradbury ?

Elle s'appuya contre sa chaise et croisa les bras sur sa poitrine.

La soudaineté de sa question le fit sursauter.

— Daniel Bradbury ?

Philip avait un trou de mémoire.

— Je suis désolé, je ne connais personne de ce nom.

— Oh, allons, Philip.

Elle récupéra un dossier et en parcourut le contenu.

— Je peux vous appeler Philip, n'est-ce pas ?

Elle referma le dossier et le jeta sur son bureau.

— Vous le connaissez, n'est-ce pas ?

— Oui. Je veux dire non !

Le regard de cette femme le perturbait.

— Vous pouvez m'appeler comme vous voulez. Je ne connais toujours pas de Daniel Bradbury.

Il essuya son front de son mouchoir, se rappelant qu'il n'avait rien à cacher et aucune raison d'être nerveux.

Elle se pencha vers lui, appuyant ses avant-bras sur le bureau.

— Vous le connaissez. Et j'ai des témoins prêts à jurer que vous étiez avec lui.

— Des témoins ? demanda Philip en se redressant sur sa chaise. Est-ce que vous m'accusez d'une sorte de crime ? Honnêtement, Sergent, je n'ai pas la moindre idée de ce dont vous parlez.

Il tamponna des perles de sueur sur sa lèvre supérieure et son front de son mouchoir, puis rangea le tissu plié dans sa poche. Rien de tout cela n'avait à voir avec la mort de James. Pourquoi était-il là ?

Elle lui lança un regard noir.

— N'avez-vous pas donné des transistors à Daniel Bradbury et aux autres garçons du refuge de la Société d'Aide et d'Accueil, la veille de Noël ?

Les radios ? Oh, c'était donc ça. Philip se détendit.

— Oui, j'ai déposé quelques radios pour ajouter un peu de joie à ce qui devait sûrement être une journée difficile. Y a-t-il un problème ?

Le sergent le regarda fixement, les bras croisés de nouveau sur son torse, la tête penchée d'un côté, tandis qu'elle choisissait ses mots.

— Donc vous ne connaissez pas Daniel Bradbury ? Vous ne l'avez jamais payé pour obtenir des faveurs sexuelles ?

Philip tressaillit.

— Excusez-moi ?

— Avez-vous payé Daniel Bradbury pour avoir des relations sexuelles avec vous ?

Il posa les deux mains sur le bureau et se pencha vers l'avant.

— Je vous assure, Sergent, que je n'ai jamais payé quiconque pour obtenir des faveurs sexuelles. Et je ne connais pas non plus cette personne, Daniel Bradbury, au sujet de laquelle vous n'arrêtez pas de me poser des questions.

— En êtes-vous sûr ?

Le ton de sa voix suggérait qu'elle ne le croyait pas.

Il lui lança un regard noir.

— Absolument positif.

Elle poussa une photographie sur le bureau et le regarda tandis qu'il la ramassait.

Il reconnut le visage.

— Oh, lui… le jeune écrivain.

— Alors vous le connaissez.

Elle tapa son bureau des deux paumes, triomphante.

Philip laissa retomber la photo sur le bureau.

— Oui. Je veux dire, non. Je l'ai rencontré quand j'ai déposé les radios, mais je ne l'avais jamais vu avant et je ne l'ai pas revu depuis. Est-ce que quelque chose est arrivé ?

Son regard se durcit.

— J'en ai bien peur. Son corps s'est échoué sur la rive de l'Anacostia, ce matin. On l'a abattu d'une balle dans la tête, à la manière d'une exécution.

Philip retomba contre sa chaise, choqué.

— Oh mon Dieu. Ce pauvre garçon.

Elle lui laissa un moment puis lui lança une autre bombe.

— Vous êtes la dernière personne à avoir été vu avec Daniel.

Sous son regard, il se sentait nu, mais au lieu de s'en sentir plus fort comme cela avait été le cas avec les Walker, il aurait aimé avoir une feuille de vigne ou quelque chose derrière quoi se cacher.

Son esprit tournait à plein régime et il lui fallut un moment pour retrouver l'usage de la parole.

— Vos témoins vous ont sûrement dit aussi que j'étais parti, sans ce jeune homme ou quiconque.

Elle haussa les épaules, visiblement peu impressionnée.

— Vous auriez pu revenir. C'est un joli garçon. Peut-être que vous y avez réfléchi, êtes revenu au refuge et l'avez tué.

Philip n'en revenait pas.

— Madame, je vous ferai savoir qu'après avoir quitté le refuge, je me suis arrêté chez *Sears & Roebuck* et que j'ai acheté des cadeaux de Noël pour mon neveu de quatre ans. Je suis certain que la vendeuse se souviendra de moi. Cette charmante jeune femme était inquiète de pouvoir conduire dans la neige jusqu'à Morgantown, en Virginie Occidentale, pour passer Noël avec sa famille.

Il pensa à mentionner le suicide de James et son traitement sur les lieux par la police, mais décida de n'en rien faire. Sa compassion n'aiderait pas. De plus, il connaissait la police. Lui parler des mauvais flics ne lui apporterait que davantage d'ennuis.

Elle se leva.

— Je vais vérifier cela. Entre-temps, Monsieur Potter, ne quittez pas la ville.

XII

CELA NE dérangeait pas Harold d'être consigné dans sa chambre. Il y avait de pires punitions, comme une correction de Poppa ou devoir sortir dehors pour jouer. Hormis sa meilleure amie, Abigail Dombroski, les enfants du quartier se moquaient de lui et le raillaient d'être une mauviette. Elle était la seule personne au monde à l'aimer exactement comme il était. Ne pas être autorisé à la voir en dehors de l'école était la pire punition de toutes.

Chez Abigail, il avait joué avec les poupons, organisé des défilés de mode avec sa collection de Barbie, et cuisiné des gâteaux pour prendre le thé dans son four *Easy-Bake*. À part lorsqu'ils utilisaient le four de temps à autre pour une collation après l'école, Abigail et lui étaient désormais trop vieux pour ces jouets. Mais il ne se lassait jamais de se déguiser en portant les perruques, les chapeaux, les chaussures à talons hauts et les robes mises au rebut qu'ils avaient accumulés au fil des ans et qu'ils gardaient dans un vieux coffre dans le sous-sol des Dombroski.

Abigail avait souligné combien elle aimerait avoir son teint et les traits délicats qui faisaient de lui un garçon si peu attrayant. Mais une perruque bon marché, un peu d'eye-liner et du rouge à lèvres l'avaient transformé en une jolie fille. Ils passaient des heures à parfaire leurs compétences en matière de coiffure et de maquillage, s'utilisant l'un l'autre comme modèle pour s'entraîner grâce aux conseils glanés dans des magazines ou à travers les conversations entendues dans les toilettes des filles à l'école.

Harold soupira. Non pas qu'il ait jamais été autorisé à pénétrer dans les toilettes des filles. Plus il vieillissait, plus il devenait conscient des limites imposées par son sexe. Des urinoirs et des cabines sans portes dans une pièce malodorante, sans canapé. Des vêtements banals, informes et des chaussures gênantes, ennuyeuses. Des sous-vêtements laids. Oui, certains hommes portaient désormais les cheveux longs, les hippies et les musiciens, mais Poppa le forçait à garder les cheveux trop courts pour pouvoir y mettre même le plus petit des bigoudis.

Hormis ces règles qu'il n'avait aucun désir de suivre, être un garçon restait supportable. Mais être une fille était tellement plus amusant. Pendant un moment, il avait souhaité ne pas être né avec un pénis, mais lorsqu'il avait pris connaissance des cycles menstruels et de l'endroit d'où venaient les bébés, il avait changé d'avis. Il ne voulait pas être une fille. Mais il n'aimait pas les restrictions et les limites qui venaient avec le fait d'être un homme non plus. Les attentes rigides envers les maris et leurs épouses lui plaisaient autant que l'aurait fait de la glace au chou de Bruxelles. Être incapable de s'identifier à l'un ou l'autre des genres l'emplissait d'incertitude : qui était le sexe opposé ? Il finirait par comprendre, un jour. Mais pour l'instant, garder profil bas pour ne pas se faire remarquer de son père exigeait toute son attention.

Le sous-sol des Dombroski avait toujours été le seul endroit où il pouvait être lui-même. Madame D. passait parfois la tête pour les inviter à venir à l'étage pour déjeuner ou prendre le goûter, mais à aucun moment elle ne descendait en bas de l'escalier. Harold n'imaginait même pas que son père puisse venir chez Abigail sans être annoncé. Mais il l'avait fait, et la relation déjà tendue d'Harold avec le Troisième s'était désintégrée à la seconde où il était descendu en bas des marches pour voir Abigail retoucher le maquillage d'Harold, alors qu'ils convenaient tous deux que c'était le meilleur look pour lui, parmi tous ceux qu'ils avaient essayés. Poppa avait perdu la tête en le découvrant, portant des talons noirs, des bas résilles et l'élégante robe noire à paillettes qu'ils avaient cousue eux-mêmes. Harold ne l'avait jamais vu aussi en colère.

La présence de Madame D. lui avait épargné une correction immédiate, mais cela n'avait pas empêché son père d'agripper la manche à paillettes d'Harold et de le tirer jusqu'en haut des marches. Il avait perdu une chaussure à talons hauts dans le salon et l'autre sur le porche, à l'extérieur, tandis que son père le traînait à travers la maison jusqu'à la voiture. Malgré le choc sur son visage, le soulagement l'avait submergé quand il avait vu sa mère sur le siège passager.

Pete avait gardé la tête baissée, étudiant ses chaussures tandis que le Troisième faisait la morale à Harold au sujet des démons et lui hurlait des versets de la Bible pendant le trajet du retour. Rien qu'Harold n'ait déjà entendu si souvent qu'il aurait pu le réciter mot à mot, mais cette fois, les choses avaient été différentes. Ils savaient déjà que Poppa était un peu dérangé, mais cette fois il perdait le contrôle. À voir son expression inquiète, sa mère le pensait également. Pete jouissait bien trop de se retrouver un temps en dehors du feu des projecteurs pour dire quoi que ce soit, mais il devait le savoir également. La pression s'accumulait. Tôt ou tard, le Troisième allait faire quelque chose de vraiment insensé.

Débarrassé de son maquillage et habillé de son pyjama, Harold jeta un coup d'œil par la fenêtre de sa chambre vers le morne paysage d'hiver et se demanda ce qui se passerait ensuite. Avec un peu de chance, sa mère l'appellerait pour dîner et son père agirait comme si rien ne s'était passé. Tant qu'il n'entendait pas parler d'elle, cela voulait dire qu'elle essayait toujours de le calmer. Il se demanda si Pete avait quelque chose à manger, caché de son côté de la chambre. Vu à quel point son père était en colère, plusieurs jours passeraient peut-être avant qu'il puisse manger.

Un coup familier interrompit ses pensées et Pete passa la tête à la porte.

— Maman dit de te laver les mains et de venir dîner.

Harold étudia le visage de son frère sans rien y déceler.

— Comment est-il ?

Pete haussa les épaules.

— Ça a l'air d'aller. Mais tu sais que ça peut facilement changer.

HAROLD TERMINA son lait et déplaça sa serviette en lin amidonné de ses genoux à son assiette vide. Même s'il avait été affamé, la simple idée de manger encore de la dinde avait freiné son appétit. Mais son incroyable mère avait transformé les restes de dinde en quelque chose qu'il lui demanderait de cuisiner pour son prochain anniversaire. À en juger par les assiettes vides autour de la table, il n'était pas le seul à avoir apprécié le plat.

— Harriet, tu t'es vraiment surpassée cette fois, dit son père. Comment est-ce que tu appelles ça, déjà ?

Elle rayonnait de fierté sur sa chaise de l'autre côté de la table de la cuisine.

— De la dinde Tetrazzini, et c'est enfin la fin de nos restes de dinde.

Elle se leva, ramassant autant d'assiettes sales qu'elle pouvait en emporter jusqu'à l'évier.

— Est-ce que tu sortiras encore ce soir, chéri ?

Harold regarda son père, attendant une réponse. Sa mère en fit de même et il n'eut pas besoin de regarder Pete pour savoir que c'était aussi son cas.

Poppa secoua la tête.

— Je ne pense pas. Tu ne te plains jamais, mais je sais que cela te fatigue de rester autant seule avec les garçons.

Harold savait qu'il n'était pas le seul à essayer de dissimuler sa déception. Au moins, maintenant que Noël était passé, ils ne seraient pas obligés de passer la soirée à confectionner des couronnes de l'Avent. Il fixa son assiette vide, attendant d'être excusé de table.

— Pourquoi ? demanda Poppa en ramassant son journal et en l'ouvrant. Est-ce que tu avais besoin que je passe chercher quelque chose pour toi ?

— Non, je te remercie, mon chéri.

Sa mère s'arrêta derrière son père et tapota ses épaules.

— Je suis contente que tu passes la soirée avec nous, ici. Tu as été si occupé ces derniers temps.

Elle tendit les mains et le serra dans ses bras par l'arrière.

— Tu nous manques.

Elle le relâcha, puis ramassa d'autres assiettes à table et les emmena jusqu'à l'évier.

— Pourquoi n'aideriez-vous pas votre mère à faire la vaisselle, les garçons ?

— Oui, Poppa, répondirent-ils à l'unisson, s'éloignant de la table et ramassant les verres vides et les derniers couverts.

— Vous nous manquez quand vous n'êtes pas là, ajouta Harold en espérant avoir l'air sincère.

Mais ses mots tombèrent dans l'oreille d'un sourd. Les yeux de son père suivaient Pete à travers la cuisine, glissant de son cou à ses épaules larges et à son dos avant de s'attarder autour de sa taille. Les joues de son père s'empourprèrent et il enfouit son visage dans son journal. Harold se demanda à quoi il pensait. Tandis qu'il l'observait, l'expression de Poppa changea d'embarrassé à stupéfait, puis horrifié.

Poppa laissa tomber le journal comme s'il l'avait brûlé et se leva de son siège.

— Je...

Il se tourna pour les regarder tour à tour, et Harold put voir qu'il avait peur.

— Je dois sortir.

Le visage de sa mère se décomposa.

— Mais Tripp, tu viens de dire...

— Bon sang, femme ! J'ai changé d'avis.

Il ramassa le journal et le glissa sous son bras, lui lançant un regard noir.

Harold fixait le sol, silencieux. Quand Poppa était comme ça, attirer son attention n'apportait que des ennuis.

Poppa attrapa son manteau et se dirigea vers la porte arrière.

— Je serai de retour dans quelques heures.

— Et le dessert ? J'ai fait ton préféré. De la tarte aux pommes.

Harold, Pete et sa mère regardèrent Poppa continuer à avancer en l'ignorant. Le moteur de la Continental rugit, puis s'atténua quand la voiture recula hors du garage pour disparaître dans la nuit.

Sa mère parfaite tira le grand couteau du tiroir. La façon dont elle regarda la lame, la tournant d'un côté et de l'autre, fit courir un frisson le long du dos d'Harold. Elle plongea le couteau dans la croûte.

— Qui veut de la tarte ?

XIII

INVITER BEAU à dîner ne s'était absolument pas passé comme Philip l'avait prévu. Il avait voulu lui exprimer sa reconnaissance et sa gratitude pour tout ce que Beau avait fait pour lui. Puisque les compétences culinaires de Philip n'étaient pas tout à fait au niveau, il avait invité Beau dans un restaurant chic où ils pourraient profiter d'un cocktail et discuter tandis que d'autres trimeraient aux fourneaux et nettoieraient après eux.

Mais Beau refusait d'être vu en public et de dîner avec un autre homme. Son travail était en jeu. Les tentatives de Philip pour le convaincre que le risque qu'il soit vu par quelqu'un de l'école était minimal tombèrent dans l'oreille d'un sourd.

Ils avaient convenu d'un compromis et Philip avait récupéré un plat à emporter au nouveau restaurant italien sur la 17e. La pizza au fromage aurait été meilleure servie brûlante à table et toujours en possession de tout son fromage désormais collé dans le couvercle de la boîte. Devoir laver les couverts et les assiettes avec lesquels ils avaient mangé ce repas décevant ajoutait encore à l'insulte.

Une fois les assiettes séchées et rangées, ils retournèrent sur le canapé du salon. Beau alluma la télévision pour regarder *Daniel Boone*, son émission préférée. L'émission préférée de Philip était diffusée le vendredi à la même heure, sur une chaîne concurrente. Au début, il avait essayé de passer de l'une à l'autre, mais rester à genoux devant la télévision, une main sur le bouton des chaînes, était inconfortable et il avait fini par manquer les meilleures parties des deux émissions. Il aurait aimé que la chaîne déplace *Tarzan* à la tranche horaire du jeudi où se trouvait *Daniel Boone* pour qu'il ne manque pas un épisode sur deux de *The Wild Wild West* pour regarder son autre émission préférée. Il n'arrivait pas à décider s'il préférait un Robert Conrad torse nu ou un Ron Ely portant un pagne, mais il savait que tous deux étaient bien mieux que Fess Parker en peau de daim et casquette à queue de raton laveur.

Pendant la pause publicitaire, Beau demanda :

— Où étais-tu, hier ?

Philip résista à l'envie de répondre que ses allées et venues à n'importe quel moment n'étaient pas ses affaires, mais il savait que Beau ne voyait pas à mal. Son inquiétude était flagrante. Il était bien plus direct que Philip ne s'y serait attendu de la part d'un habitant du Grand Sud, bien plus même que Mary.

— Tu n'as pas répondu quand j'ai téléphoné, alors je suis venu vérifier à l'appartement. Tu n'étais pas non plus à la maison.

Au lieu de la boutade qui lui vint à l'esprit mentionnant qu'il aurait dû faire carrière en tant que détective privé, Philip répondit à la question de Beau.

— Je discutais avec un sergent au poste de police.

— Au sujet de la mort de Ru... euh, de James ?

Après les premières fois où Beau avait dit Rudy au lieu de James, Philip avait cessé de le corriger. Les noms se mélangeaient tout le temps. Philip disait souvent Nancy au lieu de Sally, et il n'avait jamais compris pourquoi.

— Non. Elle s'imagine que j'ai quelque chose à voir avec la mort de quelqu'un que je connaissais à peine.

— Quoi ? Tu es sérieux ?

Beau se leva du canapé et se pencha par-dessus la table basse pour baisser le volume.

— Est-ce qu'ils t'ont emmené au poste pour te questionner ? J'en ai déjà fait des cauchemars.

Philip se demanda ce que Beau avait fait pour causer de tels rêves, mais décida qu'il ne préférait pas le savoir.

— Non. J'ai reçu un appel me demandant si cela ne me dérangeait pas de venir répondre à quelques questions. Comme toi, je me suis dit qu'ils voulaient me parler de James.

Ed Ames apparut à l'écran, déguisé en Indien d'Amérique. Il était assez crédible dans le rôle de Mingo, mais Philip s'attendait toujours à ce qu'il se mettre à chanter « *Try to Remember* [5] ».

Beau tendit la main par-dessus la table basse et éteignit la télévision.

— Est-ce que tu as appelé ton avocat ?

La question surprit Philip. Si la situation avait été inversée, il aurait posé des questions sur la victime et aurait voulu savoir pourquoi la police croyait qu'il était lié à l'enquête.

5 Ed Ames est un chanteur populaire américain connu pour cette chanson.

— Oh, non. Cela ne m'a même pas traversé l'esprit.

De plus, il n'avait pas d'avocat et n'en connaissait même pas.

— Je sais que tu n'as rien fait, mais l'innocence ne fait pas toujours la différence. Réfléchir à ce que je ferais si un gamin m'accusait de quelque chose un jour m'a déjà provoqué beaucoup d'insomnies. Est-ce qu'elle a dit qu'elle aurait d'autres questions pour toi ou est-ce qu'elle t'a remercié d'être venu ?

Une nouvelle fois, ce n'était pas la réaction à laquelle Philip s'était attendu. Peut-être qu'il projetait ses années avec James et ses réactions dramatiques sur Beau. Philip repensa à sa conversation avec le Sergent White.

— Ni l'un ni l'autre, en réalité, mais elle m'a dit de ne pas quitter la ville.

— Eh bien, dit Beau d'une voix traînante. On dirait que tu ferais mieux d'engager un bon avocat.

— Mais je n'ai rien fait de mal, protesta Philip.

Beau haussa les épaules.

— Les prisons sont pleines d'hommes qui jurent être innocents. Et je ne peux pas imaginer pire endroit où me trouver. Tu sais ce qu'il arrive aux hommes comme nous derrière les barreaux.

Philip regarda fixement l'écran éteint de télévision, son esprit tournant à plein régime. La prison était-elle vraiment une possibilité ? Beau avait raison. Son innocence, si on en venait à un procès, ne garantissait pas un verdict de non-culpabilité.

— Et l'oncle de James ? Le type en manteau de cachemire qui est venu à l'enterrement. Tu n'as pas dit qu'il était avocat ?

— Après la scène qu'ils ont causée avec son frère chez moi ? Je ne pense pas, non.

Beau joignit les mains sur ses genoux.

— D'après ce que tu as dit, c'est le père qui t'a énervé. En tout cas, l'oncle semblait être d'accord avec toi.

— Oui, tu as raison. Je suppose que c'était le cas.

Mais cela ne voulait pas dire que Philip allait l'appeler. George Walker avait malgré tout joué un rôle dans l'abandon du corps et le subterfuge pour empêcher la mort de James de paraître dans les journaux.

— En parlant d'autre chose, je sais que tu te rends dans le Maryland demain soir pour passer la soirée avec ta sœur. Samedi, c'est le réveillon du Nouvel An. Est-ce que tu voudrais qu'on se voie pour célébrer ?

— Je ne sais pas.

Philip avait été trop distrait par le départ imminent de Mary pour Milan pour réfléchir à s'organiser en vue de l'arrivée de 1967. Ce rappel de devoir bientôt dire au revoir à Thad et de ne plus le revoir pendant des mois le frappa de plein fouet. Si on ajoutait à cela son premier réveillon du Jour de l'An sans James, Philip voyait peu de raisons de célébrer.

— Je pense que je vais peut-être rester chez moi cette année.

— Parfait, s'exclama Beau. Nous pourrons regarder Guy Lombardo et jouer aux cartes.

Il se pencha et ralluma la télévision.

Beau avait un don pour entendre seulement ce qu'il voulait entendre. Philip n'avait pas le cœur de clarifier qu'il avait voulu dire « rester seul » et se résigna à une autre soirée devant la télévision avec le bel et ennuyeux Beau Carter. Tandis que Mingo sauvait Daniel des griffes d'un trio de méchants en fourrure, Philip récupéra le journal sur la table basse. Il avait parcouru la première page et les nouvelles nationales un peu plus tôt, mais n'avait pas eu le temps de voir le reste.

Il feuilleta jusqu'à la section locale et eut le souffle coupé. La photographie du jeune homme du refuge que le Sergent White lui avait montré était au milieu de la première page.

— Qu'est-ce qui ne va pas ?

Philip parcourut le court article, mais ne trouva rien qu'il ne sache déjà. Il tendit le journal à Beau.

— Voici le jeune homme que le Sergent White pense que j'ai tué.

Le sang quitta le visage de Beau. Ses mains tremblaient tellement que le journal bruissait tandis qu'il lisait l'article. Il regarda fixement l'image un moment, puis bondit du canapé. Le journal tomba au sol tandis que Beau contournait la table basse pour récupérer son manteau sur le dos d'une chaise, là où il l'avait posé en entrant.

— Je dois y aller.

— Déjà ?

Philip se demanda ce qui l'avait effrayé, mais il essaya de ne pas laisser paraître son soulagement. Beau, l'esprit ailleurs, ne semblait pas avoir entendu la question et se dirigeait vers la porte.

— À samedi.

— Ouais. Samedi.

Puis il sortit, laissant la porte ouverte en se précipitant dans le couloir.

XIV

Il CONDUISIT pendant une heure en repensant à l'article de journal qu'il avait lu, se demandant si le crime pouvait être relié à lui d'une quelconque façon. Il aimait conduire et prenait la route à chaque fois qu'il était bouleversé. Le doux ronronnement du moteur et le paysage changeant le calmaient.

Il alluma la radio. La musique le réconforta. Il aimait le son de l'harmonica en arrière-plan, comme un train de marchandises dans le lointain.

Plus il réfléchissait, plus il était convaincu. Ils ne pouvaient pas faire le lien entre le corps et lui. Ils n'avaient pas ses empreintes et le ruban adhésif qu'il avait utilisé était disponible partout dans Washington. Il se détendit.

Il avait réagi de façon excessive. Il était en sécurité. Aucune raison de s'inquiéter. Aucune raison du tout.

Sur le chemin de retour, il le vit. Le jeune homme portait un jean délavé près du corps, un blouson en cuir et une casquette de base-ball. Le jean accentuait la rondeur de ces fesses et ses cuisses puissantes. Il aimait la démarche masculine du garçon et la façon dont ses jambes étaient légèrement arquées.

Il éteignit la radio et leva le pied de l'accélérateur, laissant la Continental ralentir sans appuyer sur le frein. Le léger mouvement des hanches de l'adolescent tandis qu'il marchait attirait toute son attention. Hypnotisé, il le regarda, se demandant si ses fesses fermes et athlétiques étaient couvertes de poils. Il avait envie de les toucher.

À quelques mètres du jeune homme, il appuya légèrement sur le frein et se rapprocha du trottoir. Le garçon prit une longue bouffée de sa cigarette et expira lentement un épais nuage de fumée, avant de jeter le mégot par-dessus la barrière d'un geste du poignet. L'homme arrêta la voiture et appuya sur le bouton pour baisser la vitre du côté passager.

— Vous avez besoin d'être déposé quelque part, jeune homme ?

Il prit une profonde inspiration pour se calmer.

— Personne ne devrait marcher dans ce froid.

L'adolescent aux airs de petite frappe se pencha, posant les avant-bras sur la portière et regardant dans la voiture. Sa veste était assez déboutonnée pour révéler un maillot de corps et un torse imposant et musclé, couvert de poils noirs, jusqu'à l'endroit où le jeune homme s'était rasé dans le cou. Ses doigts, entrelacés sur la portière, étaient épais et ses phalanges velues.

— Non, Monsieur. Je ne vais nulle part en particulier. Qu'est-ce qui vous amène ici, ce soir ?

Il aima la voix forte, confiante. Le jeune homme avait des pommettes hautes, une mâchoire carrée, une barbe de fin de journée visible même à la faible lumière des réverbères, et des yeux gris lumineux.

— Je rentre du travail.

Il déglutit et prit une autre inspiration profonde.

— Est-ce que je peux au moins vous offrir un Coca ou autre chose ?

Il essaya d'avoir l'air sympathique sans sembler désespéré.

— Je connais un restaurant ouvert jusqu'à minuit. Peut-être que vous aimeriez manger quelque chose ?

Le jeune homme sourit.

— Je n'ai pas vraiment faim… de nourriture, en tout cas.

Le sourire se fit plus suggestif.

Il comprit le sous-entendu lubrique et ressentit immédiatement un tressautement dans son pantalon. Il déglutit difficilement.

— Oh ?

Sa voix se brisa.

Le jeune homme éclata de rire, se redressa et leva les bras au-dessus de sa tête, étirant sa longue silhouette. Son ventre plat et poilu apparut furtivement sous le débardeur.

— Qu'est-ce que tu regardes ?

Le jeune homme tendit la main vers son entrejambe.

Il regarda la main du jeune homme et eut souffle coupé quand il serra la bosse de son pantalon d'une façon qui prouvait sans aucun doute qu'il avait bien vu ce qu'il avait vu. Il regarda l'entrejambe du garçon fixement, sans voix.

— Tu aimes les grosses queues ?

Le jeune homme serra de nouveau, caressant sa longueur de l'autre main.

Son cœur s'emballa et son pénis lui sembla trop serré dans son pantalon.

— Oui, murmura-t-il sans relâcher des yeux l'entrejambe du jeune homme qui continuait à se caresser.

— Oh, alors tu vas m'adorer.

Le jeune homme se recula pour inspecter la voiture et laissa échapper un sifflement.

— Joli. Un type qui conduit une telle voiture doit avoir un bon boulot. Donne-moi cinquante dollars et je te laisse la voir. Si tu m'en donnes cent, tu peux me sucer.

Il déverrouilla la portière.

— Grimpe.

Il se fichait de l'argent.

— Comment tu t'appelles ?

— Lanny, dit-il. Et d'abord, je veux voir l'oseille.

Il récupéra son portefeuille dans la poche du manteau qu'il avait jeté sur le siège arrière et en sortit cinq billets de vingt dollars, les montrant en éventail telles des cartes à jouer.

Lanny lui arracha l'argent des mains, se glissa sur le siège et referma la portière derrière lui.

— Tu as un endroit où aller ?

Il quitta le trottoir sans répondre et essaya de rester calme.

— L'hôtel près de la gare routière loue des chambres à l'heure. Ça vaut les dix dollars supplémentaires.

Lanny glissa l'argent dans sa poche.

— Vu comment se comporte la police dernièrement. Bordel. C'est de plus en plus dur de gagner sa vie.

Il retira sa casquette et la plaça sur son genou droit.

Il jeta un coup d'œil vers le jeune homme robuste, admirant sa mâchoire forte et les doigts épais que le garçon passait dans ses cheveux d'un noir d'encre.

— Non, dit-il. Je sais où nous pouvons aller. Un endroit tranquille et discret où personne ne nous dérangera.

Il relâcha le volant de sa main droite et la posa sur la cuisse dure de Lanny, pour la serrer.

LANNY S'ASSIT sur une caisse, ferma les yeux et posa sa tête contre le viaduc en béton.

— Putain, c'est sûrement la meilleure pipe qu'on m'ait jamais taillée. La plupart des gars ne peuvent même pas mettre ma queue en entier dans leur bouche. C'était génial.

— Merci, dit-il.

Puis il sortit le pistolet de sa poche de manteau, le porta à la tête de Lanny et appuya sur la gâchette. Il récupéra le ruban adhésif et un vieux drap dans le coffre de la Continental et retourna vers Lanny, affalé avec son pantalon sur ses chevilles.

Prenant soin d'éviter le sang, il passa les mains sous le tee-shirt, profitant du contact du torse velu encore chaud contre ses paumes. Dans les poches de Lanny, il trouva trois cents dollars, un cran d'arrêt, plusieurs cartes de base-ball et un briquet Zippo or et argent, avec les initiales L. S. gravées sur l'avant. L'argent et le briquet disparurent dans sa poche. Il jeta le reste dans la rivière.

Après avoir étalé le drap par terre, il roula le corps dedans, puis s'arrêta pour agripper le pénis désormais flasque et parcourir les fesses poilues des mains. Trouver des pierres assez grosses pour alourdir le corps ralentit sa progression. Il enroula le drap autour des pierres et passa du ruban adhésif autour du corps au cou, aux chevilles, aux genoux et, avec un effort considérable, à la taille. Grognant, il fit rouler son fardeau jusqu'à la berge, le jeta dans la rivière d'un coup de pied et le poussa jusqu'à ce qu'il disparaisse hors de vue.

XV

LA DERNIÈRE journée de travail de 1966 passa lentement. Philip vérifia sa liste de choses à faire. Il n'était toujours pas certain de savoir comment il avait réussi à avancer avec tout ce qui se passait dans sa vie, mais tout était prêt pour la célébration de janvier du troisième anniversaire du Musée d'Histoire et de Technologie.

Il parcourut sa liste pour le projet et vit plusieurs choses qu'il pouvait encore faire. À un autre moment, il s'y serait attaqué au moins pour s'occuper afin que le reste de la journée ne traîne pas en longueur. Mais il était fatigué, et son esprit était engourdi… Il l'avait été, en réalité, depuis la veille de Noël.

Est-ce que Noël serait pour toujours enveloppé du linceul de la mort de James ? « Oublie-moi », en effet. Si seulement c'était aussi simple. Et si James avait vraiment voulu que Philip l'oublie, alors pourquoi ne pas attendre de s'ôter la vie un autre jour qui ne soit pas autant chargé de sentiments et de souvenirs d'une époque révolue ?

Penser à tout cela le mettait en colère. Ce n'était pas surprenant. Les pensées négatives attiraient les émotions négatives. Secouant la tête et haussant les épaules, il se résolut à être plus positif. Demain, c'était la Saint Sylvestre et l'anniversaire de la première semaine de la mort de James. Cela faisait-il vraiment seulement une semaine ? Il avait l'impression qu'un mois s'était écoulé. Tels étaient les aléas du temps.

Les souvenirs de ses premières années avec James étaient encore neufs et frais, comme s'ils s'étaient déroulés la veille. L'automne où ils s'étaient rencontrés, Philip venait d'intégrer en troisième cycle le programme hautement respecté des Archives et de la Préservation à l'université du Maryland, à College Park. Durant la majeure partie de ces deux années, James et lui avaient vécu de façon précaire dans un minuscule appartement infesté de cafards. James avait fréquenté le lycée la journée et menti sur son âge pour obtenir un emploi à temps plein pour faire la plonge, les soirs et les week-ends. Philip avait été serveur dans un restaurant huppé, trois soirs par semaine, et étudiait à chaque instant de libre lorsqu'il n'était pas en cours.

L'argent manquait. Il n'était pas vraiment certain de savoir comment ils avaient survécu. Mais ils l'avaient fait.

Cette lutte avait renforcé leur relation. Ils avaient appris à faire confiance à l'autre et avaient vu que lorsqu'ils travaillaient ensemble, tout était possible. Ils s'étaient ouverts, partageant leurs espoirs et leurs rêves pour le futur, ensemble.

Le tout nouveau Musée d'Histoire et de Technologie n'aurait pas pu ouvrir à un meilleur moment. James et lui étaient tombés d'accord : le poste d'archiviste de premier échelon qu'on avait offert à Philip, à presque trois mois de son diplôme en 1963, avait rendu leurs sacrifices valables. Philip ne sursautait plus quand un chœur tumultueux de cloches, de carillons et de coucous provenant de dizaines d'horloges annonçait l'arrivée de chaque demi-heure. Il s'était appliqué avec la même ardeur sur chaque projet, avec une attention aux détails qui lui avait beaucoup servi. Sa rémunération avait grimpé de quatre niveaux, et on le préparait pour un poste de conservateur. Il adorait aussi son travail. Qui d'autre au monde pouvait toucher le chapeau haut-de-forme d'Abraham Lincoln, le micro que Franklin D. Roosevelt avait utilisé pour ses discussions au coin du feu, et le chapeau en daim porté par le Général George Armstrong Custer ?

Peu habitué à tuer le temps, Philip arrangea l'agrafeuse, le rouleau de scotch, le porte-trombone et une tasse remplie de stylos et de crayons afin qu'ils se trouvent à une distance égale du bord du bureau et l'un de l'autre. Puis il replaça le couvercle sur sa machine à écrire, se rassit sur sa chaise et laissa son esprit vagabonder en attendant que l'horloge sonne dix-sept heures.

Il était nerveux au sujet de son rendez-vous de dix-huit heures avec George Walker. La réceptionniste le lui avait passé lorsqu'il avait appelé, à sa grande surprise. Sa volonté de voir Philip après ses heures normales de travail le surprenait encore davantage. Il espérait ne pas regretter sa décision de l'avoir appelé.

Philip se demanda comment se passerait son week-end de trois jours. Mary viendrait le chercher à vingt heures pour garder Thad tandis qu'Alex et elle participaient à une fête de bon voyage. Il avait décliné l'invitation à la fête, préférant passer quelques heures avec Thad. D'ailleurs, il n'aimait pas trop l'idée de laisser une adolescente s'occuper de son précieux neveu. Demain, il irait avec eux à Baltimore, assisterait à leur départ, puis reprendrait le train jusqu'à Washington pour son rendez-vous avec Beau à vingt heures. Il avait même fait autoriser son voyage par le sergent White.

James aurait prévu quelque chose d'extraordinaire pour tirer le meilleur parti de cette occasion spéciale. Les plans de Beau pour la Saint-Sylvestre, toutefois, était centrés autour de la télévision de l'appartement de Philip. Après les fêtes incroyables auxquelles il avait participé avec James les années précédentes, regarder Guy Lombardo sonner la nouvelle année lui semblait démodé.

Et pour qu'il pense cela, lui, ce n'était pas peu dire.

XVI

— Vous avez été bien avisé de me contacter, Monsieur Potter, dit George Walker depuis son fauteuil en cuir vert derrière un énorme bureau en acajou.

Philip parcourut du regard la pièce meublée avec soin pour inspirer confiance.

— Je vous remercie. Après ma visite au sergent White, je me suis dit qu'appeler un avocat serait prudent et vous êtes le seul que je connaisse.

Philip se détendit. Le rendez-vous se passait bien mieux qu'il l'aurait cru.

George s'appuya contre le dossier de son siège et entrelaça ses doigts derrière sa tête.

— Elle essayait de vous secouer pour voir si vous saviez quelque chose. Je ne pense pas qu'elle ait quoi que ce soit contre vous.

Philip admira de nouveau les cheveux ondulés d'un noir de jais, le nez aquilin et l'attitude majestueuse de George Walker. Il observa le costume *Brooks Brothers* de cet homme, sa cravate à rayures et ses ongles polis.

— Comme je n'ai jamais enfreint aucune loi, je ne vois guère comment elle pourrait avoir quoi que ce soit sur moi.

George grimaça.

— Je déteste devoir vous le rappeler, mais tout dans votre relation avec mon neveu était illégal. Et je suis certain que vous le savez, les homosexuels ne sont pas vraiment bien perçus par les forces de l'ordre ou les élus locaux de cette ville.

Philip tressaillit, mais il ne pouvait pas le contredire.

— Vont-ils m'accuser du meurtre de Daniel Bradbury ?

George haussa les épaules et tourna ses paumes vers le ciel.

— Tout est possible, mais j'en doute. J'ai fait quelques demandes discrètes de renseignements. Ce n'est pas dans l'intérêt du DCPD de consacrer des ressources supplémentaires à cette affaire.

— Qu'est-ce que cela veut dire ?

Philip se pencha en avant, remarquant pour la première fois que chacun des iris gris de George était bordé de noir.

George croisa son regard.

— Cela signifie que, du moins pour le moment, ils n'ont aucun intérêt à trouver ce qui est arrivé à ce garçon.

Philip le regarda fixement, sans voix. Il repensa au jeune homme séduisant, à sa belle calligraphie, son rêve de devenir écrivain.

— Mais… et sa famille ? Ils ne s'en soucient pas ?

George baissa les yeux sur son bureau puis les releva vers Philip.

— Selon la police, ils disent que leur fils est mort il y a deux mois… quand ils l'ont expulsé de chez eux.

Combien de fois cette histoire avait-elle été répétée ? Philip repensa au traitement horrible que James avait reçu de la part de son père et espéra que son émotion n'était pas visible.

George fit tourner l'alliance en or autour de son doigt.

— Je ne peux vous dire à quel point je suis désolé au sujet de tout ce qui s'est passé. Le suicide de James a été un grand choc.

Philip se tortilla sur son siège.

— Je préférerais que nous limitions notre discussion aux questions spécifiques à notre relation professionnelle.

George grimaça, une expression peinée sur le visage.

— Je suis désolé. Ma femme et moi n'avons jamais eu d'enfants. Elle… eh bien… Roland est mon seul frère et James était son seul enfant.

Son regard passa de Philip au portrait encadré d'un James adolescent sur son bureau.

— J'ai toujours eu beaucoup d'affection pour lui et j'ai longuement regretté de ne pas lui avoir demandé de venir vivre avec nous quand mon frère l'a mis dehors.

Philip vit la même tristesse dans les yeux de George que lorsqu'il l'avait jeté hors de son appartement, et qu'il l'avait revu aux funérailles de James. Il pensa à ce qu'il ferait si quoi que ce soit arrivait à Thad. Il soupira, pinçant le haut de son nez et fermant les yeux.

— Pas besoin de vous excuser. Mon neveu a quatre ans. Je peux à peine imaginer…

— Quand Roland et moi sommes venus chez vous…

Il considéra Philip avec une expression lugubre.

— Je n'avais pas la moindre idée qu'il allait faire ce qu'il a fait. Il m'a dit que nous allions vous présenter nos condoléances. Je ne serais jamais venu si j'avais su.

Philip se souvint du regard stupéfait sur le beau visage de George et il sut qu'il disait la vérité. Peut-être que supposer que les deux frères étaient faits de la même étoffe était injuste. George semblait tiré d'un tissu beaucoup plus délicat que Roland.

— Mais vous avez bien payé le journal pour ne pas imprimer quoi que ce soit au sujet de sa mort et avez laissé son corps ?

— Non, je l'ai appris à ce moment-là également. Roland m'a dit qu'il avait demandé au journal de ne rien imprimer au sujet du suicide, mais je n'avais pas la moindre idée qu'il leur avait donné de l'argent pour ne pas imprimer de notice nécrologique du tout. Nous avons eu une terrible dispute après avoir quitté votre appartement, au sujet de l'abandon du corps. Quand je suis arrivé à la morgue, vous aviez déjà pris des dispositions pour ses funérailles.

Cela expliquait comment il avait découvert la cérémonie. Leurs yeux se croisèrent.

— Je suis tellement navré pour votre perte, Monsieur Walker.

— S'il vous plaît, appelez-moi George.

Son regard se baissa alors qu'il ouvrait un tiroir de son bureau et en sortait un carnet de chèques.

— Vous devez me permettre de vous rembourser ses frais funéraires.

— Merci, mais non, dit Philip en marquant une pause pour se demander si l'argent était le seul remède auquel les frères Walker croyaient. Si vous voulez faire honneur à James, payez les funérailles de Daniel. Suis-je le seul à me soucier que son tueur s'en sorte malgré un assassinat ?

George referma le chéquier et le rangea dans son tiroir, son visage impénétrable.

— Permettez-moi de mettre un enquêteur sur l'affaire. Je vais lui demander de fouiller pour voir ce qu'il peut trouver.

— Merci. Je vous serais pour toujours redevable.

Philip se leva de son fauteuil.

George se leva à son tour et fit le tour du bureau, offrant sa main à Philip.

— Non, Philip. Cette dette est la mienne.

Philip lui serra fermement la main et fut surpris quand George ne relâcha pas immédiatement la sienne.

— Merci d'avoir pris si bien soin de James. Je soupçonne que les années passées avec vous ont été les meilleurs de sa trop courte vie.

Il serra de nouveau la main de Philip.

Ce geste intime prit Philip dépourvu. Les yeux gris de George reflétaient la douleur et quelque chose qu'il ne pouvait pas vraiment identifier. Se rendant compte qu'ils se tenaient toujours la main, il le relâcha.

— Merci d'avoir accepté de me voir.

— Avec plaisir. Si le sergent White vous contacte de nouveau, appelez-moi. Et quoi que vous fassiez, ne répondez pas à ses questions.

XVII

PRENDRE LE train pour rentrer de Baltimore avait été une sage décision. Les larmes avaient commencé à couler quand il avait vu Thad dans son petit costume de marin, Mary et Alex derrière lui, tous trois le saluant depuis le pont du navire géant s'éloignant du port et se dirigeant vers la mer. Le chauffeur de taxi qui l'avait conduit depuis le port jusqu'à Penn Station lui avait demandé trois fois s'il allait bien. Incapable de se reprendre, Philip avait agité la main et acquiescé, lui signalant qu'il allait bien tout en sanglotant dans son mouchoir.

Lorsqu'ils avaient atteint Penn Station, Philip s'était repris et contrôlait ses émotions. Il avait payé le chauffeur de taxi, ajoutant un généreux pourboire et s'était dirigé vers le bureau de vente des billets. Il allait bien, jusqu'à ce qu'un petit garçon passe près de lui en portant exactement la même tenue de marin que Thad, et il avait craqué de nouveau, réussissant à retenir ses larmes assez longtemps pour acheter un aller simple pour Washington. Tandis que le paysage défilait par la fenêtre, il avait essuyé ses yeux de temps à autre avec un mouchoir détrempé, se demandant ce qui était arrivé au mouchoir de rechange qu'il avait apporté exactement pour cette raison.

Quand le train entra dans Union Station, Philip jeta un coup d'œil à sa montre. Quinze heures. Pile à l'heure. Il lui restait beaucoup de temps avant son rendez-vous de vingt heures avec Beau. Il ne gelait pas tout à fait, mais un vent froid soufflait. Plutôt que de marcher jusque chez lui comme il l'avait prévu, Philip héla un taxi.

À l'appartement, il défit sa valise, lut le journal et fit une petite sieste. Après une douche, il mélangea un paquet de soupe à l'oignon avec de la crème, installa un sachet de chips dans un bol pour l'ouvrir plus tard et arrangea des cornichons, des olives et des crudités sur une assiette avec un assortiment de fromages. Puis, pour lui-même, il mélangea du beurre de cacahouète, de la confiture de fraises et une touche de miel dans une tasse à café, étala la mixture entre deux tranches de pain et découpa la croûte exactement comme sa mère l'avait fait pour lui autrefois. Il se souvenait lui avoir parlé du sandwich que la mère d'un ami lui avait servi, avec du beurre de cacahouète d'un côté, de la confiture de l'autre et sans miel.

« *Sa mère ne l'aime pas autant que je t'aime* », avait-elle répondu.

Ce souvenir le surprit. La plupart du temps, penser à sa mère le mettait en colère. C'était déjà assez terrible de perdre son père, mais il l'avait perdue elle aussi. Plutôt que de relever le défi, sa mère avait succombé à sa douleur et à sa peur. À quel point leur vie aurait-elle été différente s'ils avaient enterré sa mère et s'étaient retrouvés à la garde de leur père ? Il soupira. Tant pis. Comme le disait Doris Day, « *Que Sera, Sera* ».

Il engloutit son sandwich et nettoya la cuisine avant de se changer pour enfiler un pantalon de laine noire et un col roulé noir avec des mocassins noirs. James lui avait acheté cette tenue pour qu'il la porte à une fête de la Saint-Sylvestre cette année. Même s'il n'y aurait pas de fête, cela ne l'empêchait pas de porter ses beaux habits.

À vingt heures pile, exactement comme l'avait prévu Philip, Beau frappa à la porte de l'appartement. Tandis qu'il se dirigeait vers celle-ci pour lui ouvrir, il pensa que Beau avait probablement grandi avec son beurre de cacahouète et sa confiture séparés, vu la ségrégation qui régnait dans sa ville natale.

— Bonne année !

Beau portait une veste de sport bleu marine, un pantalon en toile et une chemise blanche amidonnée. Il tenait une bouteille de champagne d'une main et deux flûtes de l'autre, et il dépassa Philip pour se rendre dans la cuisine.

— Il faut que je mette ces bulles dans de la glace, pour que ce soit bien froid à minuit.

Philip suivit Beau et le regarda placer la bouteille et les verres dans le congélateur.

— Du champagne ? Comme c'est gentil.

— Ne me laisse pas les oublier ou nous aurons du bazar à nettoyer.

Beau referma la porte du congélateur.

— Ce ne serait pas la Saint-Sylvestre sans une bouteille de champagne et Guy Lombardo, n'est-ce pas ?

— Je ne peux même pas imaginer, répondit Philip.

L'idée de Guy Lombardo fournissant la musique à l'une des fêtes auxquelles James et lui avaient assisté le fit sourire. Le mélange de beatniks, de hippies et d'hipsters avec lesquels James aimait faire la fête vivait de façon assez sauvage et prenait beaucoup de drogue. Pour Philip, un cocktail de temps à autre suffisait. Oui, il avait fumé de la marijuana avec James quelques fois, mais s'il prenait de l'alcool ou de la drogue, il préférait garder toute sa tête. Il avait été impliqué dans suffisamment de descentes pour savoir qu'on ne savait jamais quand la police pouvait montrer son nez.

Aucun danger d'une descente de police ce soir. Accompagné par l'orchestre de Guy Lombardo, Philip et Beau jouèrent au crib, à la canasta et au gin rami tout en grignotant les chips et les crudités. Quelques minutes avant minuit, Beau récupéra les flûtes de champagne dans le congélateur et le Korbel qu'il avait placé un peu plus tôt dans le réfrigérateur. Il retira le muselet de la bouteille et le bouchon sauta, renversant l'une des flûtes qui tomba du comptoir pour se briser au sol, tandis que le champagne jaillissait de la bouteille.

Philip récupéra un torchon pour éponger le gâchis, en prenant soin d'éviter les éclats de verre.

La main de Beau sur son épaule l'arrêta.

— Nous nettoierons cela dans un instant. Il est presque minuit.

Il tendit à Philip la flûte restante, désormais pleine de la boisson dorée et pétillante, et prit la bouteille.

Depuis la télévision, Philip entendit le compte à rebours.

— Sept, six…

— J'aimerais proposer un toast. À nous.

À nous ? Philip espéra que sa surprise n'était pas trop voyante. Les choses allaient trop vite. James n'était même pas parti depuis une semaine.

— Trois, deux…

Philip vit Beau se pencher pour l'embrasser.

— Oui, dit-il en levant son verre comme un bouclier. À nous, et au début d'une belle amitié.

Il fit tinter son verre contre la bouteille de Beau et descendit son champagne en trois gorgées rapides.

Beau reposa la bouteille sur le comptoir et prit le verre des mains de Philip. Ses yeux d'un bleu céruléen le regardaient, sérieux et intenses. Le visage séduisant se rapprocha et Philip sut qu'il allait essayer de recommencer.

Avant de se rendre compte de ce qu'il faisait, Philip recula. Beau se rapprocha de nouveau, son intention claire. Philip n'avait aucune envie d'embrasser ce qui était peut-être le plus bel homme qu'il ait jamais rencontré et il ne savait pas comment réagir. À la dernière seconde, il se détourna, et des lèvres molles et humides touchèrent sa joue. Il recula encore, plaçant une main sur le torse de Beau pour l'empêcher de le suivre.

— Qu'est-ce qui ne va pas ?

Beau avait l'air sur le point de pleurer.

— Je pensais que tu m'appréciais. J'espérais que nous passerions la nuit ensemble, pour bien commencer la nouvelle année.

À la vue de la douleur qui se reflétait sur le visage de Beau, Philip se sentit encore plus mal.

En arrière-plan, Guy Lombardo et son orchestre jouaient « *Auld Lang Syne* [6] ». Il se souvint de James lui disant : « *Quoi que tu fasses à la Saint-Sylvestre, tu le feras pour le reste de l'année* ».

Son cœur se serra.

— Je t'apprécie, Beau. C'est juste que…

— Je ne t'attire pas ?

Son ton reflétait sa surprise, comme si l'idée que quelqu'un puisse ne pas être attiré par lui ne lui avait jamais traversé l'esprit.

— Non. Je veux dire, oui, je suis attiré par toi… là n'est pas le problème.

En disant ces paroles, Philip se rendit compte qu'il mentait. Il n'était pas le moins du monde attiré par cet homme magnifique qui le suppliait presque de coucher avec lui.

— Alors quel est le problème ?

Même si cela aurait été honnête, « *tu me barbes* » ne semblait guère la meilleure réponse.

— James n'est parti que depuis une semaine. J'ai besoin de plus de temps.

Le visage de Beau se décomposa et ses épaules s'affaissèrent. La déception irradiait de lui comme la chaleur d'un haut-fourneau.

— J'imagine que cela veut dire que nous ne déjeunerons pas ensemble demain.

Une petite voix dans la tête de Philip voulut le lui confirmer. Mais son expression triste et morne lui déchira le cœur. De plus, il n'aurait jamais réussi à traverser la semaine passée sans l'aide de Beau. Un déjeuner, c'était le moins qu'il puisse faire.

---

6 Chanson écossaise plus connue des francophones sous le nom de « Ce n'est qu'un au revoir ».

XVIII

BEAU FRAPPA à la porte de Philip à huit heures du matin, le jour du Nouvel An, les bras chargés de sacs de courses en papier brun. Les deux allers-retours à son appartement pour récupérer des ustensiles qu'il ne trouvait pas dans la cuisine de Philip avaient au moins offert quelques minutes de répit à celui-ci.

Quelques heures plus tôt, il en était venu à regretter sa décision de déjeuner avec Beau, mais il était bien trop engagé pour revenir en arrière. Il se concentra pour rester positif et profiter de la situation, ce qui, à plus d'une occasion, se révéla être un défi.

Philip regarda par-dessus sa tasse, de l'autre côté de la table, vers Beau.

— Merci d'avoir cuisiné un dessert. Ce gâteau à la patate douce était délicieux.

Beau repoussa sa chaise et se leva, ramassant les assiettes à dessert sur la table.

— De rien. Je suis heureux que tu l'aies aimé. Je fais cette recette depuis tellement longtemps que je pourrais la cuisiner dans mon sommeil.

— Eh bien, tu maîtrises clairement ce plat et je suis heureux que tu en aies fait deux. C'est vraiment gentil d'en laisser une pour moi.

Malgré son désir de s'attarder quelques minutes encore devant son café, Philip se leva et suivit Beau jusqu'à la cuisine. *Rester positif.*

— Le déjeuner était excellent. C'est le meilleur pain de maïs que j'ai mangé de ma vie, et les pois secs étaient... intéressants, et j'ai beaucoup aimé le chou coloré.

C'était le cas, même si l'odeur lorsqu'il cuisait l'avait poussé à ouvrir les fenêtres de l'appartement.

Beau rit en faisant gicler du savon dans l'évier et en activant le robinet d'eau chaude.

— On dit « chou collard », pas coloré, quant aux pois secs, c'est un goût qui vient avec l'habitude, je dirais. Les manger ensemble au jour de l'an amène bonne fortune et prospérité pour le reste de l'année.

— Une tradition charmante. Merci de l'avoir partagée avec moi.

Philip le rejoignit devant l'évier. Beau semblait plus à l'aise dans la cuisine que lui, alors que c'était l'appartement de Philip. Il ramassa les assiettes propres, les essuya, puis les posa sur l'égouttoir tout en parlant.

— Est-ce que tu es prêt à retourner à l'école demain ?

Beau hocha la tête, retirant la bonde pour laisser s'écouler l'eau savonneuse.

— Puisque le temps m'empêchait de rentrer chez moi pour Noël, et que je n'avais rien d'autre à faire, j'ai planifié toutes mes leçons et j'ai préparé ma classe après que l'école a prit fin pour les fêtes. Mentalement, je n'aurais rien contre quelques semaines supplémentaires, mais les enfants me manquent.

Philip s'appuya contre le comptoir tout en essuyant une casserole qui ne rentrait pas dans l'égouttoir.

— Tu as été trop occupé à m'aider pour pouvoir vraiment profiter de tes vacances. Je suis tellement navré.

Beau se tourna vers Philip.

— Vous, Monsieur, vous n'avez aucune raison de vous excuser. Je ne sais pas ce que j'aurais fait sans toi pendant mes congés. Grâce à toi, je n'ai pas passé les fêtes seul et j'ai un nouvel ami.

Beau retourna dans le salon, alluma la télévision et s'installa sur le canapé.

Est-ce qu'il se montrait sarcastique ? Philip savait que rejeter les avances de Beau la veille l'avait blessé. Ils avaient nettoyé le verre brisé et le champagne renversé dans un silence si gênant que Philip avait voulu changer d'avis au sujet du déjeuner.

Mais il ne l'avait pas fait. Il était là, à rester positif et à essayer de voir le bon côté des choses. Il refusait de laisser Beau ou quiconque gâcher sa journée… surtout la première journée de l'année.

En plus, pensa Philip en nettoyant les miettes sur la table, il pouvait compter ses amis sur les doigts d'une main. S'il restait seul pour se distraire, il lirait un livre ou explorerait les archives du musée. C'était James qui avait été le plus sociable, emmenant Philip à des premières pour des expositions, des spectacles de danse et des fêtes organisées par ses amis. En dehors de Mary, Philip n'avait plus vraiment d'amis maintenant que James était parti. Oh bien sûr, il connaissait beaucoup de gens. Mais il n'aurait pas été capable de savoir qui appeler pour lui tenir compagnie ou pour dîner avec lui.

Il retourna au salon.

— Cela te dit, une balade ? Le soleil brille, il n'y a pratiquement pas de vent et c'est la journée la plus chaude depuis des semaines.

— Où veux-tu aller ? demanda Beau.

— Dehors. Je me fiche de savoir où. J'ai besoin d'air frais. Après deux morceaux de cette tarte délicieuse, je ne dirais pas non à un peu d'exercice.

Beau jeta le programme télévisé qu'il était en train de parcourir sur la table basse en briques rouges aux pieds verts et bleus.

— Pourquoi pas. Il n'y a rien la télévision de l'après-midi, hormis du football.

ILS FLÂNÈRENT sous les cerisiers endormis le long de Potomac River, sur les trottoirs humides de cette neige fondue qui recouvrait encore le quartier. Les mouettes encerclaient un petit bateau, piaillant et plongeant tandis que deux hommes jetaient un filet sur l'un des côtés de l'embarcation. En arrière-plan, le marbre blanc du Washington Monument luisait contre un ciel d'azur.

— Je me demande ce qui se passe là-bas.

Beau indiqua du doigt une foule rassemblée sur les marches du Lincoln Memorial.

— Je n'en ai pas la moindre idée, répondit Philip. Probablement une protestation contre la guerre du Vietnam. Peut-être qu'ils vont brûler des ordres d'incorporation.

— Est-ce que tu peux imaginer ça, aller faire la guerre et te battre ?

Beau plaça une main en visière contre son front pour se protéger du soleil, examinant la foule rassemblée.

— Je ne sais pas ce que j'aurais fait si Papa ne m'avait pas obtenu le statut 2-C [7].

— 2-C ? demanda Philip en relevant un sourcil et se dirigeant vers le Lincoln Memorial. Je n'ai jamais entendu parler de celui-ci.

Beau lui emboîta le pas.

— Agriculture. Je ne suis pas sûr de savoir comment Papa a réussi son coup. Il devait connaître quelqu'un. Nous avons quelques poulets, une vache et un petit potager, en plus de quelques chevaux pour les loisirs, sur un peu plus de deux hectares. Est-ce que tu as servi ?

7 Durant la guerre du Vietnam, certains hommes pouvaient échapper à l'incorporation sous certaines conditions. Ici sont mentionnés le statut 2-C (Occupation agricole) et le statut 4-F (Non qualifié pour le service militaire).

— Non, répondit Philip. Un problème au genou. 4-F.

Un homme en costume gris se tenait à mi-hauteur des marches du Lincoln Memorial et s'adressait à une foule d'environ quarante personnes. Derrière lui, une femme blonde séduisante portait une toque rose et un costume assorti ainsi qu'une courte pèlerine. À ses côtés se trouvaient deux adolescents en costume, tenant chacun une pile de brochures. Philip entendait l'accent traînant du Sud, mais n'arrivait pas vraiment à distinguer les paroles. Ils se rapprochèrent.

— Mes amis, alors que nous sommes rassemblés ici en ce beau dimanche après-midi, les homosexuels à travers le pays et dans cette ville même sont en train de recruter nos enfants pour se joindre à eux dans leurs voies pécheresses et perverties.

Philip s'arrêta à l'arrière de la foule, derrière un groupe de quatre hommes habillés élégamment et une femme portant un costume de tweed taillé sur mesure. Ses cheveux châtains étaient coupés courts, le fedora sur sa tête inclinée à un angle désinvolte.

— Pourquoi nous arrêtons-nous ? murmura Beau.

Philip l'ignora, avec l'intention d'entendre les paroles de l'orateur.

— C'est exact, frères et sœurs de Jésus-Christ, notre Sauveur. Ces sales pervers veulent emporter vos fils et vos filles dans une croisade immorale. Envoyés chez nous par l'Union soviétique et ses communistes sans Dieu, ils font partie du plan diabolique de Brejnev pour renverser ce grand pays.

Philip n'arrivait pas à croire ce qu'il entendait. Hormis le groupe bien habillé devant lui, la foule acquiesçait pour montrer son approbation.

— Partons, siffla Beau. Nous n'avons pas besoin d'être ici.

Philip porta un doigt à ses lèvres pour le faire taire. Le bel homme charismatique sur les marches continuait à parler d'une voix traînante, avec un accent aussi prononcé que celui de Beau, esquissant de grands gestes des mains, pointant de temps à autre son doigt vers la foule ou le ciel en parlant. Philip pensa qu'il ressemblait à Beau, quelque chose dans ses yeux et sa bouche. Ils avaient même des coupes de cheveux similaires.

— La Bible nous dit qu'un homme qui couche avec un autre homme comme on couche avec une femme a commis un acte détestable et doit être mis à mort. Nettoyer ce fléau de notre ville est notre devoir en tant que chrétien craignant Dieu. Nous le devons à nos enfants.

Il se tut de nouveau, observant les visages des spectateurs curieux rassemblés autour de lui.

— Que pouvez-vous faire ?

Il marqua une nouvelle pause, comme s'il attendait que la foule réponde.

— D'abord et avant tout, avertissez vos enfants de se méfier des prédateurs homosexuels. Ils sont partout, surtout là où les enfants se rassemblent.

Il fit une pause, tandis que les parents attiraient leurs enfants plus près d'eux.

— Deuxièmement, dit-il en levant deux doigts au-dessus de sa tête. Si vous soupçonnez que quelqu'un est homosexuel, avisez la police. Portez une attention particulière aux personnes qui travaillent pour le gouvernement et ceux qui travaillent avec les enfants, tels les enseignants.

L'estomac de Philip se souleva. Ses mains tremblaient et il avait du mal à respirer. Il ne savait pas ce qui le bouleversait le plus : les paroles de l'homme ou la réaction de la foule à celles-ci. Il avait envie de le dire, mais Beau était introuvable.

— Nous devons débarrasser la capitale de notre grande nation de cette pestilence, peu importe le coût.

Il pointa son poing en l'air et se tut, scrutant la foule.

— C'est exact, Mesdames et Messieurs, peu importe le coût. Même quand l'homosexuel est votre propre enfant, Dieu demande que vous le chassiez ou que vous souffriez une damnation éternelle.

Philip pensa à James et Daniel, à la façon dont ils avaient été jetés de chez eux. Leur mort tragique et leur vie écourtée. La colère le submergea. Il ne pouvait plus se contenir.

— Jeter des enfants dans les rues ? cria-t-il.

Quand la foule se tourna vers Philip, la femme portant un fedora et ses amis se regroupèrent autour de lui, comme pour le protéger si la foule devenait hostile.

Le regard du bel orateur se posa sur Philip.

— Oui, s'il est homosexuel. Dieu l'ordonne.

Philip fulminait.

— Et qu'arrive-t-il aux enfants qui sont abandonnés par leurs parents ?

— Ils brûleront en enfer pour toute l'éternité. Les parents, quant à eux, entreront au royaume de Dieu, proclama-t-il, car avoir débarrassé la terre des homosexuels plaît à Dieu, Notre Seigneur.

Les paroles de l'homme choquèrent tellement Philip qu'il n'arrivait plus à parler.

— Comment distinguez-vous les homosexuels des autres ?

La question provenait de la femme en costume.

— Bonne question.

L'orateur parcourut la foule du regard.

— La plupart du temps, un homosexuel se trahit lui-même. Peut-être est-ce la façon dont il parle, dit-il d'une voix efféminée soutirant des rires au public. Ou la façon dont il marche.

Il caracola sur quelques pas.

— Cela pourrait être les vêtements qu'il porte, ou son intérêt pour des choses féminines, tel la coiffure, le maquillage et les robes.

— Et qu'en serait-il d'un intérêt inhabituel envers les homosexuels ?

La question venait d'un homme à lunettes, d'environ dix ans de plus que Philip, qui se tenait près de la femme en costume. Ses amis ricanèrent.

L'orateur marqua une pause et sembla réfléchir à sa réponse. Après un moment, il parla de nouveau.

— Eh bien, oui. Un intérêt inhabituel pour les homosexuels serait certainement un signe d'avertissement.

Le rire du petit groupe bien habillé autour de lui prit l'homme au dépourvu. L'orateur rougit en les fixant.

— Est-ce que déblatérer au sujet de l'homosexualité, dit Philip, sur les marches du Lincoln Memorial suggérerait un intérêt inhabituel ?

La foule s'esclaffa. Philip tira un mouchoir de sa poche pour essuyer la sueur nerveuse de son front.

L'orateur furieux se força à sourire et attendit que la foule se calme.

— Comme Asa dans le Livre des Rois, le Seigneur m'a appelé pour débarrasser la terre des homosexuels.

Il lança un regard noir à la foule.

— Les sodomites connaissent la punition de Dieu pour ces choses et les font quand même. Son courroux envers ces abominations ne connaîtra aucune limite !

Il essuya quelques gouttes de salive sur son menton et pointa Philip du doigt.

— Qui êtes-vous pour vous moquer de la parole de Dieu ?

Philip regarda de gauche à droite, puis se pointa lui-même, les sourcils relevés d'un air interrogateur.

L'orateur lui lança un regard furieux.

Enhardi par l'indignation, Philip s'avança d'un pas.

— Je n'oserais pas me moquer de la parole de Dieu. La parole de Dieu est amour. Les âneries pleines de haine que vous débitez ne sont que folie.

Attirée par leur interaction, la foule avait doublée depuis que Philip était arrivé et regardait désormais le prédicateur bouche bée, en attendant sa réponse.

Le prédicateur hocha la tête vers les deux jeunes hommes près de lui. Les garçons et la femme blonde disparurent dans la foule, distribuant des brochures à quiconque voulait en prendre. L'homme leva le poing en l'air et ses yeux vers le ciel en tonitruant :

— Les Corinthiens nous disent que les adultères, les prostitués masculins et les homosexuels n'auront aucune place au royaume de Dieu.

Il adopta alors une attitude de soumission, les mains contre ses flancs, les paumes vers le ciel. Il baissa la voix et parla d'un ton plus calme.

— Dieu veut que nous évitions le péché sexuel et que nous l'honorions de nos corps.

Il secoua son poing vers Philip et hurla de nouveau :

— La punition pour l'homosexualité, c'est la mort ! Leur sang sera sur leurs propres mains. Et vous, mon ami, vous devriez laver votre cœur de pécheur avant qu'il ne soit trop tard.

Le visage de Philip s'enflamma. Il essuya son front, rangea son mouchoir dans sa poche, puis pointa un doigt tremblant vers le prédicateur.

— Comment osez-vous me juger, moi ou quiconque !

Un sourire sardonique apparut sur le visage de l'orateur. Il hocha la tête vers la foule devant lui.

— Vous voyez, Mesdames et Messieurs ? dit-il en indiquant Philip. Voici l'un de ces homosexuels, ici au Lincoln Memorial, en ce jour même, essayant de me recruter pour sa croisade immorale.

Un murmure parcourut la foule. Philip ne s'était pas senti aussi en colère depuis, eh bien… depuis la visite de Roland Walker. Il hurla contre l'homme à son tour.

— Je me présenterai devant Dieu avec mes péchés, quels qu'ils soient, et cela me réconforte de savoir que cela sera également votre cas.

Le visage du prédicateur s'assombrit.

— Vous êtes une abomination ! Vous connaîtrez la colère de Dieu et passerez toute l'éternité dans les flammes brûlantes de l'Enfer !

Philip ne pouvait plus s'arrêter. Ses mains tremblaient et son cœur s'emballait.

— Je vous verrai sans doute là-bas.

La foule se mit à rire, se séparant en petits groupes qui s'éloignèrent à travers le National Mall pour reprendre ce qu'ils avaient été en train de faire avant que le sermon attire leur attention.

La femme portant le fedora se tourna vers Philip.

— Avez-vous une minute ?

— Bien sûr, dit-il en acquiesçant.

Elle lui fit un clin d'œil, puis lui offrit un large sourire dévoilant toutes ses dents.

— Nous aimerions vous inviter à rejoindre notre croisade immorale.

XIX

Sᴏʀᴛɪʀ ᴀᴠᴇᴄ Poppa pour l'un de ses discours donnait à Harold l'impression d'être le singe d'un joueur d'orgue. Il attendait le signal pour se mettre à distribuer des brochures, habillé de ce que sa mère décrivait comme un costume « adorable ». Du prêt-à-porter. De chez *Montgomery Ward* [8]. C'était déjà assez terrible de devoir porter le costume. Être forcé à enfiler cet horrible sac à patates devant une foule, c'était presque de la maltraitance.

Cela ne l'aurait pas dérangé de se tenir sur les marches du Lincoln Memorial s'il avait pu porter une tenue comme celle de sa mère. Elle ressemblait à Jackie O, avec son costume rose, sa toque et sa petite cape de la même couleur. Harold avait essayé cette tenue après qu'elle l'eut achetée, mais les pastels n'allaient pas vraiment avec son teint. Sa mère détestait tout autant sortir pour ces discours que lui. Étant donné que le Troisième passait de plus en plus de temps à regarder le Quatrième se sécher après la douche, Pete se tortilla pendant tout le discours, et Harold n'arrivait pas à croire que Poppa ait le culot de crier de telles accusations, alors qu'ils avaient tous deux compris depuis longtemps qu'elles s'appliquaient à lui.

De sa place sur les marches, Harold remarqua les hommes bien habillés à l'arrière de la foule et ne put s'empêcher de regarder la femme portant un fedora. Seule la jupe indiquait que son costume taillé sur mesure avait été conçu pour une carrure féminine. Qu'elle ose s'habiller d'une manière aussi masculine l'intriguait. Il soupçonna que personne dans son cercle d'amis ne portait quoi que ce soit de chez Montgomery Ward.

Sa fascination pour le groupe grandit lorsqu'un bel homme portant le bouc défia le Troisième et ses positions quant à jeter les enfants homosexuels hors de chez eux. Poppa n'avait jamais mentionné ce qu'il fallait faire au sujet d'un parent homosexuel, mais Harold pensait souvent qu'ils seraient réellement plus heureux s'il n'était plus là. Pete et lui avaient parlé de se garantir une place dans le royaume de Dieu en débarrassant leur maison des homosexuels, mais ils ne savaient pas comment le jeter dehors. Harold

8 *Montgomery Ward* était une chaîne américaine de grands magasins.

regarda le visage de Poppa rougir face aux accusations de l'homme au bouc. Il avait été poussé à bout. Le compte à rebours pouvait commencer.

Il rit avec la foule face aux instructions ignorantes de Poppa sur la façon d'identifier des homosexuels. Harold aimait les choses féminines, mais comme il l'avait expliqué à Pete, il n'était pas homosexuel. Au fil du temps, il en était venu à se voir lui-même comme un « non-non-sexuel », parce qu'en réalité, il n'était pas vraiment intéressé par les relations sexuelles, avec aucun des deux sexes. Il avait tendance à être davantage attiré par les femmes que par les hommes, mais cela avait plus à voir avec les vêtements qu'elles portaient qu'autre chose. Il était clairement dans le placard, avec une préférence marquée pour les placards de femmes.

Mais Poppa le mettait dans le même panier que les homosexuels, les agresseurs d'enfants, une foule de pervers divers et variés, et les hommes ayant des rapports sexuels d'une autre façon qu'en missionnaire, pour autre chose que procréer. Sa croisade sans relâche pour éradiquer tous les homosexuels d'Amérique fatiguait depuis longtemps sa famille. Dire que Poppa avait un intérêt inhabituel envers les homosexuels était un euphémisme. Il était obsédé. Poppa n'avait pas besoin d'un prédicateur pour exorciser son démon. Ce dont il avait besoin, c'étaient plusieurs années sur un divan avec un professionnel de la santé mentale compétent. C'est ce qu'en disait sa mère, dans tous les cas.

Pete le poussa du coude et Harold sut que le temps était venu de passer à l'action. Il descendit les marches, et dès qu'il atteignit la foule, distribua les brochures de Poppa à ceux qui en voulaient. Il se dirigeait vers la femme et ses amis quand l'échange entre Poppa et l'homme au bouc s'envenima.

L'affrontement dramatique entre son père frôlant l'apoplexie et son adversaire à barbiche exaspéré avait attiré tout une foule. Durant les discours précédents, lorsque Poppa en arrivait aux Corinthiens, il ne restait que quelques retardataires pour assister à sa folle diatribe. Il regarda l'homme au bouc fustiger Poppa d'oser juger les autres et vit le mouchoir qu'il avait utilisé pour essuyer son front manquer sa poche et tomber par terre. Harold aurait voulu étreindre l'homme d'oser ainsi tenir tête à son père et il pensa que récupérer le mouchoir tombé lui donnerait cette chance.

Quand l'homme à barbiche dit à Poppa qu'il le verrait en enfer, Harold dut se mordre la langue pour ne pas rire avec tout le monde. S'il croisait le regard de sa mère ou de Pete, il craquerait. Il garda donc les yeux rivés au visage désormais rougi de l'homme à barbiche et le regarda s'éloigner avec la femme portant un fedora et ses amis élégamment habillés.

Quand la foule se sépara, le travail d'Harold changea : au lieu de distribuer des brochures, il devait récupérer celles qui avaient été jetées par terre pour les réutiliser. Il se dirigea droit vers le mouchoir tombé au sol, ramassant les papiers en chemin. Quand il agrippa le tissu de soie, l'homme et ses amis étaient trop loin pour qu'Harold puisse les suivre.

— Qu'est-ce que c'est que ça, Harold ?

La question de son père le prit au dépourvu. Il se rendit compte trop tard qu'il aurait dû glisser le mouchoir dans sa poche dès l'instant où il l'avait ramassé. Mais il ne l'avait pas fait et désormais, Poppa tendait sa main vers lui, attendant qu'Harold le lui donne.

— Un mouchoir. L'homme avec la barbiche l'a laissé tomber.

Poppa lui arracha le tissu de soie des mains, saisissant deux des coins pour le tenir droit. Harold vit la broderie fine le long d'un des bords. Son père la vit aussi et lissa le mouchoir dans sa main pour lire le nom cousu en fil noir.

— Philip Potter.

Il fourra le mouchoir ouaté dans sa poche.

— Je vais devoir retrouver Monsieur Potter. Afin de pouvoir lui rendre son mouchoir.

Harold pensa lui demander d'aller avec lui, mais il savait que cela ne valait mieux pas. Il ne savait pas ce que Poppa avait à l'esprit, mais quoi qu'il en soit, Harold ne pensait pas qu'il serait le bienvenu pour l'accompagner.

XX

L'HORLOGE SONNAIT midi quand Philip verrouilla son bureau en le quittant, ce qu'il n'aurait pas fait s'il revenait. Mais cet après-midi, il avait rendez-vous avec George Walker après le déjeuner pour entendre ce que le détective privé avait découvert. Il avait amené avec lui la biographie best-seller que Randolph Churchill avait écrit au sujet de son père, à lire pendant un long déjeuner au *Woolworth's* sur Connecticut Avenue, à seulement deux pâtés de maison du bureau de l'avocat où ils avaient rendez-vous à quatorze heures.

Comme le soleil brillait et qu'il avait beaucoup de temps devant lui, Philip choisit de marcher plutôt que de prendre un taxi. Quand il atteignit sa destination, la moitié de son heure de déjeuner s'était écoulée. Il était heureux d'avoir tout son après-midi de libre.

La taille de la foule du déjeuner le surprit. Il se joignit à la file en attendant qu'une place se libère dans la salle ou au comptoir, sortit son livre, puis remarqua George assis seul dans l'un des box, en train de lire un journal.

Le visage de George s'illumina quand il vit Philip et il lui fit signe d'approcher.

— S'il vous plaît, joignez-vous à moi ? Pas besoin d'attendre. Je n'ai pas encore commandé et avec autant de personnes dans la file, occuper une table seul est carrément criminel.

— Vous êtes sûr que cela ne vous dérange pas ? Je ne voudrais pas m'imposer.

Même si Philip était excité à l'idée de lire un point de vue privé sur la vie de Winston Churchill, l'idée de passer du temps avec George lui plaisait davantage. Il avait souvent pensé, depuis le rendez-vous au bureau de George, que sa première impression avait été injuste. Découvrir que ce dernier n'avait joué aucun rôle dans les plans de Roland et qu'il avait été tout aussi dégoûté que Philip par les machinations folles de cet homme l'avait fait changer d'avis. Les frères étaient aussi différents que le jour et la nuit et Philip était tout aussi attiré par George que son odieux frère le repoussait.

— Rien ne me ferait plus plaisir.

George se leva tandis que Philip s'approchait du box et lui offrait sa main.

— Heureux de vous revoir.

Philip lui prit la main.

— C'est une bonne surprise que de tomber sur vous.

Il retira son manteau et son béret, et se glissa sur la banquette en face de George.

— Désolé d'interrompre votre lecture.

George referma « *Games People Play* [9] ».

— Des choses intéressantes qui ont du sens, la plupart du temps. Si vous agissez comme un parent dans une relation, ne soyez pas surpris que les enfants se rebellent, et ce genre de choses.

Sa remarque le toucha de plein fouet et Philip se demanda si George avait eu l'intention de résumer si bien sa relation avec James. Oui, il aimait James. Mais il n'avait jamais été *amoureux* de lui. Il avait été davantage un parent ou un gardien qu'un amant. Et aucunement un partenaire égal.

La serveuse posa un verre d'eau devant lui avec une serviette en papier et une fourchette.

— Êtes-vous prêts à commander ou voulez-vous quelques minutes de plus ?

Philip récupéra le menu et acquiesça à l'attention de George.

— Allez-y. Je vais me décider pendant que vous commandez.

— Je vais prendre le club sandwich, avec du pain complet, grillé, sans tomates, et un supplément de mayonnaise, ainsi qu'un Coca.

— Frites ou chips ?

— Frites, dit-il en souriant. J'aime quand mes pommes de terre sont chaudes.

— Ça me semble bien, dit Philip en rendant le menu à la serveuse. Je vais prendre exactement la même chose.

Tandis que la serveuse s'éloignait, George jeta un coup d'œil vers le livre de Philip.

— Je vois que vous lisez du Winston S. Churchill. C'est du lourd. Amateur d'Histoire ?

9 *Games People Play : The Psychology of Human Relationships* (littéralement : « Les jeux auxquels jouent les gens : la psychologie des relations humaines ») est un livre best-seller écrit en 1964 par le psychiatre Éric Berne. Le livre décrit les interactions sociales, à la fois fonctionnelles et dysfonctionnelles.

— On peut dire ça, dit Philip en acquiesçant. Je travaille au Smithsonian, quelque chose dont je rêvais depuis toujours. Avant de mourir, mon père m'emmenait souvent visiter des musées. J'ai toujours été fasciné par les dioramas, les squelettes et les spécimens habilement conservés qu'il me montrait. Travailler là-bas est un rêve devenu réalité.

George sourit, mais Philip put voir un soupçon de tristesse dans son regard.

— Vous avez de la chance de vivre votre rêve.

Il fit tourner l'alliance en or sur son doigt, une habitude nerveuse que Philip avait remarquée quand il lui avait rendu visite à son bureau.

Philip décida qu'ils avaient assez parlé de lui.

— Alors dites-moi, George. Pourquoi « *Games People Play* » ?

Il récupéra le livre et en parcourut quelques pages.

— Eh bien, il y a quelques applications possibles en salle d'audience, c'est certain. Mais mon intérêt est personnel.

Philip remarqua une nouvelle fois ce regard lointain.

— Je suis désolé. Je ne voulais pas jouer les indiscrets.

— Vous n'êtes pas indiscret. Les interactions personnelles m'intriguent. J'ai étudié la façon dont les gens se lient les uns aux autres pendant des années dans une vaine tentative d'apprendre à prédire ou à expliquer ce que font les gens et pourquoi.

Philip se demanda quel genre d'événement dans la vie de George avait donné naissance à ce désir de comprendre, et il pensa que Roland avait peut-être quelque chose à voir avec cela. Les deux frères étaient si différents. Ils devaient s'être affrontés encore et encore en grandissant. Même si George était le plus jeune des deux, Philip soupçonnait que ses manières calmes et réfléchies le rendaient largement à la hauteur de son frère impétueux.

C'est alors qu'il le vit. Là, au poignet droit de George, le bracelet que James lui avait acheté et qu'il avait perdu il y avait si longtemps.

— Quel beau bracelet. Un cadeau de votre femme ?

— Non, répondit George en tendant le bras pour que Philip puisse le voir. Ma mère m'a donné ce bracelet lorsque j'ai obtenu mon diplôme de droit. Je pensais l'avoir perdu. Je ne le retrouvais plus pendant des mois et il est réapparu à mon bureau il y a environ deux ans, sous les coussins du canapé. Je n'ai pas la moindre idée de la façon dont il est arrivé là.

La serveuse déposa des assiettes de frites rissolées empilées à côté de sandwiches triangulaires à trois étages empalés de cure-dents colorés. Elle récupéra une bouteille rouge sur la table vide près d'eux.

— Voici du ketchup. Avez-vous besoin d'autre chose ?

Philip secoua la tête, trop surpris par la révélation au sujet du bracelet pour pouvoir parler.

— Je ne pense pas, merci, répondit George. Philip, est-ce que tout va bien ? Vous avez l'air d'avoir vu un fantôme.

— Oui, je vais bien, merci.

Philip savait que l'histoire de George au sujet du bracelet était authentique. Son propre lien à ce bijou, toutefois, semblait désormais plutôt douteux. Il décida de ne pas dire à George qu'il avait pris soin de son cadeau durant tout le temps où il avait cru qu'il s'agissait d'un présent de James.

Que James ait menti le stupéfiait. Philip avait cru qu'ils avaient toujours été honnêtes l'un envers l'autre. Voler était encore pire, et que James ait dérobé le bracelet que sa grand-mère avait donné à son oncle lors de la cérémonie de remise des diplômes, pour le donner à Philip à Noël...

Au moins, désormais, il savait ce qu'il était advenu du bracelet. À l'inverse des mouchoirs qu'il n'arrivait jamais à retrouver, même avec son nom brodé dessus, il ne l'avait pas perdu.

Il remarqua que George avait l'air d'attendre quelque chose. *Reste dans le présent !*

— Commençons ? dit Philip en indiquant son assiette. Je ne sais pas vous, mais je meurs de faim.

XXI

ANTHONY VINCENT était un homme chanceux. George Walker, son avocat désigné par la cour, avait passé un accord avec le procureur en échange de son témoignage au sujet d'un braquage de banque qui avait mal tourné. Il n'avait passé que cinq années au pénitentiaire d'Eastern State à Philadelphie, esquivant les accusations de meurtre qui auraient signifié une peine à perpétuité, ou même la peine de mort.

Plutôt que la fin du monde, aller en prison avait été une bonne chose pour lui. Auparavant, il n'avait été qu'un jeune homme en colère, toujours prêt à se battre pour prouver qu'on ne pouvait pas lui marcher sur les pieds impunément. La prison avait tempéré son animosité et lui avait donné le temps de réfléchir au chemin qu'il suivait, à l'endroit où il voulait aller et aux changements qu'il avait besoin de mettre en place pour l'atteindre. Désormais, grâce à Monsieur Walker, sa vie avait un but et se dirigeait dans une bien meilleure direction qu'avant qu'il ne le rencontre.

Contrairement à tous les autres hommes qu'Anthony avait connus, Monsieur Walker se souciait de lui et de la direction qu'il prenait. Il avait été heureux de parler avec Anthony des raisons pour lesquelles il était devenu avocat, lui fournissant des livres à lire pendant qu'il était en prison, et prenant le temps de répondre à toute question qu'Anthony pouvait avoir. Il avait toujours cru que les hommes bons terminaient toujours dernier et qu'enfreindre la loi était le seul moyen d'aller de l'avant. Monsieur Walker lui avait montré une autre façon d'y parvenir.

Pendant l'incarcération d'Anthony, Monsieur Walker était devenu associé dans un cabinet d'avocats chic de Washington. Quelques semaines avant sa libération, il était venu à Eastern State pour rappeler à Anthony de venir le voir quand il sortirait. Anthony lui avait obéi et était heureux de l'avoir fait. Cet emploi de détective privé était pile dans ses cordes. « *Fortuit* » était le bon mot pour décrire cela. Il sourit, découvrant ses dents du bonheur. « *Fortuit* » était le dernier mot de sa liste de vocabulaire du jour, et il n'était même pas encore quatorze heures.

Il aimait ce travail, même si pour être honnête, un travail qu'il apprécierait moins qu'être en prison était difficile à imaginer. Le travail d'enquête était intéressant et lui permettait de développer de nouvelles compétences. Il ne deviendrait jamais riche, pas à moins d'obtenir son diplôme de droit et de passer l'examen du barreau, mais l'argent lui permettait de payer ses cours du soir et l'essentiel. Mieux encore, cela l'empêchait de retourner en prison comme tous les autres détenus qu'il connaissait.

Les bras chargés de dossiers, Anthony monta l'escalier pour son rendez-vous de quatorze heures avec son bienfaiteur. La réceptionniste, une grande rousse voluptueuse ressemblant aux femmes dont il avait rêvé en prison, le fit entrer dans le bureau de Monsieur Walker. Il aimait la façon dont ses fesses ondulaient quand elle marchait. Il aimait beaucoup ça.

— Bonjour, Tony.

Monsieur Walker se dirigea vers lui, la main tendue, et Anthony la serra.

— Merci de nous rencontrer aujourd'hui. Tony Vincent, voici Philip Potter, un de mes clients.

Anthony aurait corrigé n'importe qui d'autre de l'avoir appelé Tony. Monsieur Walker, toutefois, était son modèle et son sauveur personnel, et il aurait pu l'appeler « connard » s'il avait voulu. Anthony tendit la main vers le client de Monsieur Walker, un homme d'environ son âge aux cheveux blonds cendrés avec une barbiche, portant un costume qu'on ne pouvait décrire que comme élégant.

Potter pressa le bout de ses doigts dans une poignée de main maladroite.

— Ravi de vous rencontrer, Monsieur Vincent.

Une tapette. Pas de souci. Anthony avait croisé des tapettes auparavant. Beaucoup d'entre elles. Tant que Potter gardait ses mains pour lui, Anthony n'avait aucun problème avec ça. Savoir avec qui il couchait ne regardait que lui.

Ils prirent place autour d'une petite table de conférence. Anthony tapota ses dossiers sur la table, en alignant les bords de façon ordonnée avant de les déposer et de croiser les mains sur la pile.

— Eh bien, Tony, dit Monsieur Walker. Qu'avez-vous découvert ?

Anthony se racla la gorge.

— D'après mon enquête initiale, dit-il en essayant de paraître aussi professionnel que son modèle et mentor, je crois que nous avons à faire à un tueur en série dans le secteur, avec un penchant pour les tapettes.

Il vit Potter tressaillir mais continua de parler.

— Au cours des trois derniers mois, les corps d'une demi-douzaine d'adolescents, y compris celui de Daniel Bradbury, ont échoué dans le Maryland, Washington et la Virginie. Tous ont été abattus d'une balle dans la tête, probablement avec la même arme. On s'est débarrassé des corps de manière similaire également. Enroulés dans un drap ou une couverture avec des pierres, puis enveloppés de ruban adhésif et jetés dans l'Anacostia.

La façon dont Monsieur Walker regardait Potter le surprit. Tendre. Il s'attendait presque à le voir passer un bras autour des épaules de Potter. Anthony continua son rapport.

— Deux des six victimes n'ont toujours pas été identifiées. Probablement des fugueurs, impossible de dire d'où ils viennent. Je n'ai pas trouvé grand-chose sur les quatre autres.

Il haussa les épaules.

— Les familles ne veulent pas parler. Un père a dit que son garçon n'avait eu que ce qu'il méritait. Le reste a agi comme si j'avais composé un mauvais numéro.

— Donc la police de Washington est au courant des autres affaires ?

Anthony s'était demandé la même chose.

— Je ne pense pas. Juridictions différentes. Sans la famille pour les pousser, la police locale ne semble pas vraiment intéressée par l'enquête.

— Continuez à creuser, dit Monsieur Walker. Peut-être que nous pourrons trouver quelque chose pour générer davantage d'intérêt dans ces affaires.

— Oui, Monsieur.

Anthony était en train d'être congédié, mais il n'avait pas terminé. Il tambourina des doigts sur les dossiers, en pensant à ce qu'il devait faire.

— Y avait-il autre chose ?

La question venait de Potter. Logique. Les homosexuels étaient probablement plus doués pour lire le langage corporel que les hommes normaux… surtout un corps endurci par la prison comme le sien.

Il acquiesça.

— Les garçons avaient davantage en commun qu'une mauvaise vie de famille.

Il attendit, comptant jusqu'à trois dans sa tête. Il nota avec satisfaction que les deux hommes s'étaient penchés vers lui.

Monsieur Walker rompit le silence.

— Oui ?

— Ils michetonnaient.

Monsieur Walker en resta bouche bée.

— Quoi ?

— Il s'agissait de prostitués, répondit Potter.

— Oui, Monsieur, des hommes prostitués. Du moins, les garçons dont nous connaissons l'identité.

Anthony ouvrit le dossier contenant les rapports de police des quatre garçons qui avaient été identifiés.

— Deux avaient un passif de petite délinquance, vol à l'étalage, vol de sac à main à l'arraché, ce genre de choses. Tous les quatre avaient été arrêtés au moins une fois pour prostitution ou une charge connexe.

— Autre chose ?

Il vérifia les notes qu'il avait préparées pour la réunion.

— Non, Monsieur Walker. Voilà tout ce que j'ai.

— Du bon travail.

Monsieur Walker se leva, signalant que l'entretien était terminé.

— Continuez à creuser. Faites-moi savoir dès que vous trouverez quelque chose que je peux présenter à la police.

— Oui, Monsieur Walker.

Anthony se leva également, glissant les fichiers sous son bras puis repoussant sa chaise sous la table.

Potter se leva et tendit sa main.

— Ravi de vous avoir rencontré, Monsieur Vincent.

Il acquiesça de nouveau, serra la main de Potter puis celle de Monsieur Walker. Monsieur Walker les guida vers la porte. Il devait parler maintenant ou se taire à jamais. Anthony s'arrêta.

— Oh… il y a une dernière chose.

Potter et Monsieur Walker s'arrêtèrent, attendant qu'il continue.

— Toutes les arrestations ont eu lieu à trois pâtés de maison de la gare routière. Quiconque tue ces garçons les ramasse à Washington.

XXII

APRÈS QUE l'enquêteur fut parti, Philip resta debout, certain d'être sur le point d'être congédié à son tour. George était un avocat plein d'avenir avec des choses plus importantes à faire que travailler sur l'affaire de Philip. Ils n'avaient jamais parlé d'argent, mais étant donné les circonstances de leur rencontre, George devait savoir que Philip ne pouvait pas se permettre le genre de tarif que payait ses autres clients. Philip recevrait une facture un jour, et lorsque ce serait le cas, s'il ne pouvait pas la payer d'une traite, il élaborait un plan de remboursement.

La séduisante réceptionniste rousse passa la tête à la porte.

— Excusez-moi, Monsieur Walker. Votre rendez-vous de quinze heures vient d'annuler.

Elle se tenait devant la porte ouverte, attendant ses instructions.

— Merci, Mademoiselle Harris. Philip, voudriez-vous un café ? Du thé ?

Philip se rassit, étant donné qu'il restait apparemment désormais pour prendre le thé.

— Oui, merci. J'aimerais beaucoup une tasse de thé chaud, avec un peu de citron et du sucre.

— Un morceau ou deux ?

Elle tourna son beau visage sur lui, et Philip se demanda si on avait oublié de l'épouser, ou si elle n'intéressait pas.

— Trois ? répondit-il en rougissant. C'est mon seul vice.

Sa beauté aurait mis n'importe quel autre homme à genoux.

— Alors ce sera trois. Comme d'habitude pour vous, Monsieur Walker ?

— Oui, merci, Mademoiselle Harris.

Il se tourna vers Philip après qu'elle eut refermé la porte.

— Elle travaillait auparavant pour une agence de publicité de Madison Avenue. C'est probablement la réceptionniste la mieux payée de Washington, et malgré ça, elle vaut deux fois son salaire.

Il s'approcha et s'assit sur le canapé, de l'autre côté de Philip.

— Qu'avez-vous pensé du rapport de Tony ?

100

— Cela me rend malade que la police ne soit pas déjà dessus. Ces garçons ont été tués. Combien d'autres devront mourir avant qu'ils décident de faire quelque chose.

— J'ai bien peur que le monde ne soit pas un endroit très juste.

George plaça son bras le long du dossier du sofa.

— Les choses seraient différentes si les victimes étaient de petites filles, à moins que ce soient des prostituées.

Mademoiselle Harris revint avec un service à thé en argent sur un plateau, qu'elle plaça sur la table basse. Elle versa de l'eau bouillante sur les sachets de thé dans deux tasses en porcelaine délicate et retira le couvercle d'une assiette de cookies aux éclats de chocolat.

— Puis-je vous offrir autre chose, messieurs ?

— Non, ce sera tout. Prenez donc le reste de votre après-midi. Je fermerai en partant.

— Merci, Monsieur Walker.

Elle hocha la tête à l'attention de Philip et referma la porte derrière elle.

— Le public ne se soucie guère de prostitués assassinés.

George retira le sachet de thé de sa tasse et le déposa sur la soucoupe.

— Les gens ne comprennent pas à quel point ils ont de la chance de ne pas devoir choisir entre mourir de faim et faire le trottoir ou voler. Je vois un vrai méchant de temps à autre, mais la plupart des accusés sont des gens qui ont manqué de chance lors de mauvaises circonstances, avec peu d'options légitimes pour un futur meilleur.

Philip l'étudia, se demandant ce qui avait motivé James à voler cet oncle si gentil.

— C'est ce qui m'a attiré vers James… sa situation. Je n'arrive pas à imaginer combien cela doit être horrible d'être jeté hors du domicile familial pour un enfant. Déchirant. Il insistait en disant qu'il avait dix-huit ans, mais je savais que c'était faux. Je me suis assuré qu'il fasse ses devoirs, se brosse les dents avant d'aller au lit et ramasse ses affaires.

— Vous étiez le parent et James était l'enfant.

— Oui, je dirais que c'est une description exacte de notre relation, surtout au départ.

Ils discutèrent jusqu'après dix-huit heures. Philip ne pouvait se rappeler la dernière fois où il avait autant apprécié de discuter avec une autre personne. Hormis quelques commentaires au sujet de James, ils n'avaient pas parlé de gens qu'ils connaissaient, de ce qu'ils portaient ou d'avec qui ils sortaient. Ils avaient parlé de grandes idées et débattu de choses subtiles, comme l'analyse transactionnelle [10], la relation entre la pauvreté et la criminalité, et le besoin de s'atteler à mettre fin à la guerre et à la faim dans le monde.

— Je suis affamé, déclara George. Voudriez-vous vous joindre à moi pour dîner ?

Philip se leva.

— Non, je ne peux pas prendre davantage de votre temps. Merci beaucoup pour le thé et la conversation. J'ai apprécié cette opportunité d'apprendre à vous connaître.

George ne sembla pas trop déçu de le voir décliner son invitation à dîner. Philip lui serra la main, se demandant comment il était devenu encore plus beau en une seule journée.

— Tout le plaisir était pour moi. J'ai hâte de vous revoir.

Bientôt, espéra Philip.

---

10 Théorie de la personnalité, des rapports sociaux et de la communication.

XXIII

ANTHONY VINCENT ajouta une autre page à son dossier sur le « Tueur de Tapettes », puisqu'il avait décidé d'appeler ainsi la personne qui tuait des prostitués dans la région de Washington. Il aimait la façon dont cela sonnait et pensait que cela ferait un bon titre quand et si l'histoire atteignait la presse.

Ses recherches sur le « Tueur de Tapettes » lui donnèrent l'opportunité de mettre en pratique ce qu'il avait appris sur la construction d'une affaire lors de ses cours et grâce à Monsieur Walker. Enquêter sur Potter avait été la première étape logique et tout s'était avéré normal à son sujet. Anthony s'était garé devant l'appartement de Potter, sur G. Street, et l'avait regardé marcher jusqu'à l'arrêt de bus pour aller travailler. Sans voiture, il ne pouvait pas ramasser des garçons dans le District et les jeter dans la rivière dans le Maryland.

Attraper les tueurs aurait été facile si l'habit faisait le moine. Les apparences pouvaient être parfois trompeuses. Malgré tout, Potter ne lui semblait pas être du genre à tuer. Tout chez cet homme semblait prouver que c'était un bon gars. Monsieur Walker semblait assez l'apprécier. Anthony fut assez convaincu pour le rayer de la liste des suspects.

Après avoir exclu Potter et sans rien d'autre pour continuer, il s'était concentré sur les victimes. Ses visites au lycée qu'avaient fréquenté les garçons ne l'avaient pas beaucoup aidé. Sur les quatre, seul Daniel Bradbury n'avait pas quitté l'école.

Il jeta un coup d'œil à sa montre et se dirigea vers la classe du professeur d'anglais de Daniel pour parler avec lui à son sujet, à l'heure dont ils avaient convenu. Monsieur Beau Carter, un dandy nerveux et élégamment habillé, clairement une tapette selon lui, avait été la seule personne prête à lui parler à l'école du garçon.

— Bon élève ? demanda Anthony.

— Oui, l'un de mes meilleurs… du moins jusqu'à il y a quelques mois, dit Monsieur Carter avec une voix traînante du Sud. Même après ça, Daniel était toujours organisé et c'était un écrivain de talent. Il écrivait pour le *Trompettiste*, le journal de l'école. Je suis le conseiller académique, donc je le connaissais bien.

— Saviez-vous qu'il résidait dans un refuge pour adolescents sans-abri ?

Monsieur Carter fronça les sourcils.

— Cela expliquerait le changement dans son travail scolaire. Je savais qu'il avait des problèmes à la maison, mais je n'avais pas la moindre idée…

— Je suppose que vous ne saviez pas non plus qu'il vendait son cul dans les rues pour se faire de l'argent.

Anthony observa la réaction de Monsieur Carter.

L'homme resta bouche bée, sa main voguant jusqu'à son cou comme pour agripper un collier de perles invisible. Cela rappela à Anthony sa tante Sophia et il eut envie de rire, mais resta sérieux.

— J'aurais aimé le savoir, dit Monsieur Carter, sa voix à peine audible.

— J'en suis sûr, mais vous n'auriez vraiment pas pu faire grand-chose, dit Anthony. Avait-il des amis ?

Monsieur Carter croisa son regard. Homosexuel ou pas, l'homme lui rappelait une star de cinéma… le type dans « Camelot ». Il l'avait vu à la télévision une douzaine de fois, mais n'arrivait pas à se rappeler de son nom. Des yeux aussi bleus étaient rares.

— Daniel était très populaire. Les filles l'adoraient.

Je parie. Il s'occupait sûrement de leur coiffure et de leur maquillage.

— Avait-il une petite amie ?

Monsieur Carter secoua la tête.

— Je ne pense pas.

— Un copain ?

Anthony remarqua la pâleur de Carter et ses mains tremblantes. *Ouaip. Pédé comme un phoque.*

— Je ne suis pas sûr de comprendre ce que vous voulez dire, dit-il en évitant de croiser son regard.

Mais Anthony pouvait voir que Monsieur Carter voyait exactement ce qu'il voulait dire. Ce n'était qu'un paquet de nerfs. Pas besoin de le pousser à bout.

— Laissez-moi élaborer. Vous savez, dit-il, des amis qui étaient des garçons. Des types qu'il fréquentait quand il n'était pas en classe.

Le regard de Monsieur Carter parcourut rapidement la salle. *Pauvre gars.*

Anthony lui tapota l'épaule.

— Détendez-vous. On ne parle pas de vous. J'essaie de découvrir qui a supprimé ce gamin. Peut-être que l'un de ses amis saurait quelque chose qui pourrait aider. Peut-être pas, mais c'est tout ce que j'ai pour l'instant.

Monsieur Carter le regarda fixement. Anthony soutint son regard et y vit de la peur. Il savait qu'il était en train de le jauger. Après un long silence, Anthony constata que le combat interne de Monsieur Carter avait pris fin et qu'il avait pris une décision.

— Son meilleur ami était Terrence Bottom. Il est photographe pour le *Trompettiste* et il fait le point avec moi tous les jours après les cours.

Anthony jeta un coup d'œil à sa montre.

— C'est-à-dire dans une heure environ. Cela ne vous ennuie pas si j'attends ? J'aimerais lui toucher deux mots.

XXIV

TERRENCE BOTTOM fit une entrée théâtrale dans la salle, vingt minutes après que la cloche eut sonné la fin des cours. Il portait le même pantalon en toile et la même chemise que les autres garçons, mais se démarquait comme s'il venait d'une autre planète.

C'était à cause de ses cheveux. Ou du moins, c'est ce qu'Anthony remarqua en premier à son sujet. Les autres garçons arboraient des coupes courtes, à la brosse ou au bol avec une frange et des cheveux sur les oreilles. Quelques-uns portaient la raie sur le côté, leurs cheveux maintenus en place avec un peu de *Brylcreem* [11]. Les boucles dorées indisciplinées de Terrence dansaient et rebondissaient sur sa tête quand il entra dans la salle.

Il portait un appareil photo contre son flanc, maintenu en place par son bras droit et une sangle épaisse en toile noire sur son épaule. D'une autre sangle à son épaule gauche pendait un sac en cuir noir pour les accessoires. La façon dont il traversa la pièce lui fit penser qu'il était shooté au sucre ou à la caféine, ou autre chose.

— Terrence, dit Monsieur Carter, voici Monsieur Vincent. Il essaye de découvrir ce qui est arrivé à Daniel et veut te poser quelques questions.

Terrence fronça les sourcils en observant Anthony, sa méfiance évidente.

— Qu'est-ce que ça peut vous faire ?

Monsieur Carter avait arrêté de trier les papiers sur son bureau et l'observait, attendant sa réponse.

— Bonne question, dit Anthony. Je suis détective privé pour un cabinet d'avocats ayant un intérêt dans l'affaire. Votre ami n'est pas la seule victime. Cinq autres garçons sont morts de la même manière.

Monsieur Carter en resta bouche bée.

Anthony lui lança un regard noir.

— Vous pouvez nous excuser un moment ?

Monsieur Carter sembla ravi de cette excuse pour s'éclipser. Il ramassa les papiers sur son bureau et se précipita vers la porte en disant :

11 Gel pour les cheveux.

— Je serai dans la salle des professeurs, en train de noter mes copies. Si vous partez avant que je revienne, veuillez fermer la porte derrière vous.

Terrence s'assit sur la chaise du professeur, s'appuya contre le dossier et glissa ses mains dans ses cheveux pour empêcher quelques mèches folles de retomber dans ses yeux noisette.

— D'accord. Qu'est-ce que vous attendez de moi ?

Les vêtements donnaient l'impression qu'il s'agissait d'un adolescent. Tout le reste : la voix, la crinière de boucles dorées, le visage lisse, et la carrure fine… cela faisait penser Anthony à sa nièce. Il remarqua la pomme d'Adam. Clairement un garçon. Anthony s'installa au bord du bureau et lui fit face.

— Dites-moi, Terry, comment connaissez-vous Daniel ?

Terrence posa son sac au sol et déposa son appareil photo dessus comme si c'était le Saint Graal. Il se redressa et se tourna vers Anthony.

— Je m'appelle Terrence.

Il fronça les sourcils en attendant une réponse.

— Désolé, Terrence. J'aurais dû le savoir. Je m'appelle Anthony, et je déteste quand les gens m'appellent Tony.

— Excuses acceptées, dit-il en souriant, fier de lui. Donc, quelle était cette question, Anthony ?

Le gamin avait du cran. Peut-être était-ce la ressemblance à sa nièce. Ou peut-être que c'était sa confiance en lui démesurée. Dans tous les cas, Anthony ne pouvait pas s'en empêcher. Il l'aimait bien. Au lieu de faire disparaître le sourire moqueur de son visage à coups de poings comme il avait coutume de le faire, Anthony se mit à rire.

Terrence récupéra son appareil photo et prit un cliché d'Anthony, souriant, appuyé contre le bureau les bras croisés.

— Ça ne vous dérange pas si je prends d'autres clichés ?

Anthony rougit. Les mots lui manquaient. L'objectif cliqueta quand le jeune homme captura son embarras sur la pellicule. Il essaya d'agir de façon naturelle, sa bouche fermée pour cacher l'espace entre ses dents. Il regarda l'appareil photo, se déplaçant pour garder l'objectif directement devant lui, dissimulant le profil abîmé de son nez quand l'obturateur retentit. Il leva la main et le cliquetis s'accéléra.

— Ça suffit !

Terrence reposa l'appareil photo sur ses genoux.

— Vous voulez venir avec moi dans la chambre noire pour voir comment elles sortent ?

Anthony rit de nouveau. Il avait des couilles.

— Je pense que j'attendrai l'impression, merci.

— Dommage.

Terrence jaillit de sa chaise, une main sur l'appareil photo pour l'empêcher de tomber au sol. Son humeur changea quand il devint plus sérieux.

— J'aimais Daniel. C'était mon meilleur ami au monde.

— Je suis désolé.

Anthony résista à l'envie de tendre la main pour ébouriffer ses cheveux.

— Comment le connaissiez-vous ?

Terrence agita les cheveux, libérant l'odeur de *Prell* [12], rappelant sa mère à Anthony.

— Nous avions quelques cours ensemble. Il écrivait des articles pour le *Trompettiste* également, alors je le croisais souvent. Mais nous ne nous sommes vraiment rapprochés que lorsque ses parents l'ont jeté dehors et qu'il est venu vivre au refuge.

— Vous vivez au refuge ?

Terrence hocha la tête.

— Ouais. Le quatrième mari de ma mère et moi, nous ne nous entendions pas vraiment. Il pensait pouvoir profiter de moi quand il en avait envie. J'ai découvert combien on pouvait me payer pour cette merde et je me suis enfui.

La situation d'Anthony était différente, mais il pouvait comprendre. Sa mère avait trop eu besoin de lui pour que ce soit une option. Son second mari aimait la frapper presque autant qu'il aimait boire. Anthony se rappelait à quel point il avait apprécié de frapper cet homme, et comment, une fois qu'il avait commencé, il avait été incapable de s'arrêter. Sa mère avait appelé la police. On avait porté plainte. Elle lui avait rendu visite en prison et lui avait dit, les larmes aux yeux, qu'il était temps qu'il passe à autre chose.

L'obturateur retentit.

— J'aimerais bien lire dans vos pensées, dit Terrence, rayonnant.

— Avez-vous vu Daniel la veille de Noël ?

Sa question toucha sa cible en plein cœur. Le visage de Terrence se décomposa.

12 Marque de shampoing.

— Il voulait que j'aille avec lui, mais j'ai voulu rester regarder un truc que j'avais déjà vu à la télévision. Si seulement j'étais parti avec lui...

Terrence essuya une larme au coin de son œil de son poing.

— Vous ne pouvez pas changer le passé, peu importe à quel point vous le voulez.

Anthony aurait aimé penser à quelque chose de mieux à dire, mais il n'avait que ça.

— Vous prenez tout le temps des photos ?

Terrence dévisagea Anthony comme s'il lui avait demandé si l'herbe était verte.

— Oui. C'est mon truc.

Il fouilla dans son sac en parlant.

— Daniel et moi, nous travaillions sur un roman illustré par mes photographies, décrivant notre vie dans la rue. Un truc digne du Pulitzer.

Il sortit une pile de photos.

— Vous voulez voir ?

Même sans Terrence pour le lui montrer, Anthony reconnut Daniel dans plusieurs des photographies en noir et blanc, y compris une demi-douzaine d'angles différents de Daniel en train de tenir sa frange tandis qu'il écrivait, les sourcils froncés par la concentration. Dans une autre, un Daniel torse nu était assis sur le lit, en train de s'étirer... ses cheveux ébouriffés par le sommeil et sa bouche ouverte dans un large bâillement.

— C'est ma photo préférée de lui, dit Terrence. Tellement adorable.

Son expression se durcit.

— Les gars des rues qui viennent des quartiers difficiles peuvent prendre soin d'eux. Les gars efféminés comme moi apprennent à se battre avant de savoir lire.

Il regarda Anthony droit dans les yeux.

— Je vais droit aux couilles. Ça fonctionne à chaque fois.

Anthony s'écarta. La prison et une époque plus sauvage de sa vie lui avaient appris qu'un coup de poing bien placé au début d'une bagarre pouvait faire la différence entre la victoire et la défaite. Un bon coup de pied à l'entrejambe garantissait au moins une bonne longueur d'avance.

— Daniel n'aurait pas pu se battre, même si sa vie en dépendait, continua Terrence. Les autres types lui marchaient dessus. Il ne savait pas comment se défendre et il avait été tellement gâté qu'il savait à peine se torcher le cul tout seul. Difficile de croire que deux parents puissent tourner aussi vite le dos à leur gamin.

— Donc vous l'avez pris sous votre aile ?

Anthony connaissait déjà la réponse, mais il appréciait de parler avec Terrence. Tant qu'il voulait parler, Anthony l'écouterait.

— Ouais. Il fallait bien que quelqu'un lui apprenne. Autant que ce soit moi plutôt qu'un pervers puant avec la trique et dix dollars à perdre.

Ils parcoururent un autre tas de photos. Celles-ci capturaient les jeunes hommes au travail, debout au coin des rues, appuyés aux murs ou aux lampadaires, lorgnant les voitures qui passaient. Terrence avait photographié les adolescents des photos précédentes, en train de discuter avec les conducteurs d'au moins une douzaine de voitures différentes.

Anthony ramassa une photo de chaque voiture qu'il voyait et les tendit à Terrence.

— Est-ce que vous pourriez me faire des copies de ça ?

— Vous pouvez les avoir pour dix dollars, répondit Terrence. J'ai les négatifs.

XXV

— La Mattachine Society ? demanda Beau en fronçant les sourcils. Jamais entendu parler.

Il prit le dépliant des mains de Philip.

— Qu'est-ce que c'est ?

Ils étaient assis sur le canapé à regarder des rediffusions dans l'appartement de Beau. Philip avait attendu jusqu'à ce que la vaisselle du souper soit faite pour mentionner le groupe qu'il avait rencontré au Lincoln Memorial.

— Une organisation des droits civiques pour les hommes comme nous.

Beau pâlit.

— Tu es sérieux ?

Le ton de sa voix suffit à faire regretter à Philip d'avoir soulevé la question.

Il acquiesça.

— Oui. Ils organisent une réunion ce soir à dix-neuf heures. J'aimerais beaucoup que tu viennes avec moi.

Beau s'écarta de lui, horrifié.

— Pas moyen que j'aille à quelque chose du genre. Je suis enseignant, pour l'amour de Dieu. Pourquoi penses-tu que je t'ai laissé au Lincoln Memorial ? Que se passerait-il si quelqu'un de mon école le découvrait ? Je perdrais mon travail et je ne pourrais plus jamais enseigner.

— Pardonne-moi, Beau. Je n'ai pas réfléchi.

Il avait raison, mais Philip ne s'était jamais laissé aller à ce genre de craintes lui-même. La vie était trop courte. Même s'il ne grimperait jamais sur une tribune pour proclamer sa préférence sexuelle, il n'avait pas non plus honte de qui il était. Cela n'avait jamais été le cas, et il n'allait pas commencer maintenant.

— Cela doit être terrible de vivre constamment dans la peur.

Beau hocha la tête.

— C'est pour ça que j'ai quitté la Géorgie. Je pensais qu'enseigner dans une grande ville comme Washington me permettrait de garder plus facilement ma vie privée séparée. Et toi ? Ne devrais-tu pas t'inquiéter également ? Tu travailles bien pour le gouvernement fédéral ?

— C'est exact, reconnut Philip. Mais j'ai la chance de travailler pour des hommes et des femmes instruits avec des vues plus progressistes sur le sujet.

— Donc ils enfreignent la loi ? demanda Beau, le ton condescendant et sarcastique.

— Pas exactement, répliqua Philip, son émoi augmentant. Officiellement, ils suivent les règles… simplement, ils ne posent pas beaucoup de questions. Appliquer l'interdiction d'embauche serait contre-productif, donc le conseil administratif ferme les yeux.

— Cela pourrait changer si tu attirais trop l'attention sur toi.

Beau posa la main sur le genou de Philip.

— S'il te plaît, ne nous disputons pas à ce sujet. Je ne veux que ton bien.

Ses yeux d'un bleu profond encadrés d'épais cils noirs lui faisaient penser à l'océan. Bon sang, Beau était séduisant, et il avait probablement raison au sujet de ce risque. Mais vivre dans la peur n'était pas le style de Philip. Les russes pourraient bien larguer une bombe sur eux un jour ou le monde pourrait prendre fin. S'inquiéter de choses qui n'arriveraient peut-être jamais réclamait bien trop de temps et d'énergie.

Philip tentait le diable, mais il avait décidé de vivre sa vie ouvertement, autant que possible. Il ne disait jamais de lui-même qu'il était homosexuel, mais si quelqu'un le lui demandait, il ne mentait pas non plus… même s'il y avait eu des occasions où il avait jugé nécessaire d'omettre quelques détails. Il avait des options et aurait pu faire d'autres choix, comme épouser une pauvre fille pour brouiller les pistes. Dieu sait qu'il n'aurait pas été le premier à mener une double vie. Même si l'idée de vivre un mensonge lui était odieuse, il n'avait pas immédiatement exclu l'idée du mariage. Il avait discuté de ces choix avec sa sœur et elle avait insisté en disant qu'aucun bien ne ressortirait du fait de mentir au sujet de la personne qu'il était. Philip avait été d'accord, et depuis, il n'avait jamais regretté sa décision.

— Je doute que mon employeur puisse le découvrir un jour. Et c'est pour cette raison que tout le monde à la *Mattachine Society*, hormis le Docteur Kameny, utilise un pseudonyme.

Beau renifla de dégoût.

— Si ce qu'ils font est si incroyable, pourquoi se cacher derrière de faux noms ?

Pour quelqu'un qui ne voulait pas se disputer, Beau était en train de le faire sortir de ses gonds. Philip se pinça le nez et ferma les yeux.

— Désolé de te l'avoir demandé. J'espérais que ta curiosité en tant qu'éducateur atténuerait ta peur. Visiblement, j'ai eu tort.

— Souviens-toi de mes paroles, répondit Beau en remuant son doigt devant le nez de Philip pour souligner ses propos. S'impliquer avec ce groupe est une mauvaise idée. Leur parler en public comme tu l'as fait dimanche était déjà assez dangereux.

Il se leva, les mains sur les hanches.

— Honnêtement, à quoi pensais-tu ?

Philip décida de ne pas mentionner qu'il s'était emporté contre l'orateur timbré. Il se leva pour ne pas avoir à lever les yeux vers Beau.

— Je suis content de m'être arrêté, même si ce n'est pas ton cas. Si je ne l'avais pas fait, je n'aurais jamais rencontré le Docteur Kameny et ses amis.

Beau croisa les bras sur son torse.

— Et si tu veux mon avis, nous nous en porterions tous les deux bien mieux.

Sa voix condescendante fut la goutte d'eau qui fit déborder le vase.

— Donc l'interdiction fédérale sur l'embauche, les lois sur la sodomie et le harcèlement des homosexuels par les forces de l'ordre ne te posent aucun problème ?

Il essaya de se calmer.

— Il faut que quelqu'un s'implique ou les choses ne changeront jamais. Si tu ne veux pas y aller, j'irai tout seul.

Philip se dirigea vers le placard pour récupérer son manteau.

— Peut-être qu'un jour, nous n'aurons pas besoin de nous inquiéter de perdre nos boulots ou d'être harcelés par la police.

Le ricanement de Beau en dit bien plus long que ses paroles.

— Ouais, difficile de dire ce que les flics auraient fait dans ton appartement ce soir-là sans la *Mattachine Society*.

Philip prit une profonde inspiration en enfilant son manteau. Il aurait tout aussi bien pu être en train de parler à un mur. Beau pouvait garder la tête dans le sable s'il le voulait, mais Philip ne pouvait plus rester en retrait. C'était la cause que Mary lui avait conseillé de trouver. Il devait s'impliquer, faire quelque chose pour rendre le monde meilleur, pour lui-même et ceux comme lui qui n'étaient pas encore nés.

Un air incrédule apparut sur le visage de Beau.

— Donc même si je ne veux pas que tu y ailles, tu vas quand même te rendre à cette réunion ?

Philip n'arrivait pas à décider ce qui l'irritait le plus : le défi dans la voix de Beau, son refus de se battre pour les choses en lesquelles il croyait, ou le fait qu'il pense que Philip devait faire ce qu'il voulait. Il acquiesça en redressant le béret sur sa tête et ouvrit la porte.

— Oui, je crois bien que je vais le faire.

Puis il tourna le dos à Beau, sortit dans le couloir et referma la porte derrière lui.

XXVI

LA *MATTACHINE Society* de Washington se réunissait dans un appartement d'Harvard Street, autour d'une table de salle à manger. Frank Kameny, l'homme à lunettes que Philip avait rencontré au Lincoln Memorial, s'occupait de tout. Renvoyé de l'armée en 1957 à cause de son homosexualité, il avait protesté jusqu'à atteindre la Cour Suprême. Perdre le procès ne l'avait pas empêché de continuer sa quête pour l'égalité des droits. Il avait formé la *Mattachine Society* de Washington en 1961 après que celle basée à Los Angeles et concentrée à l'échelle nationale se fut effondrée.

Philip observa le groupe assis autour de la table et se réjouit d'avoir porté son plus beau costume, plutôt qu'un jean noir et un chandail comme il l'avait envisagé. Hormis le Docteur Kameny, un homme intense aux cheveux sombres qui venait d'atteindre la quarantaine, et lui, le groupe impeccablement habillé se composait de plusieurs jeunes hommes et de la lesbienne portant un fedora. Il les avait rencontrés dimanche et les connaissait par les pseudonymes qu'ils utilisaient. Pour le sien, Philip avait quant à lui choisi « Roland Walker ».

Le Docteur Kameny avait expliqué que le nom de la société venait de la fraternité médiévale française d'hommes célibataires qui effectuait des rituels et dansait en portant des masques durant l'équinoxe vernal à la Fête des Fous. Ce groupe avait pris le nom d'un bouffon de la cour du théâtre italien qui disait la vérité au roi quand personne d'autre ne le faisait.

Il ne connaissait pas leur vrai nom, mais Philip était honoré de rencontrer les hommes et femmes qui avaient manifesté devant la Maison-Blanche au sujet des politiques d'embauche fédérales en avril 1965. Depuis, ils avaient porté des pancartes durant les manifestations du « *Rappel Annuel* » [13] à Philadelphie, chaque année le Jour de l'Indépendance, pour rappeler au monde entier que les homosexuels ne disposaient pas des droits civiques fondamentaux.

---

13 Les « *Rappels Annuels* » (« *Annual Reminders* ») furent une série de manifestations mises en place par des organisations en faveur des homosexuels.

Philip admirait leur détermination et leur dévouement envers ce qui semblait être une cause plutôt désespérée.

— Je suis heureux que vous soyez venus. Cela vous intéresse de rejoindre notre société ? demanda le Docteur Kameny.

— Je suis impressionné par votre passion et votre engagement pour les droits homosexuels, et reconnaissant pour tout ce que vous faites, répondit Philip, gigotant un peu sur son siège.

— Mais ce n'est pas pour vous ? dit le Docteur Kameny en riant.

— Je n'ai pas dit ça, répliqua Philip.

Sa détermination à s'impliquer avait faibli. Il s'était attendu à voir plus de membres que ceux qu'il avait rencontrés au Lincoln Memorial. Quatre hommes gays et une lesbienne lui semblaient à peine suffisant pour la tâche à accomplir.

— Il y a trois jours, je ne savais pas que de tels groupes existaient. Honnêtement, je n'ai pas encore pris ma décision.

— Prenez votre temps, rétorqua le Docteur Kameny, radieux, en tapotant l'épaule de Philip. Nous sommes heureux que vous soyez là.

Les autres autour de la table acquiescèrent en lui souriant.

— Est-ce que cet homme séduisant qui vous a laissé au Lincoln mémorial est votre amant ?

Philip grimaça.

— Non, juste un ami.

Il prit une profonde inspiration et parcourut la table du regard, heureux d'être venu.

— Mon amant s'est suicidé… la veille de Noël.

Il marqua une pause, acceptant les condoléances et les expressions de compassion.

— La police a mis à sac notre appartement et a peint « pédés » sur le mur de notre salon.

Un chœur d'exclamations colériques retentit autour de la table. Le cofondateur du groupe, un homme qui se faisait appeler Warren, jeta un coup d'œil vers le Docteur Kameny avant de revenir à Philip.

— Est-ce qu'un agent du nom de Benjamin Robinson était impliqué ? Nous avons réussi à établir un lien entre lui et des incidents similaires.

— Je n'en ai pas la moindre idée.

Philip haussa les épaules.

— L'agent qui m'a annoncé la nouvelle de la mort de mon amant était grossier et peu professionnel, mais je n'ai pas pris son nom.

— Je parierais sur Robinson, dit Warren. Est-ce qu'il était chauve avec un gros sourcil énorme que vous auriez pu utiliser pour balayer le trottoir ?

Philip se souvint d'avoir vu l'homme chauve avec ce gros sourcil au poste de police quand il avait rencontré le sergent White. Était-ce le même qui l'avait accueilli dans son appartement la veille de Noël ?

— Je ne me souviens pas grand-chose de ce soir-là.

— Je suis tellement désolé, dit le Docteur Kameny. Un jour, les homosexuels serviront ouvertement dans les forces de l'ordre et les forces armées, et les incidents tels que ceux que vous décrivez seront une chose du passé.

Philip pensa à Roland Walker, à l'orateur au Lincoln Memorial, et aux autres personnes qu'il connaissait, aux vues intraitables sur le sujet. Les perspectives de changement étaient au mieux sinistre.

— C'est une belle vision des choses.

— Mais vous ne la partagez pas ? demanda le Docteur Kameny.

— Oh, j'aimerais que votre rêve devienne réalité. Mais un changement de cette ampleur ? Je ne vois pas comment cela pourrait arriver. Pas de mon vivant, en tout cas. L'opposition est trop solidement ancrée. Vous ne pouvez pas discuter avec la Bible.

— Chaque voyage commence par le premier pas, répondit le Docteur Kameny en haussant les épaules. Aimeriez-vous porter plainte contre l'agent Robinson ? Je serais heureux de vous aider si c'est pour cela que vous êtes venu.

— Merci, dit Philip. Mais ce n'est pas pour cela que je suis ici.

Il se racla la gorge, observant les visages interrogateurs autour de lui. Si ce groupe engagé et consciencieux n'était pas capable de pousser la police à s'intéresser au meurtrier, il ne savait pas qui serait en mesure de le faire.

— Après que la police de Washington m'a interrogé au sujet du meurtre d'un jeune homme que j'ai rencontré en déposant des cadeaux à la *Société d'Aide et d'Accueil pour Jeunes Hommes Égarés*, la veille de Noël, quelques heures avant sa mort, j'ai embauché un avocat. Son enquêteur croit que quelqu'un tue les hommes qui se prostituent dans le district.

Tous les yeux de la pièce s'étaient tournés vers lui.

— Six adolescents morts se sont échoués sur les berges de la rivière Anacostia. La police n'a pas fait le lien entre ces affaires, parce que les corps ont été retrouvés dans des juridictions différentes, et étant donné le manque d'intérêt de la part des familles des victimes, ils ne sont pas susceptibles de le faire.

Le Docteur Kameny secoua la tête.

— J'ai vu l'article au sujet du garçon qu'ils ont trouvé après Noël. Je ne suis pas surpris que la police ne montre aucun intérêt pour trouver le tueur. Nous travaillons pour changer la culture homophobe du DCPD depuis la descente au *Gayety Buffet* [14], en '63, mais les progrès sont lents.

— Selon mes sources, dit Warren, Tripp Clarkson, l'homme que vous avez entendu dimanche, s'occupe de garder la police sur des chardons ardents. Le chef et lui vont à l'église ensemble. Clarkson est un vendeur de bibles. À en juger par son domicile à Chevy Chase et sa grosse Continental jaune, il s'en sort plutôt bien.

Le Docteur Kameny secoua la tête.

— Il fournit également les noms pour les articles du *Washington Post* au sujet des descentes et des opérations d'infiltration.

Philip sursauta.

— Quel genre de personne ferait une telle chose ? Cet homme est clairement dérangé.

— Oui, répondit le Docteur Kameny. Il l'est.

Philip écouta avec intérêt tandis que la réunion se poursuivait. En plus des défis politiques de l'interdiction fédérale sur l'embauche, des efforts étaient en cours pour lutter contre la perception négative des homosexuels par les groupes religieux et les psychiatres. Quand le Docteur Kameny ajourna la réunion, Philip regarda sa montre et fut surpris de voir qu'il s'était écoulé plus d'une heure depuis son arrivée.

14 Le 25 Mai 1963, la police fit une descente au restaurant « Gayety Buffet » et arrêta de nombreux clients gays au hasard, sans spécifier les chefs d'inculpation dont on les accusait ou informer les hommes de leurs droits. Emmenés au poste de police, on prit leurs empreintes, les accusa de trouble à l'ordre public, les interrogea pour obtenir des détails sur leur vie privée, et leur fit subir insultes et violences verbales. Un homme qui avait demandé les chefs d'inculpation à son égard fut informé par un agent qu'il avait été arrêté pour avoir « fait un clin d'œil à mon ami ». Il fut alors traité de « tapette » et de « suceur de queue », avant d'être passé à tabac au point de devoir être hospitalisé. Ce fut le Docteur Kameny qui s'empara de l'affaire et traqua les victimes, retrouva les affidavits et déposa une plainte contre le département de police et le conseil des commissaires de Washington.

— Merci à tous d'être venu, dit le Docteur Kameny en se levant. J'aimerais m'attarder pour nos discussions habituelles après cette réunion, mais malheureusement, j'ai un autre engagement.

Les chaises claquèrent tandis que le reste du groupe suivait son exemple.

— Merci de nous avoir parlé des meurtres. Nous verrons ce que nous pourrons faire pour piquer l'intérêt du DCPD afin de trouver le tueur.

XXVII

ANTHONY VINCENT passa sa troisième nuit garé devant la gare routière, affalé derrière le volant de sa Triumph Herald, à grignoter des *Bugles* [15] et observer les voitures pour trouver celles qu'il avait vues dans les photos de Terrence. Huit des douze voitures avaient fait une apparition dès la première nuit. Il avait noté les plaques d'immatriculation : quatre avec des plaques de Virginie, trois du Maryland et la dernière de Washington, mais selon lui, cela ne servirait à rien de questionner un groupe d'hommes malheureux qui seraient horrifiés de découvrir que quelqu'un savait ce qu'ils faisaient.

Le fait que ces hommes réapparaissent si vite poussa Anthony à penser que se rendre à la gare routière pour y trouver des prostitués était une activité régulière pour eux, une théorie qui se confirma quand six des huit voitures réapparurent le soir suivant. Il aurait aimé savoir si l'un d'entre eux avait vu quelque chose d'intéressant, mais il savait qu'ils se tairaient ou s'enfuiraient s'il essayait de leur parler. Ils ne pouvaient pas savoir que leur petit secret honteux était en sécurité avec lui. Faire chanter les homosexuels, ce n'était pas son truc. Menacer de partager des photos compromettantes ou des lettres avec la presse ou un employeur pourrait être rentable, mais pour lui, c'était répugnant.

Répugnant. Il acquiesça. Voilà le genre de mots qu'un avocat riche et respecté utiliserait. Un homme comme Monsieur Walker. S'il pouvait caser également *repoussant* et *réticent* dans une phrase, il en aurait terminé avec ses dix mots de vocabulaire pour la journée.

Trois autres des douze voitures des photographies de Terrence firent le tour de la gare routière, deux avec des plaques de Virginie et une Pontiac avec une plaque de Virginie Occidentale. Il avait recueilli les informations des plaques d'une douzaine d'autres voitures en train de chercher une rencontre également. Les conducteurs ressemblaient à des professeurs, des bureaucrates, des banquiers, ce genre d'hommes. Des gars normaux. La plupart était probablement mariée et avait même des enfants.

15 Biscuits apéritifs.

Anthony engloutit une poignée de chips et secoua la tête. Même s'il essayait, il n'arrivait pas à comprendre le fait d'être homosexuel. L'idée d'embrasser un autre homme et d'avoir des relations sexuelles avec lui était… Il secoua la tête pour trouver le bon mot. Puis il sourit. *Repoussant.*

Bien sûr, il avait laissé un type le sucer en prison. Tant qu'Anthony gardait les yeux fermés, quelle était la différence ? En plus, cinq ans c'était un temps vraiment long pour compter uniquement sur sa main droite et les images mentales de rouquines aux gros seins et aux belles fesses, comme la réceptionniste de Monsieur Walker… la femme qui avait refusé un rendez-vous avec lui.

Il avait appris une chose ou deux au sujet des homosexuels en prison. Vouloir coucher avec un homme plutôt qu'une femme n'était pas un choix, et toutes les tapettes ne correspondaient pas aux stéréotypes. Homosexuels ou pas, les hommes efféminés le mettaient mal à l'aise. En prison, il les avait évités comme la peste, préférant plutôt s'entraîner dans la cour avec les hommes virils comme lui. Comme Hank, son meilleur ami, son compagnon de cellule, et le type le plus baraqué et le plus effrayant du quartier. Les biceps de cet homme étaient plus gros que les cuisses d'un homme normal. Son torse massif explosait pratiquement son tee-shirt en coton côtelé, assez serré pour qu'on puisse voir les lignes de ses abdos.

Un soir, un ou deux ans après qu'il fut arrivé en prison, Hank avait interrompu le fantasme d'Anthony en plein rendez-vous avec une rouquine particulièrement voluptueuse. Il lui avait dit qu'il avait aimé regarder les hommes nus d'aussi loin qu'il puisse se souvenir et avait su qu'il préférait les hommes aux femmes avant même d'abandonner le lycée.

— Je t'apprécie vraiment, avait dit Hank. Je sais que tu n'aimes pas les mecs, et ce n'est pas grave. Mais t'entendre te branler dans ton coin, ça me fait perdre la boule.

Découvrir que quelqu'un qu'Anthony connaissait si bien était homosexuel n'aurait pu le surprendre davantage.

— Non, merci, avait répondu Anthony. Ça va. Mais merci d'avoir proposé.

Savoir qu'Hank pouvait l'entendre avait mis fin aux rendez-vous nocturnes d'Anthony avec des rouquines aux gros seins. Il avait doublé le nombre d'abdominaux, de pompes et de tractions qu'il faisait tous les jours et pris des douches froides. Il avait été allongé sur le dos, quelques mois plus tard, la couverture formant une tente au-dessus de son entrejambe, quand Hank lui avait offert une nouvelle fois de soulager sa souffrance.

Il avait refusé poliment de nouveau et l'avait encore remercié pour son offre généreuse.

Trois jours plus tard, il s'était mis à bander dans la douche en regardant un autre prisonnier faire mousser le savon sur ses jambes et ses fesses. Il avait tenté de cacher cette érection embarrassante, mais c'était trop tard.

— Canon chargé dans la douche !

Une foule s'était matérialisée en quelques minutes pour le reluquer.

— Tu peux tirer ton coup ici, mon chéri.

Anthony s'était frayé un chemin hors des douches à travers les hommes en train de le lorgner et était retourné à sa cellule, où il s'était retourné encore et encore dans son lit, incapable de dormir. Quand il fermait les yeux, une parade sans fin de seins géants et de chattes rousses le tourmentaient. Son sexe enragé avait rebondi contre son ventre, exigeant son attention.

C'est alors qu'Hank avait pris les choses en main… puis en bouche. Anthony avait su que c'était son compagnon de cellule, mais il n'avait jamais ouvert les yeux, pas une seule fois durant les trois années qui avaient suivies.

Il secoua le sac vide de *Bugles* et le jeta au sol. À un demi pâté de maisons devant lui, une voiture attira son attention. Le feu passa au vert et une Lincoln Continental jaune passa l'intersection. Il alluma le moteur de la Triumph pour la suivre.

Gardant à l'esprit que les rues étaient désertes, Anthony suivit sa cible à distance en essayant de ne pas attirer son attention. Il suivit la voiture vers l'ouest sur New York Avenue et remonta la 14e. Déterminé à relever la plaque d'immatriculation, il accéléra. La Continental, désormais à plusieurs pâtés de maisons devant lui, tourna à gauche sur K. Street.

Anthony tourna le volant vers la gauche, carénant sur K. Street. Sur la 19e, il ralentit pour tourner, cherchant devant lui la Lincoln jaune et passant chaque intersection lentement pour fouiller du regard les rues latérales afin de retrouver la voiture qu'il avait aperçue dans plusieurs des photographies de Terrence.

Au croisement de la 19e et de G. Street, il freina brusquement. Au loin, il vit les phares de la Continental tandis que le conducteur se garait le long du trottoir. Anthony envia son habileté. Cinq années en prison l'avaient empêché de perfectionner ses compétences en matière de créneaux. Quand il réussit enfin à se garer, le conducteur qu'il suivait avait disparu. Anthony se promena de haut en bas de G. Street, comme s'il était midi et non minuit.

Il n'entendit ou ne vit rien d'inhabituel. Que son enquête finisse dans la même rue où vivait Potter lui semblait bien plus qu'une coïncidence. Est-ce que Potter avait menti en disant qu'il n'avait pas de voiture ?

Se promenant les mains dans les poches, il s'arrêta en atteignant la Continental. Vide. Il nota la plaque d'immatriculation.

Il parcourut de nouveau la rue du regard. Déserte. Le propriétaire de la grosse voiture jaune pouvait se trouver n'importe où, dans l'un des immeubles qui longeaient la rue par douzaines.

Est-ce qu'il devait vérifier l'intérieur ? Il se rapprocha et jeta un coup d'œil par la vitre. Rien qui sorte de l'ordinaire. Elle n'était pas verrouillée. Peut-être qu'il pourrait trouver une empreinte digitale ou tout autre indice.

Puis il se souvint de sa classe sur les preuves criminelles. Monsieur Walker lui avait également parlé de cela. Non. Les preuves obtenues de cette façon n'étaient pas recevables au tribunal, peu importe à quel point elles étaient bonnes.

Anthony se demanda si la Lincoln Continental et Potter étaient liés d'une façon ou d'une autre en se dirigeant vers sa propre voiture. Il s'avança de trente centimètres, tourna le volant et recula de vingt, répétant sa manœuvre de va-et-vient sept fois avant de réussir à quitter le trottoir et s'engager dans la rue.

Quand il atteignit enfin l'intersection, la Continental jaune avait disparu.

XXVIII

PHILIP VIDA d'un trait sa seconde tasse de café et jeta un coup d'œil vers l'horloge. Presque sept heures. Son incapacité à dormir avait fait de lui un lève-tôt. Ce temps supplémentaire lui permettait de lire le journal, de regarder Hugh Downs et Barbara Walters dans le *Today Show*, et de continuer sa lettre à Mary sans Beau dans les pattes.

Sa sœur lui manquait. Philip avait téléphoné à Mary une fois ou deux par semaine et lui avait rendu visite presque tous les week-ends pendant des années. Depuis qu'ils étaient partis en Italie, il avait eu le réflexe de prendre le téléphone pour l'appeler presque toutes les deux heures. La lettre hebdomadaire qu'il avait commencée pour elle le jour de son départ faisait déjà onze pages, et il restait deux jours avant de l'envoyer pour en commencer une nouvelle.

Philip regarda l'appartement autour de lui avec dégoût. La vision multicolore de Beau ne rendait pas exactement de la façon dont il l'avait décrite. Plutôt qu'*edgy* et *groovy*, le thème polychrome ressemblait aux visions psychédéliques de cirques et de carnavals d'un enfant dérangé. Il détestait ces couleurs voyantes de plus en plus, au fur et à mesure que les jours passaient.

Reste positif !

D'accord, ces changements n'étaient pas si horribles. Il adorait le vert dans le salon, et grâce à ce changement, il voyait l'espace d'une nouvelle façon. À moins que le propriétaire découvre ses saccages en matière de peinture et lui force la main, il attendrait un mois ou deux avant de tout repeindre et de se diriger vers sa propre vision. Beau comprendrait, n'est-ce pas ?

Non. Il ne comprendrait pas.

Philip soupira. La solitude était moins problématique quand il était seul que lorsqu'il était avec Beau. Il laissa s'échapper un autre long soupir. Bien sûr, Beau était attentionné. C'était bien là le problème. Il exigeait la même chose de Philip. Quelques heures avec lui étaient épuisantes.

Oui, Beau préparait le dîner sept jours par semaine et était un excellent cuisinier. Ça aussi, c'était un problème. Il ne mangeait que ce que Beau voulait bien préparer : couvert de beurre, frit et parsemé de pièces de porc inconnues. Philip avait pris cinq kilos depuis Noël. Il détestait se plaindre. Et ce n'était pas comme si Beau lui braquait un pistolet contre la tempe pour le forcer à manger. Dire non était simplement vraiment difficile, surtout quand la nourriture était si bonne.

Résister à ses avances devenait de plus en plus difficile également. Bien sûr, Beau était séduisant. Magnifique, vraiment. Dans sa lettre à Mary, il avait décrit Beau comme un grand Robert Goulet [16]. Il n'avait pas vraiment sa mâchoire et sa bouche, les lèvres de Beau étaient plus pleines et il avait des fossettes et une fente au menton, mais ses yeux étaient similaires. Philip était certain que de nombreuses femmes et quelques hommes sûrement seraient heureux d'avoir son intérêt. Dire à Beau qu'il avait besoin de plus de temps ne fonctionnerait pas éternellement. Le temps n'était pas la question. Le problème, c'était Beau.

Vivre avec James avait été facile. Ils pouvaient parler, ou pas. Faire quelque chose ensemble ou séparément un après-midi ou un week-end de temps à autre. Pas d'attente. Aucune demande. Facile.

Passer du temps avec Beau était tout sauf simple. Il insistait pour passer chaque minute où ils ne travaillaient pas ensemble, mais ne voulait jamais aller nulle part de peur d'être vu et découvert. Philip avait regardé plus de télévision au cours des dernières semaines qu'il l'avait fait depuis des années… La plupart du temps des rediffusions de choses qu'il n'avait même pas voulu voir la première fois qu'elles étaient passées.

Penser à tout cela mettait Philip en colère. Combien de temps avait-il gâché à regarder des bêtises idiotes ? Il se leva pour éteindre la télévision, mais s'arrêta en voyant les voitures de police et une rivière derrière un journaliste de la télévision locale. Il monta le volume.

— … où ce matin un pêcheur a vu ce qui s'est révélé être un cadavre sur la berge de la rivière Anacostia. Le sergent Shirley White du DCPD est avec moi. Que pouvez-vous nous dire ?

Le jeune journaliste se tourna vers le sergent White, le visage sérieux, ses cheveux plaqués vers l'arrière, le micro dans sa main presque collé à la bouche de la policière.

— Eh bien, à en juger par notre enquête initiale, il semblerait qu'un jeune homme soit mort.

16 Robert Goulet était un acteur et chanteur américano-canadien ayant reçu le *Grammy Award* du meilleur nouvel artiste en 1963.

Les yeux du journaliste s'illuminèrent.

— Pouvez-vous nous dire comment il est mort ? S'est-il noyé ?

— Il ne s'est pas noyé. Nous ne pourrons pas en dire davantage avant de recevoir le rapport du médecin légiste.

Le journaliste marqua une pause en réfléchissant.

— Est-il mort de cause naturelle ?

Elle lui lança un regard que Philip avait vu en personne.

— La victime est âgée de dix-sept à vingt ans. Selon vous ?

Ces paroles entraînèrent une nuée de questions sur les suspects et les mobiles. Le sergent White les ignora.

— L'enquête continue. Nous partagerons davantage de détails lorsqu'ils seront disponibles.

Philip éteignit la télévision.

L'interview n'avait pas fourni assez de détails pour en être certain, mais le tueur semblait avoir encore frappé. Il lança un coup d'œil vers l'horloge : encore trop tôt pour appeler le bureau de George Walker. Il récupéra son portefeuille sur la table de la cuisine et trouva le numéro d'urgence que George lui avait donné.

La découverte d'un autre cadavre augmenterait la pression sur la police afin de trouver la personne responsable. En tant que seul et unique suspect, Philip décida que ce nouveau développement constituait une urgence. Il décrocha le téléphone et appela George.

XXIX

UN GROUPE d'adolescents stupéfaits observèrent Anthony Vincent garer sa Triumph Herald depuis les marches du lycée. Il les ignora, satisfait de ses progrès. Avec seulement cinq changements de vitesses, il se débrouillait de mieux en mieux. C'était sans doute sa meilleure tentative.

Les boucles dansantes de Terrence Bottom étaient faciles à repérer dans la foule se déversant des portes doubles de l'école. Anthony s'adossa à sa Triumph, regardant Terrence bondir jusqu'en bas des marches. La façon dont ce dernier s'illumina en le voyant réchauffa le cœur d'Anthony.

— Anthony ! couina Terrence.

Il courut dans la rue, jeta ses bras autour du cou d'Anthony, et l'embrassa en plein sur les lèvres.

Les étudiants rassemblés sur le trottoir restèrent bouche bée, murmurant entre eux et les pointant du doigt. Trop choqué pour réagir, Anthony baissa le regard vers les yeux noisette espiègles qui se trouvaient à quelques centimètres des siens. Terrence lui fit un clin d'œil. Les mains d'Anthony se posèrent sur les épaules de Terrence pour mettre un peu de distance entre eux. Avant qu'il puisse le repousser, Terrence brisa leur étreinte.

— Comme c'est gentil de venir me chercher. J'aurais pu marcher.

Sa voix était assez forte pour que tout le monde dans le quartier puisse l'entendre.

— Tu es si gentil avec moi !

Puis il contourna la Triumph jusqu'au côté passager et s'arrêta.

— Est-ce que je dois rester planté là toute la journée ou tu vas ouvrir cette portière ?

Reconnaissant d'avoir quelque chose à faire hormis rester planté là la bouche ouverte, Anthony fit le tour de la voiture et ouvrit la portière.

Terrence se glissa à l'intérieur, repoussant ses boucles d'un geste de la main.

— Merci, mon chéri.

La foule était désormais silencieuse et attendait sa réaction.

Terrence le regarda d'un air radieux, avec un sourire triomphant. Ce gamin, c'était quelque chose.

Le silence était assourdissant. Le temps s'était arrêté. Anthony observa les gamins en train de les regarder fixement et prit une décision. Si Terrence voulait leur donner du spectacle, eh bien, pourquoi pas ? Il sourit en retour et passa une main dans les cheveux de Terrence.

— De rien, mon cœur.

Il contourna le véhicule jusqu'au siège conducteur. Tandis qu'il grimpait en voiture, il hocha la tête à l'attention des étudiants béats et leur fit un clin d'œil.

Terrence se pencha par la fenêtre et les salua de la main.

— Salut, les enfants ! À demain !

Puis il murmura à Anthony :

— Appuie sur le champignon !

Anthony avança, passa la marche arrière et tourna le volant au maximum avant de reculer de plusieurs centimètres. La troisième fois qu'il fit marche arrière, Terrence s'exclama :

— Bon Dieu ! Où as-tu appris à conduire ?

ÉTANT DONNÉ qu'il était trop tard pour déjeuner et trop tôt pour dîner, Anthony et Terrence avaient pratiquement le restaurant pour eux. Les plats vides rassemblés autour de Terrence prouvaient qu'il pouvait manger bien plus que certains hommes de deux ou trois fois sa taille. Anthony ne put s'empêcher de se demander où tout cela allait. Le gamin devait avoir des jambes creuses. Heureusement que Monsieur Walker payait ses frais.

Anthony repoussa les plats et les condiments d'un côté de la table et étala douze photos en éventail sur la table.

— Est-ce que tu sais quoi que ce soit sur les hommes qui conduisent ces voitures ?

— Fais voir.

Terrence parcourut les photos et en ramassa une.

— C'est Frank qui conduit cette Mercury. Un bon gars. Sa femme s'appelle Phyllis. Elle l'aime, mais ne veut pas lui sucer la queue. Est-ce que tu imagines, être marié à quelqu'un qui ne voudrait pas sucer ta queue ?

Terrence sélectionna une autre photo.

— Un militaire conduit cette Plymouth. C'est un général ou un amiral ou quelque chose du genre. Je ne connais pas son nom. Il porte un soutien-gorge et une culotte de femme sous son uniforme et paye un supplément pour que tu le gifles quand il te suce.

Une serveuse en uniforme rose avec un brushing noir et brillant apparut et commença à débarrasser la table.

— Autre chose ?

— J'aimerais beaucoup une tarte aux pommes *à la mode*, répondit Terrence. Est-ce que vous pourriez mettre un peu de crème fouettée dessus pour moi ?

— Ça vous coûtera cinq cents de plus, dit-elle en ponctuant sa remarque en faisant éclater une bulle de son chewing-gum.

— Pas de problème.

Terrence tendit la main et toucha celle d'Anthony.

— Tu veux quoi que ce soit, mon chéri ? Je ne veux pas que tu fatigues avant que j'en ai fini avec toi.

La serveuse en resta bouche bée et ses yeux s'écarquillèrent.

Anthony releva les deux mains.

— Non, merci. Ça ira.

La serveuse s'enfuit vers la cuisine.

Anthony récupéra la photographie de la Continental jaune.

— Et ce type ?

Les sourcils de Terrence se froncèrent.

— Je l'ai déjà vu dans le coin, mais je ne sais pas qui c'est. Il est beau comme une star de cinéma. Les gars l'appellent « Casper », parce que c'est un fantôme avec qui on aimerait bien devenir ami. C'est bizarre que personne ne le connaisse, étant donné qu'il vient vraiment souvent. Après tout, si tu vas assez souvent chez le coiffeur, tôt ou tard, tu finiras par te faire couper les cheveux.

XXX

LA JOURNÉE de Philip au musée se déroula à un rythme glacial. Il en passa la majeure partie à cataloguer une collection de dés à coudre, considérée comme la plus grande au monde et offerte au Smithsonian par Minerva Tolliver de Lincoln, au Nebraska. Pendant plus de quatre-vingts ans, depuis 1872, elle avait enregistré le prix, la description et les informations intéressantes sur chacune de ses acquisitions dans l'un de ses nombreux journaux reliés de cuir.

Un nombre et une lettre pour chaque entrée visant à référencer l'un des soixante-douze tiroirs d'un bureau en chêne dont le prix, selon Philip, dépassait celui de la collection entière de dés à coudre. Les chiffres dorés apparaissaient exactement au même endroit sur chaque tiroir, dans une écriture fleurie qui distinguait le bureau de tout ce qu'il avait vu auparavant. Des cloisons divisaient les tiroirs en bacs, chacun contenant un seul et unique dé à coudre. Le plus grand tiroir contenait cinquante dés à coudre, et ses compartiments étaient étiquetés d'A à XX, de la même écriture que les chiffres sur les tiroirs. L'ensemble de la collection se composait de près de trois mille dés à coudre.

Il était fasciné par les descriptions détaillées et les circonstances entourant chaque acquisition. Mais quand arriva l'heure du déjeuner, toutefois, son intérêt avait disparu. Lorsque des douzaines d'horloges sonnèrent quinze heures, il s'imaginait en train de jeter le contenu des tiroirs dans une boîte à chaussures pour voir combien de temps il lui faudrait pour replacer chaque dé à coudre à sa place légitime.

Alors que l'après-midi traînait en longueur, il s'interrogea au sujet de Mademoiselle Minerva Tolliver et de la vie qu'elle avait vécue à Lincoln. Est-ce que son obsession pour les dés à coudre l'avait dévorée ? Ou avait-elle été seule, passant ses heures perdues à admirer sa collection et à écrire à son sujet ? À la fin de la journée, il avait conclu qu'il s'agissait d'une tueuse en série, dont les dés à coudre étaient des trophées récupérés après avoir dézingué des couturières partout dans le Midwest, et qu'elle écrivait le sort de chaque victime à l'aide d'un code qu'elle seule comprenait.

Une symphonie de carillons, de gongs et de coucous lui annonça qu'il était l'heure de partir. Philip récupéra son béret et son caban sur le portemanteau et sortit pour héler un taxi. À moins d'un cortège ou d'un embouteillage, il atteindrait le bureau de George à temps pour son rendez-vous de dix-huit heures.

Il ajusta sa montre et était sur le point de faire la même chose avec le bracelet à son autre poignet quand il se souvint qu'il ne le portait pas. Ce matin, ses clés, son portefeuille et sa montre s'étaient trouvés sur le comptoir de la cuisine, où il les posait toujours après le travail, mais le bracelet que James lui avait offert pour Noël n'y était plus. Il l'avait vu sur le comptoir, la veille au soir, et avait cherché partout avant de décider que Beau l'avait peut-être emporté en partant. Il nota mentalement de lui poser la question.

Mademoiselle Harris fit entrer Philip dans le bureau de George. Celui-ci se leva de son siège quand Philip entra, souriant en marchant sans bruit sur le tapis épais, et tendit la main lorsqu'il s'approcha.

— Heureux de vous revoir.

Le plaisir de George à voir Philip étonnait toujours celui-ci, et son cœur manqua un battement, une sensation chaude se propageant à travers lui. Sa joie de revoir George le surprit tout autant, même si cela n'aurait pas dû être le cas, étant donné le soin qu'il avait pris pour s'habiller pour le rendez-vous d'aujourd'hui. Il avait bien fait, trop bien, en réalité, puisqu'hormis des cravates différentes, George et lui étaient habillés exactement de la même façon.

Philip prit sa main, profitant de sa poigne ferme et de la peau douce et chaude de George.

— Je vous remercie.

— Beau costume, déclara George avec un sourire narquois. Mais je ne suis pas sûr, pour la cravate.

Philip se mit à rire.

— Je ne crois pas avoir déjà croisé quelqu'un portant le même costume que moi auparavant. Et vous ?

Ils se détaillèrent tous deux de haut en bas, et finirent par se dévisager. Philip interrompit le silence gênant.

— Merci de me recevoir après vos heures de travail. Je vous suis redevable.

— Nous sommes fiers de notre service à la clientèle, ici chez *Walker et Cochran*. Entrez, asseyez-vous.

Il indiqua le canapé en cuir vert et le fauteuil assorti.

— Voudriez-vous du café, du thé, peut-être un verre de cognac ?

Philip s'installa sur le canapé.

— Non, merci.

— Vous êtes sur ? J'ai un cognac hors de prix aussi doux que de la soie.

George restait planté au milieu de la pièce, à attendre la réponse de Philip.

Il était clair que George voulait prendre un verre. Le laisser boire seul serait grossier, et un verre de cognac n'altérerait en rien le jugement de Philip.

— Puisque vous insistez, ce serait avec plaisir.

George se précipita à travers le bureau, récupérant deux élégants verres à dégustation et une bouteille ambrée avec une étiquette noire. Philip l'observa couper le sceau en or à l'aide d'un canif, enlever le bouchon et agiter la bouteille ouverte sous son nez avant de verser deux doigts au fond de chaque verre.

— Aaaah, divin, dit-il en tendant un verre à Philip, hésitant une fraction de seconde avant de choisir de s'asseoir dans le fauteuil plutôt qu'à côté de Philip sur le canapé.

Philip fit tourner son verre et inspira longuement avant d'avaler une petite gorgée. Une chaleur douce comme du velours se répandit depuis ses lèvres sur sa langue, et le long de sa gorge. Il savoura la sensation et put presque sentir la chaleur se déverser dans ses veines.

— Délicieux.

— Heureux que vous l'appréciiez.

George redevint plus sérieux.

— Je me suis renseigné et je ne crois pas que vous ayez de raison de vous inquiéter.

Il garda le verre de cristal entre ses paumes pour réchauffer le cognac, en inspirant l'arôme.

— Ils ont trouvé le tueur ? demanda Philip. C'est clairement une bonne nouvelle.

Il ne put s'empêcher de remarquer comme il était plus simple de se trouver en compagnie de George que de Beau. Malgré la raison de sa visite, il passait un bon moment.

— Non. Ils ne cherchent même pas.

132

George avala la dernière gorgée de son cognac et posa le verre sur la table basse.

Philip fut incapable de cacher son choc.

— Pourquoi pas ? Combien d'autres garçons devront mourir avant d'attirer leur attention ?

George récupéra la bouteille sur son bureau et versa deux autres doigts dans chaque verre à dégustation.

— Honnêtement ? Étant donné que vous êtes le seul suspect, vous devriez être reconnaissant.

— Reconnaissant ?

Philip avait envie de le secouer. Comment un homme aussi éduqué pouvait-il être aussi idiot ?

— Parce que la police ne montre aucun intérêt pour retrouver qui a tué ces jeunes hommes ?

Il prit une autre gorgée du cognac et essaya de reprendre le contrôle de ses émotions. George n'avait pas à porter le blâme parce que la police ne faisait pas son travail.

— Ils savent que je n'ai rien fait.

George l'observa par-dessus le rebord de son verre et haussa les épaules.

— Je suis d'accord. Mais cela ne les empêcherait pas de vous accuser et de vous envoyer au tribunal.

— Mais je suis innocent !

Philip était exaspéré. La situation aurait été très différente si les victimes avaient été de jeunes hommes hétérosexuels ou des petites filles. Chaque agent des forces de l'ordre à cinquante kilomètres à la ronde aurait été en train de fouiller chaque buisson pour trouver la personne responsable. Mais étant donné que les victimes étaient toutes homosexuelles, tout le monde s'en fichait. L'injustice de la situation le déconcertait et le frustrait.

— Le tueur court toujours et à en juger par le nombre de cadavres retrouvés au cours des derniers mois, il tuera sûrement de nouveau… s'il ne l'a pas déjà fait.

— En tant que votre avocat, je vous dis que leur manque d'intérêt est une bonne chose. Tony Vincent est toujours sur l'affaire. Soyez patient.

— Comment puis-je être patient alors que des vies sont en jeu ?

George croisa son regard sans cligner de ses yeux gris.

— Je comprends votre inquiétude, Philip. Mais jusqu'à ce que nous trouvions quelque chose à présenter à la police, nous devons les laisser faire leur travail.

Philip s'adossa contre son siège et massa les muscles tendus de son cou.

— Que se passera-t-il si je suis accusé ?

— Nous n'avons aucune raison de croire que votre arrestation est imminente ou que la police ait la moindre intention de vous accuser de ces meurtres. Mais si nous en venons là, je crois que je pourrais convaincre le jury de votre innocence… ou au moins, créer un doute raisonnable.

Philip le regarda, bouche bée.

— Vous êtes sérieux ?

— Oui.

Il l'était, mais Philip remarqua dans son regard une lueur qu'il avait déjà remarquée auparavant dans les yeux de George.

— C'est ce que nous faisons, nous autres avocats. Peut-être que je pourrais vous l'expliquer… au cours d'un dîner ?

— Mais, et votre femme ?

George hésita.

— Elle est à New York pour une exposition canine. S'il vous plaît, joignez-vous à moi. Si vous ne le faites pas, je finirai par manger un sandwich au beurre de cacahouète et à la confiture, ou pire, seul chez moi.

Philip ne savait pas quoi penser. C'était seulement un dîner. Il fallait qu'il mange également et fasse face à un dîner tout aussi peu attrayant chez lui. Sauf si Beau venait.

Et il le ferait.

Il sourit.

— Ce dîner me paraît une merveilleuse idée.

XXXI

— CELA NE vous dérange pas si nous marchons ? demanda George en enfilant son manteau de cachemire gris anthracite. J'ai à peine quitté mon bureau de la journée.

— Pareil pour moi, répondit Philip en se rappelant des heures passées avec la collection de dés à coudre de Minerva Tolliver. Cela ne me dérange pas du tout.

Il aurait aimé porter un manteau différent. À côté du magnifique manteau en cachemire de George, son caban en laine était carrément démodé.

— Hormis le National Mall, Dupont Circle est le quartier de Washington où je préfère marcher.

— Moi aussi, marcher ou quoi que ce soit d'autre, en réalité, répondit George.

Ils sortirent de son bureau sur la 22e Rue et se dirigèrent vers le rond-point envahi de circulation.

— C'est un quartier génial. Je garde un œil sur l'immobilier par ici. Mon rêve serait d'avoir un bureau sur Dupont Circle et des succursales dans plusieurs états. Et vous ?

Philip était impressionné par sa passion. George lui semblait être le genre d'homme qui accomplissait tout ce qu'il entreprenait.

— Mon rêve, du moins c'est plus un fantasme puisque je ne pourrai jamais me le permettre, serait de vivre dans l'une de ces magnifiques maisons sur P. Street, entre la 17e et la 20e.

— Vous me surprenez, dit George, les mains dans les poches de son manteau tandis qu'ils marchaient. Je m'attendais à ce que vous disiez : gérer le Smithsonian.

Philip secoua la tête.

— Non, ce serait mon pire cauchemar. J'aime travailler avec les objets, manipuler et examiner ceux qui ont une signification historique. Ne le dites à personne, mais j'adore tellement ce travail que je serais heureux de le faire gratuitement.

Il sourit.

135

— Alors, dites-moi, qu'est-ce qui vous a donné envie de devenir avocat ?

— Roland, répondit George, sa voix dénuée d'expression.

Philip s'arrêta, perplexe.

— Le père de James vous a encouragé à suivre des études de droit ?

Il se remit à marcher.

— Il ne me semblait pas être du genre à couver quiconque.

George éclata de rire.

— Vous avez tout à fait raison. Il a triché à chaque jeu auquel nous avons joué, inventant des règles au fur et à mesure, trouvant toujours une raison compliquée pour ces exceptions improvisées. Après que j'ai appris à lire, le jeu a changé. Depuis, connaître les règles est devenu mon métier.

Cette nouvelle raison de rire lui changea les idées. Philip appréciait bien trop la conversation pour faire attention à l'endroit où ils se rendaient, et il fut époustouflé lorsqu'ils finirent au luxueux *Mayflower Hotel*. Il hésita devant la porte, récupérant son portefeuille pour vérifier combien de liquide il avait.

George lui toucha le bras.

— C'est pour moi, s'il vous plaît.

Ce contact, destiné à empêcher Philip de sortir son portefeuille, était pourtant plus intime… presque électrique.

— Je ferai une note de frais.

Philip soupira de soulagement. Faire passer ce dîner en note de frais le rendait officiel. Ce n'était pas un rendez-vous. Dîner à l'hôtel le plus luxueux de Washington était purement professionnel.

— Merci, répondit Philip. Je suis venu déjeuner ici quelques fois, mais jamais dîner.

George lui tint la porte ouverte.

— Alors vous allez vous être gâté.

PHILIP N'ARRIVAIT pas à se rappeler la dernière fois où il avait passé une soirée aussi agréable. Entre les escargots en apéritif, la salade César préparée directement à table, et un merveilleux bœuf Wellington servi avec du gratin dauphinois et des asperges, la nourriture était certainement la meilleure que Philip avait eu le plaisir de goûter. La bouteille de Cabernet qu'ils partagèrent durant le dîner avait amplifié le goût de la nourriture et amélioré son humeur.

Profiter de la compagnie de George n'influença nullement son appréciation de la cuisine. C'était un rendez-vous professionnel, et les hommes d'affaires pouvaient très bien profiter de la compagnie des autres lors d'un dîner aux chandelles, en partageant une bouteille de vin. Cela arrivait tous les jours. Il regarda autour de lui, voyant d'autres tables composées de deux ou trois hommes, parmi les couples qui dominaient la salle. Il n'y avait rien du tout d'inhabituel à ce qu'ils rient et passent un bon moment ensemble, même s'il remarqua qu'ils étaient les seuls hommes du restaurant à être habillé pareil.

— Est-ce que James et vous étiez heureux ensemble ?

La question prit Philip au dépourvu. Il déposa une cuillerée de soufflé au chocolat brûlant dans sa bouche et réfléchit à sa réponse. Il ferma les yeux un moment, savourant le chocolat chaud avant de parler.

— James et moi avons essayé de faire un soufflé, une fois. Nous avons mesuré tous les ingrédients, suivi les indications étape par étape.

Il prit une autre bouchée et hocha la tête avec satisfaction.

— Celui-ci est infiniment plus délicieux que le nôtre s'est avéré l'être.

Une image de James lui vint à l'esprit, recouvert d'une fine couche de farine, une tache de chocolat sur les lèvres. Ils avaient pris une seule gorgée de la concoction liquide et brûlante, et jeté ce gâchis au goût amer à la poubelle.

— Je ne voulais pas jouer les indiscrets. Si vous ne voulez pas en parler… dit George, apparemment déçu mais également compréhensif.

— Non, répondit Philip en secouant la tête. Cela ne me dérange pas. Je suis en train de réfléchir à la façon de répondre.

Il mélangea de la crème dans son café avec sa cuillère recouverte de chocolat, et après une gorgée, reporta son attention sur George.

— J'aimais votre neveu de tout mon cœur. Nous prenions soin l'un de l'autre. Je lui ai épargné une vie dans la rue, je l'ai aidé à finir le lycée, et j'ai fait ce que je pouvais pour le soutenir et l'encourager dans ce qu'il voulait faire.

— Vous preniez soin de lui, il n'y a aucun doute à ce sujet.

George marqua une pause, savourant une bonne cuillérée de son soufflé.

— Mais je me demande, et s'il vous plaît, ne le prenez pas mal, prenait-il soin de vous ?

Ces paroles le déconcertèrent.

— Que voulez-vous dire ?

137

— D'après tout ce que vous m'avez dit, et je connaissais mon neveu assez bien pour vous croire, toute cette attention et ce soin semblaient provenir de vous, envers lui. Ai-je raté quelque chose ?

Philip ne sut pas comment répondre. George avait visé juste, tout comme Mary l'avait fait. Hormis pour sa compagnie, il avait gardé James à ses côtés pour satisfaire son besoin d'être nécessaire à quelqu'un.

— Ma sœur et moi avons eu cette même conversation le lendemain de sa mort. En vérité, James était davantage le petit frère que je n'ai jamais eu qu'un partenaire égal dans notre relation.

George hocha la tête.

— Je peux comprendre pourquoi cela vous a séduit.

Il marqua une pause, essuyant une goutte de soufflé sur sa lèvre inférieure à l'aide de sa serviette en lin.

— Malgré la façon dont cela s'est terminé, vous avez pris bien soin de James.

Philip plongea dans les yeux gris acier et essaya de ne pas penser à quel point il voulait goûter aux lèvres de George, avec ou sans cette petite noisette de chocolat.

— Je vous remercie. Prendre soin de lui, c'est tout ce que j'ai toujours voulu faire.

— Au début, reprit George, j'ai vu l'homosexualité de James comme une punition pour la façon dont Roland traitait les gens et pour en avoir trop attendu de son fils.

— Une punition ?

— Oui, répondit George. Quelle meilleure façon de punir Roland que de lui donner un fils qui rêvait de danser dans un ballet ?

Philip était intrigué.

— Une punition pour quoi ?

— La mère de James fut l'une des personnes à avoir était utilisée par Roland avant d'être écartée, comme de nombreuses autres avant et après elle. Il l'a emmenée voir un film dans un drive-in quand il avait seize ans et l'a mise enceinte.

Il glissa une cuillérée de soufflé dans sa bouche et la fit descendre avec une gorgée de café.

— Je doute qu'elle ait été sa première victime, mais elle n'a certainement pas été la dernière à payer le prix d'avoir fréquenté mon frère.

— Je me demande comment il peut encore se regarder dans le miroir, dit Philip. Je ne pourrais plus me regarder en face.

George haussa les épaules.

— Moi non plus. Le père de cette fille est venu chez nous. Roland a essayé de se débiner, et d'échapper à tout ce gâchis qui n'était que sa faute. James est né cinq mois après le mariage, trop grand pour prétendre qu'il était prématuré, et a été une déception pour son père depuis lors.

Sa douleur toucha le cœur de Philip. Il pensa à Thad et fut heureux qu'il ait un père comme Alex, un homme bon avec une belle âme, un homme comme semblait l'être George Walker. Il s'interrogea de nouveau au sujet de George et Roland. Comment deux frères pouvaient-ils être aussi différents ?

— Dès l'instant où il est né, rien de ce que James a fait n'était assez bien pour mon frère.

Il marqua une pause, le regard lointain.

— Tout était une compétition, et à chaque événement que Roland considérait comme important, James perdait.

Philip fronça les sourcils.

— Je n'arrive vraiment pas à comprendre comment un père peut traiter aussi médiocrement le fruit de ses entrailles. Pourquoi détestait-il autant James ?

George croisa le regard de Philip, une expression douloureuse sur le visage. Il prit une profonde inspiration et la flamme de la chandelle oscilla quand il expira.

— James était la raison pour laquelle mon frère avait dû épouser une pauvre gamine qu'il n'aimait pas, et Roland le haïssait pour ça.

Il fit tourner l'alliance dorée à sa main gauche quelques fois.

— Il la haïssait également et s'est rendu compte assez rapidement que brutaliser leur fils lui faisait plus de mal que tout ce qu'il pourrait lui faire, à elle. J'ai essayé de changer les choses, mais en tant qu'oncle, ma marge de manœuvre était limitée.

Philip acquiesça. Il aurait fallu bien plus qu'un oncle gentil pour compenser la façon dont Roland avait traité James chez lui.

— Quand l'avez-vous vu pour la dernière fois ?

— Trois semaines avant sa mort, il est venu me voir. Il avait besoin d'argent. Il a dit que c'était pour récupérer quelque chose qu'il avait acheté pour vous, et qu'il avait fait mettre de côté après avoir payé des arrhes.

La surprise de Philip dut être flagrante, parce que tu George tendit la main et serra son poignet d'un geste rassurant.

— Je suis désolé. Il venait à mon bureau me voir presque tous les mois et me racontait combien vous étiez pauvres tous les deux. Je lui donnais alors cinquante dollars et je ne le revoyais que quand il avait de nouveau besoin d'argent.

George se mit à rire.

—Assurez-vous que votre neveu ne vous voit pas uniquement comme une source d'argent et de cadeaux.

Même si le visage de Philip avait rougi d'embarras, le rire de George le mit à l'aise.

— Je n'en avais pas la moindre idée.

Alors c'était ainsi que James trouvait de l'argent pour ces bijoux et ces vêtements coûteux.

— Jusqu'à ce qu'il me dise qu'il voulait demander de l'argent à Roland, James ne m'avait pas parlé de sa famille, presque depuis notre rencontre.

George grimaça et Philip regretta aussitôt ses paroles.

— Assez parlé de moi, je veux en savoir davantage sur vous. Parlez-moi de votre femme.

Au visage déconfit de George, Philip comprit qu'il avait posé la mauvaise question. George fit tourner sa cuillère dans son café d'un air absent.

— Après avoir regardé le faux pas de Roland en matière de mariage et de paternité, mes parents ont décidé de jouer un rôle plus actif en me recherchant une épouse.

Philip n'aurait jamais cru que perdre ses parents jeune pourrait avoir un côté positif. Il n'avait pas besoin de se soucier de leurs attentes ou de craindre qu'ils interfèrent dans sa vie. En fait, il n'avait pas la moindre idée de ce que ses parents auraient voulu pour lui, ce qui lui permettait de poursuivre ses propres intérêts sans subir le poids de leur rêve.

— Maxine et moi dormons dans des chambres séparées. La dernière fois que je me suis rendu dans sa chambre, ses satanés chiens m'ont attaqué. Depuis, je n'y suis pas retourné.

Philip réprima un rire.

— Quand était-ce ?

George s'adossa à sa chaise, regarda le plafond un moment et se caressa le menton du pouce et de l'index.

— Laissez-moi réfléchir. Nous nous sommes mariés en 1958, après que j'ai terminé mes études de droit, j'avais vingt-quatre ans. Les chiens étaient un cadeau de mariage de la part de sa mère, qui pensait qu'elle aurait besoin de quelque chose pour s'occuper quand je travaillerais. Je suppose que l'agression canine a eu lieu au cours des premiers mois de 1959.

— Pauvre homme.

Les mots lui échappent sans qu'il y réfléchisse. Philip avait envie de passer les bras autour de George pour le serrer contre lui.

— Ce n'est pas si mal, répondit George en haussant les épaules. Son manque d'intérêt envers ce mariage m'a permis de me concentrer sur ma carrière. C'est certainement peu conventionnel, c'est sûr, mais l'arrangement fonctionne pour nous. Elle a sa vie, j'ai la mienne, et cela nous épargne l'humiliation et les conséquences d'un divorce.

— Pardonnez-moi de vous le demander, mais sept ans, c'est une longue période. Avez-vous une maîtresse ? Cette charmante Mademoiselle Harris, peut-être ?

— Non.

George hocha la tête vers la porte et baissa la voix.

— Elle est belle, n'est-ce pas ?

Il sourit.

— Roland essaie de me caser avec ses restes, de temps à autre, mais c'est plutôt pour le dépanner lui, plutôt que moi.

Il jeta un coup d'œil à sa montre.

— Presque vingt et une heures, arrivez-vous à le croire ?

Philip ne voulait pas que la soirée prenne fin.

— Non, je n'ai pas l'impression que nous sommes ici depuis plus de deux heures.

— Le temps passe vite quand on s'amuse, déclara George, faisant signe au serveur pour qu'on lui apporte l'addition.

— Oui, répliqua Philip. C'est certain.

XXXII

PHILIP SE tenait dans la douche, frottant ses cuticules avec une brosse à ongles, tout en pensant à George Walker. Il n'arrivait pas à se le sortir de la tête. Le beau visage apparaissait spontanément, que Philip ait les yeux ouverts ou fermés, qu'il dorme ou soit réveillé. Cet homme était une énigme, un paradoxe, et bien qu'il ne soit pas aussi bel homme que Beau Carter, il était infiniment plus séduisant. Dommage qu'il soit marié... même s'il ne s'agissait que d'un simulacre de mariage. George avait clairement exprimé que le divorce n'était pas une option.

Découvrir que James demandait de l'argent à George depuis des années l'avait bouleversé, bien plus que de découvrir la vérité au sujet du bracelet. Que James ait gardé secrètes ses visites à son oncle était comme un coup de poing dans l'estomac. Philip était humilié que James ait poussé George à croire qu'ils étaient frappés par la pauvreté. Oui, joindre les deux bouts avait été un défi, surtout au début, mais ils s'en étaient toujours sortis.

Il entendit un bruit et coupa l'eau, puis fit glisser la porte en verre dépoli pour pouvoir passer la tête et écouter. Il l'entendit de nouveau. Quelqu'un frappait à sa porte. Les coups continuèrent quand il sortit sur le tapis de bain et s'essuya de quelques coups de serviette. Il récupéra son peignoir sur sa patère et l'enfila, dégoulinant dans le couloir jusqu'à la porte d'entrée.

— Bon sang, c'est pas trop tôt.

Un jeune homme aux boucles blondes et brillantes le poussa pour passer devant lui et entrer dans le salon, comme si l'appartement lui appartenait.

— J'ai cru que vous n'étiez peut-être pas chez vous et j'étais sur le point d'abandonner.

Il s'arrêta au milieu de la pièce et grimaça.

— C'est qui, votre décorateur ?

Philip referma la porte, plus curieux qu'alarmé, regardant le jeune homme s'asseoir sur le canapé et croiser les jambes.

— Désolé, je ne crois pas que nous nous soyons rencontrés. Je suis...

142

— Je sais qui vous êtes. Philip Potter. Je voulais vous rencontrer. Anthony m'a parlé de vous, mais il n'avait pas mentionné vos jolies jambes et combien vous êtes sexy.

Il regarda Philip de haut en bas, souriant.

— Mais bon, Anthony ne vous a probablement jamais vu sortir de la douche dans ce petit peignoir.

Philip faillit éclater de rire, mais décida que cela ne ferait que l'encourager.

— Anthony ? Je ne crois pas connaître quiconque de ce nom-là.

— Anthony Vincent. C'est un détective privé pour *Walker et Cochran*, un cabinet d'avocats de Washington que vous connaissez, je crois.

Angélique, pensa Philip, et plus qu'un peu diabolique.

— Oh, vous voulez dire Tony.

— Ne l'appelez pas Tony, dit-il d'une voix sèche. Il s'appelle Anthony.

Le garçon semblait presque en colère.

— Je suis désolé, je ne savais pas. On me l'a présenté en tant que « Tony ». Et comment vous appelez-vous ?

— Je suis Terrence Bottom. Daniel Bradbury était mon meilleur ami.

Philip s'avança vers le canapé et s'installa près de lui.

— Je suis vraiment désolé, Terrence. J'ai récemment perdu mon meilleur ami également.

Terrence l'étudia de ses yeux noisette, une expression sérieuse sur un visage que Philip ne pouvait décrire que comme joli, avec des traits délicats. Et ces cheveux…

— Anthony va trouver l'homme qui l'a tué. Je l'aide dans son enquête. J'espère que vous pourrez peut-être l'aider.

— Bien sûr, je serais heureux d'aider, et je suis certain qu'Anthony apprécie votre aide.

Se demandant si Terrence avait déjà mangé, Philip demanda :

— Vous avez faim ?

— Bien sûr, dit-il en souriant. Je peux toujours manger.

— Laissez-moi m'habiller, puis je verrai ce que je peux trouver dans le réfrigérateur.

— Faites donc ça, répondit Terrence en donnant une bonne claque aux fesses de Philip quand il passa devant lui.

Il s'arrêta net dans son élan et pointa son doigt vers Terrence.

— Jeune homme, vous venez de franchir une limite.

Il marqua une pause, remarquant la surprise sur le visage impertinent de Terrence, et posa ses mains sur ses hanches.

— Dépassez-la encore, et je vous botterai les fesses jusqu'à la semaine prochaine. Est-ce que je me suis bien fait comprendre ?

Son regard noir ne sembla pas du tout intimider Terrence. La lampe sur le guéridon transformait les cheveux de Terrence en un halo doré autour de sa tête. Philip s'attendait à voir des ailes jaillir du dos du jeune homme, mais à la place, Terrence fit la moue.

— Oooh, allez.

Terrence baissa les yeux, l'image même de l'humilité.

— C'était pour plaisanter.

Puis il afficha son sourire le plus angélique et offrit un clin d'œil à Philip.

— Et vous avez des fesses vraiment mignonnes.

Philip se rendit dans sa chambre et ferma la porte, espérant que Terrence n'avait pas vu le sourire involontaire qu'il avait essayé de dissimuler. Tandis qu'il enfilait ses vêtements, il put entendre Terrence errer dans l'appartement. Quand il fut habillé et qu'il eut vidé le réfrigérateur pour y trouver quelque chose de comestible, il se planta devant la cuisinière pour réchauffer une poêlée de chou vert et de pois secs, se demandant pourquoi Terrence était venu le voir.

— Hé !

La voix de Terrence provenait de sa chambre à coucher. Il entra dans la cuisine en tenant la photographie de remise des diplômes de James.

— Comment est-ce que vous connaissez Rudy ?

Philip se demanda si Terrence parlait de l'ami de Beau.

— Vous devez le confondre avec quelqu'un d'autre.

Terrence étudia l'image.

— Non. C'est Rudy, c'est sûr. Je le reconnaîtrais n'importe où.

— Oh ? répondit Philip en décidant de jouer le jeu. Comment connaissez-vous Rudy ?

— Je connais tous les prostitués de Washington. Rudy s'occupe de la foule du déjeuner autour de la gare routière parce qu'il étudie le ballet le soir.

Une vague de vertige poussa Philip à se tenir à la cuisinière pour rester debout. La vérité faillit le mettre à terre. Cinquante dollars tous les mois de la part de George n'étaient pas suffisant pour payer la moitié des vêtements que James ramenait chez eux. Sans parler des bijoux coûteux.

— Je vois, dit Philip, sa voix à peine un murmure.

Il se demanda depuis combien de temps James lui mentait. Avait-il jamais cessé de se prostituer ?

— Est-ce que vous allez bien ? Vous avez l'air un peu gris.

Terrence se tenait à côté de lui, la photo de James/Rudy toujours à la main. Même le nom était logique. Rudy, comme son idole, Rudolph Noureev.

— Je vais bien.

La vérité sur la vie de James était comme une mouche posée sur son nez. Peu importe à quel point il essayait de l'ignorer, elle était là. Philip se força à sourire.

— Dites-moi comment progresse l'enquête.

Terrence posa la photo sur le comptoir et son visage s'illumina.

— Nous savons qui est le tueur, mais nous ne pouvons pas le relier aux garçons disparus.

— C'est clairement une bonne nouvelle. Qui est-ce ?

— Casper, dit Terrence d'une voix assurée.

— Casper ?

Philip repoussa ses pensées au sujet de James et essaya de se concentrer sur ce que disait Terrence.

— Casper qui ?

Terrence lui lança un regard exaspéré.

— Casper est un surnom. Nous ne connaissons pas son vrai nom, seulement qu'il conduit une Continental jaune.

Le cœur de Philip fit un bond. Beau conduisait une Continental jaune.

— Vous êtes sûr que ça va ? demanda Terrence. Peut-être que vous devriez vous asseoir.

Il agrippa le coude de Philip et l'entraîna vers une chaise.

Philip tomba sur le siège avec un bruit sourd.

— Un ami à moi, un professeur d'anglais au lycée, conduit une Continental jaune.

Philip repensa à la peur de Beau d'être découvert, à ses manières manipulatrices, et à la façon dont il s'était enfui après avoir vu l'article au sujet de Daniel Bradbury. Un nœud se forma dans son estomac et il crut qu'il allait vomir.

— Monsieur Carter ? demanda Terrence en riant. Ce n'est pas Casper, faites-moi confiance.

Philip le regarda fixement, espérant qu'il avait raison.

— C'est un soulagement, étant donné que nous avons passé pratiquement chaque instant ensemble depuis Noël. Qu'est-ce qui vous rend si sûr de vous ?

Terrence marqua une pause.

— Monsieur Carter et vous sortez ensemble ?

Oh mon Dieu. Était-ce le cas ?

— Je dirais plutôt que nous sommes amis.

— On dirait que vous avez passé vraiment beaucoup de temps ensemble.

Terrence scruta le visage de Philip et sembla prendre une décision.

— Aucun des gars ne connaît Casper. Tout le monde connaît Monsieur Carter.

Philip leva un sourcil.

— Comment ça, tout le monde connaît Monsieur Carter ?

Terrence rougit et lui lança une œillade exaspérée.

— Daniel et moi l'avions en Anglais l'année dernière, et nous travaillons tous les deux pour le *Trompettiste* avec lui. C'est le journal de notre école. Monsieur Carter est le conseiller.

Soulagé, Philip réfléchit une minute tandis qu'un souvenir essayait de remonter à la surface de sa conscience. Qu'est-ce que c'était ? Où s'était-il trouvé quand la conversation avait tourné autour de la Continental jaune ?

Puis il s'en souvint. C'était à la réunion de la *Mattachine Society*. C'était la marque de voiture que Tripp Clarkson possédait, selon Warren.

— Je connais quelqu'un d'autre qui conduit une Continental jaune, dit Philip. Un vendeur de bibles.

Que Clarkson soit responsable semblait logique pour Philip. Cet homme fou assassinait des hommes innocents pour sa pathétique croisade anti-homosexuels.

— Je veux dire, je ne le connais pas vraiment. Un après-midi, je l'ai entendu déblatérer sur les marches du Lincoln Memorial. Il disait qu'il fallait débarrasser Washington des homosexuels. Cet homme est obsédé.

— « Celui qui en parle plus… », voilà ce que je dis toujours.

Terrence grimpa sur la table de la cuisine et croisa les jambes.

— Est-ce que vous connaissez son nom ?

— Tripp Clarkson, dit Philip. Des amis à moi disent qu'il est à l'origine des descentes de police et des opérations d'infiltration, et il donne ensuite les noms des hommes qui ont été arrêtés au *Washington Post*.

— Quelle connard ! s'exclama Terrence. J'aimerais bien l'attraper par les couilles et les tordre jusqu'à ce qu'il chante soprano.

— Je ne pourrais être plus d'accord. Vous avez toujours faim ? Il y a de la tarte à la patate douce dans le réfrigérateur.

XXXIII

ANTHONY GARA sa Triumph Herald le long du trottoir, reconnaissant de ne pas devoir faire de créneau. Que sa voiture soit la seule dans la rue de ce quartier résidentiel tranquille, ce soir, ne l'aurait pas dérangé plus que cela si elle n'avait pas été turquoise. S'il devait revenir, il devrait louer une voiture, une voiture que personne ne remarquerait, comme une Ford, une Falcon ou une Fairlane.

Alors que la plupart des maisons était plongées dans l'obscurité, leurs occupants sans doute au lit, les lumières étaient allumées au 971 Hampton Avenue, une maison d'architecte de Chevy Chase qui était au centre de son enquête. La Continental jaune des photographies de Terrence, la même voiture qu'il avait vue devant l'appartement de Potter, était garée dans l'allée. D'où il se trouvait, à un pâté de maison, il pouvait voir des formes passer devant les fenêtres, mais ne pouvait pas en déduire grand-chose.

Il souhaita soudain avoir laissé Terrence venir avec lui. Résister à ses supplications et ses demandes avait été un vrai défi. Il était de bonne compagnie et était aussi déterminé qu'Anthony à attraper le tueur. Le travail de surveillance était ennuyeux et il avait craint ce qui pourrait arriver à Terrence, s'il le laissait se défendre de lui-même. Mais il avait pris la bonne décision. Le bavardage incessant, mais toujours intéressant de Terrence l'aurait empêché de se concentrer sur la tâche à accomplir. De plus, il était mineur. Même si Anthony doutait qu'il soit réellement en danger, il était, après tout, en train d'espionner un potentiel tueur en série. « Mieux vaut prévenir que guérir. »

Grâce à Terrence et à sa petite visite surprise à Potter, Anthony savait que la Continental appartenait à Simon Peter Clarkson, un vendeur de bibles moralisateur avec une femme et deux enfants. Il sourit. *Moralisateur* était sans doute l'un de ses plus longs mots. La femme était un peu maigre à son goût, mais c'était une femme séduisante, d'une façon proprette et guindée qui poussait Anthony à soupçonner que Clarkson avait quelque chose à voir avec le client que Terrence avait mentionné, celui dont la femme ne voulait pas sucer la queue.

Cette pensée lui rappela le déjeuner avec la femme qu'il allait revoir bientôt. Son sourire s'élargit et il ricana. La vie sans une bonne pipe de temps à autre ne lui semblait guère digne d'être vécue. Heureusement, c'était quelque chose dont il n'avait plus besoin de s'inquiéter.

Plus il en découvrait au sujet de Clarkson, plus Anthony était certain que ce dernier manigançait quelque chose de calomnieux, sinon néfaste… et *néfaste* n'était même pas l'un de ses mots du jour. À ce rythme, il parlerait comme Monsieur Walker sous peu.

Terrence était d'accord au sujet de Clarkson. Anthony détestait l'admettre à cause de l'âge du jeune homme, mais Terrence était devenu son meilleur ami. En fait, hormis sa mère, il était plus proche de Terrence que de quiconque. C'était ironique, pensa-t-il, que ses deux amis les plus proches soient homosexuels.

Peut-être que lorsqu'Hank sortirait de prison, il les présenterait l'un à l'autre. D'une façon étrange, Anthony pensait qu'ils étaient parfaitement adaptés l'un pour l'autre. Hank aurait besoin de ses muscles pour empêcher Terrence de lui rouler dessus comme un rouleau compresseur. Plus il pensait à ces deux-là ensemble, plus il en était convaincu.

Hank n'aurait aucune chance.

Terrence était une force de la nature. Le gamin était malin et sage, au-delà de ses dix-sept ans. Leurs premières conversations avaient tourné autour de l'enquête d'Anthony. Puis celles-ci s'étaient orientées vers les beaux-pères abusifs, les mères impuissantes, la vie dans la rue, la vie en prison, et les espoirs et les rêves d'avenir. Depuis cette première fois où Anthony était passé le chercher après l'école, Terrence s'était montré très affectueux, le serrant souvent dans ses bras et se blottissant contre lui sur le canapé quand ils regardaient la télévision. Dans un premier temps, Anthony s'y était opposé, mais maintenant, cela ne le dérangeait plus. Rien ne se passerait entre eux, même si Terrence essayait de le draguer au moins une fois, chaque fois qu'ils étaient ensemble. S'il en avait l'occasion, Terrence serait heureux de se glisser dans son lit pour davantage que des câlins, avant de lui remettre la note au matin pour services rendus.

Ce qui ravissait le plus Terrence, c'était de regarder Anthony se tortiller de gêne, ce qui… désormais, après tout le temps qu'ils avaient passé ensemble, n'était plus très souvent. Peut-être que s'il s'était encore trouvé en prison, et que Terrence avait été son compagnon de cellule, les choses auraient été différentes. Mais il n'était pas en prison, et si Anthony avait son mot à dire, Terrence ne découvrirait jamais comment s'y passait la vie.

Ils avaient beaucoup parlé de Lanny et Daniel, des autres garçons dont ils ne savaient rien, et de l'homme qui les avait tués. L'enquête d'Anthony était aussi celle de Terrence. Ils avaient passé chaque minute de leur temps libre à tenter de voir ce qu'ils pouvaient apprendre au sujet de leur principal suspect.

Clarkson était apprécié de tous ceux qu'Anthony avait interrogé. Le facteur lui avait parlé des pourboires généreux que Clarkson lui avait donnés à Noël et pour son anniversaire. Les pasteurs d'une demi-douzaine d'églises étaient reconnaissants de la générosité dont cet homme avait fait preuve lors de diverses collectes de fonds. Les femmes ne tarissaient pas de louanges au sujet des gâteaux divins d'Harriet Clarkson, qui faisaient partie de leurs meilleures ventes de pâtisseries, et disaient combien elle avait de la chance d'être mariée à un homme aussi honnête.

Terrence avait enfilé un trench-coat et caché ses cheveux sous un chapeau pour se renseigner au sujet des deux fils de Clarkson. Il avait donné des noms de code aux garçons, « Jock » et « Girlene ». Tous deux étaient discrets et réservés, et aucun d'entre eux n'avait beaucoup d'amis à l'école. Anthony avait été d'accord avec Terrence quand il avait dit que c'était étrange, surtout pour Jock, le jeune homme le plus âgé, qui était une star de l'équipe de football du lycée. Girlene, selon Terrence, possédait une carte de membre de la FFA [17]. Anthony lui avait demandé comment quelqu'un de Washington pouvait s'intéresser à l'agriculture et avait ri comme jamais auparavant quand Terrence lui avait expliqué qu'il faisait référence aux « Futures Folles d'Amérique ».

L'organiste de l'église *First Baptist Church*, qui se trouvait être mariée au chef de police de Washington, avait dit de Clarkson : « Cet homme est magnifique, il chante comme un ange et c'est un mari et un père parfait. Chaque femme que je connais échangerait sa place avec Harriet en un clin d'œil. »

Il avait suivi la piste donnée par Potter selon laquelle Clarkson était la source des noms publiés dans le Washington Post. Betty Quinn, une réceptionniste aux cheveux châtains et aux lèvres les plus rouges qu'il ait

17 « Future Farmers of America », littéralement : Futurs Fermiers d'Amérique.

jamais vues, lui avait dit : « Ce beau diable m'amène des fleurs pour mon anniversaire et pour la Saint-Valentin. »

Lors du dîner qui avait suivi, elle avait parlé à Anthony des enveloppes que Clarkson déposait de temps à autre, comportant les noms et les adresses des hommes qui avaient été arrêtés lors des descentes et des opérations d'infiltration. Ils avaient siroté un cognac Alexander avec deux pailles séparées pour le dessert et quitté le restaurant en se tenant la main. Encore plus tard, sur le dos, les jambes enroulées autour de ses hanches, elle avait dit d'Anthony que c'était un Dieu, et au petit-déjeuner, ce matin même, il avait largué sa rouquine imaginaire pour une brunette réelle avec qui il avait partagé un déjeuner mémorable et agréable.

Il récupéra un paquet de *Bugles* sur le siège arrière et se força à se concentrer sur le contenu de l'épais dossier qui se trouvait sur son bureau, chez lui. Même si tout le monde applaudissait les efforts de Clarkson, Anthony et Terrence croyaient qu'hormis la police, Clarkson était seul dans sa croisade contre les homosexuels.

— J'admire son insistance et je soutiens sa cause quand je le peux, mais ma congrégation est davantage préoccupée par la pauvreté et la maladie que toute menace provenant des communistes, avait confessé l'un des clients de Clarkson, un prêtre.

L'homme était un paradoxe. Anthony poussa un soupir de soulagement. Il n'avait pas pensé trouver un moyen d'intégrer *paradoxe* dans une phrase. Il s'empara d'une autre poignée de *Bugles* dans le sachet et en fourra la moitié dans sa bouche en inspectant la maison pour y trouver signe de vie. Les lumières étaient allumées, mais les rideaux avaient été tirés.

Il n'arrivait pas à comprendre pourquoi un homme comme Clarkson rôdait autour de la gare routière. Terrence avait eu raison. Ils savaient tous de qui parlait Terrence, mais aucun des autres prostitués ne se rappelait l'avoir rencontré. Les garçons n'achetaient pas de bibles, c'était certain. S'il ne prêchait pas, alors que faisait-il ? Du lèche-vitrine ? Terrence croyait que l'homme était simplement timide. Il voulait payer un prostitué pour des relations sexuelles, mais n'avait pas le courage de passer à l'acte. L'instinct d'Anthony lui disait que Terrence avait peut-être flairé quelque chose.

Il se concentra de nouveau sur la maison, mais la chaleur de son corps dans l'habitacle clos avait embué le pare-brise, l'empêchant de voir quoi que ce soit. Il abaissa l'une des fenêtres afin de chasser la buée. Hormis une faible lueur provenant de ce qu'il pensait être la cuisine, les lumières avaient été éteintes dans la maison. Il termina son paquet de *Bugles*, jeta le sachet vide au sol, et s'installa contre son siège pour garder un œil sur la voiture jaune.

La question faisait écho dans sa tête : pourquoi rôdait-il autour de la gare routière ? Comme un mot de vocabulaire dont il n'arrivait pas ce souvenir, la réponse lui échappait. Il aurait donné cher pour être capable de parler à l'un de ces gamins morts.

Puis cela le frappa. Il ne pouvait pas parler avec eux parce que le tueur ne voulait pas que quiconque connaisse son sale petit secret. C'était ça, la réponse. Il se redressa.

— Les garçons morts ne parlent pas.

L'acier froid se pressa contre la tempe gauche d'Anthony.

— Tu as raison. Ils ne parlent pas.

XXXIV

Le Sergent Shirley White était de mauvaise humeur. Être réveillée par un coup de fil inattendu à quatre heures du matin avait ce genre d'effet sur elle. Elle avait rapidement fait ses ablutions matinales avant de se rendre sur la scène du crime et était fatiguée, affamée et plus qu'un peu ballonnée.

Elle se gara devant l'usine désaffectée de parachutes. De l'autre côté du parking, la police entourait une voiture de sport turquoise garée sous un pont, près de la rivière. Elle vit Robinson venir vers elle. Une lampe torche à la main, elle se dirigea vers lui et la scène de crime, grommelant tout bas que son uniforme était trop serré.

— Mettez-moi au courant, Robinson.

Il marcha à ses côtés.

— Un type, la trentaine, abattu d'une balle dans la tempe droite à bout portant, en tenue d'Adam. Du sang partout. Quiconque l'a supprimé se trouvait sur le siège passager.

Elle s'arrêta.

— Nu ?

— Nu comme un ver. Et écoutez ça... à part ses chaussures, ses vêtements ont disparu.

— Une idée de qui il s'agit ?

Robinson vérifia son calepin.

— La voiture est enregistrée au nom d'Anthony Vincent, un ancien détenu qui a purgé une peine de prison pour vol à main armée. Il travaillait comme détective privé pour un cabinet d'avocats de Washington.

Elle l'interrompit.

— Je veux parler à quelqu'un de ce cabinet. Des signes d'une autre voiture ?

— Non. Seulement la Triumph.

— Vérifiez auprès des compagnies de taxi. Voyez si quelqu'un s'est fait ramasser par ici la nuit dernière.

Elle le dépassa jusqu'à la voiture. La tête de la victime était affalée contre le volant, une mare de sang coagulé sur le plancher. Quand elle pressa

153

ses doigts contre le bras décoloré du cadavre, la chair blanchit l'informa qu'il n'était pas mort depuis longtemps... pas plus de quelques heures.

Le faisceau de sa lampe de poche glissa sur le siège passager. Pas de sang. Celui-ci éclaboussait le reste de l'habitacle. Elle ouvrit la portière, passant le faisceau lumineux le long du bord et sous le siège. Elle s'accroupit pour mieux voir, repoussant des sachets vides de *Bugles* du bout de son stylo.

— Il y a un rouleau de ruban adhésif sous le siège que nous devrons faire analyser.

Lentement, elle déplaça le faisceau de sa lampe torche dans la voiture. Une lueur entre le siège passager et le tableau de bord attira son attention. Elle se pencha et braqua sa lampe sur l'objet métallique. Les maillons d'une chaîne en or brillaient à la lumière. Elle piqua un des maillons de son stylo puis retira soigneusement le bracelet de sous le siège.

C'était une gourmette, un beau bracelet d'ailleurs, vu le poids. Elle souleva le stylo pour amener le bracelet jusqu'à ses yeux. La plaque tournoya lentement, rendant les lettres ornées et gravées difficiles à lire. Elle plaça le bracelet contre sa manche de manteau pour l'empêcher de bouger afin de pouvoir y lire les mots.

— Eh bien, que je sois damnée, dit-elle. Robinson, trouvez Philip Potter et amenez-le au poste. Je vais obtenir un mandat d'arrêt et un de perquisition pour fouiller son appartement.

XXXV

Répondre à chaque question que le Sergent White lui posait par « *Pas sans mon avocat* » fonctionna comme George l'avait dit. Après n'avoir rien obtenu de lui pendant plus d'une heure, elle avait permis à Philip de passer son appel téléphonique. Désormais, il était de retour dans son bureau, en train de frotter ses poignets à l'endroit où les menottes s'étaient trouvées quelques instants auparavant, George à ses côtés.

— Sergent White, soyons raisonnables. Mon client n'a rien à voir avec cela ou aucun des autres meurtres.

— Alors comment son bracelet gravé et un mouchoir avec son nom cousu dessus sont-ils arrivés sur les lieux du crime ? Comment le Zippo gravé de Lanny Summers a-t-il atterri dans la cuisine de votre client, Monsieur Walker ? Ces choses me laissent perplexe.

— Je suis tout aussi perplexe, répondit Philip. Le bracelet a disparu de mon appartement la semaine dernière. J'ai pensé qu'un ami l'avait pris par erreur, mais je ne l'ai pas revu pour le lui demander. Parce que j'en ai déjà perdu quelques-uns et que j'en donne d'autres à ceux qui n'en ont pas, ma sœur brode mon nom sur les mouchoirs qu'elle m'offre par douzaine, de temps à autre. Quant à ce satané briquet…

— S'il vous plaît, murmura George. Laissez-moi m'occuper de la conversation.

Il se retourna vers le sergent White.

— Monsieur Vincent travaillait pour moi et enquêtait sur la série de meurtres sans lien apparent dont vous accusez mon client.

Le sergent White se pencha contre sa chaise et croisa les bras sur sa poitrine.

— Un rouleau de ruban adhésif retrouvé dans la voiture relie ces affaires entre elles.

Elle leva la main vers son menton.

— Il travaillait pour vous ? Peut-être qu'il s'est approché de trop près et que Potter a dû le tuer ?

Philip se mordit la langue pour s'empêcher de réagir face à son accusation scandaleuse. Il se concentra sur George, attendant qu'il réponde pour mettre fin à cette absurdité une bonne fois pour toute.

George se racla la gorge.

— Oui, je suis d'accord sur le fait que Tony s'est approché de trop près. Mais mon client n'est pas le tueur.

George ouvrit sa serviette et en sortit un épais dossier usé en papier Kraft.

— Tony remplissait pour moi des rapports journaliers. C'était un nouvel employé, tout juste sorti de prison, et j'ai pensé que ces rapports quotidiens pourraient lui éviter des ennuis.

Il lui remit le dossier.

— Il préférait qu'on l'appelle Anthony, dit Philip en la regardant parcourir le contenu du dossier.

George continua à parler.

— Comme vous pouvez le voir, il prenait des notes méticuleuses. C'est assez impressionnant, vraiment. J'ai lu tout le dossier. Tony…

Il lança un regard vers Philip.

— … ou du moins Anthony se concentrait sur ses recherches d'une Continental jaune qu'il a remarqué, garée devant l'appartement de mon client au milieu de la nuit, jeudi dernier.

Elle parcourut plusieurs fois le dossier, inspectant chaque page rapidement. Philip vit ses sourcils se relever plusieurs fois tandis qu'elle lisait.

George hocha la tête rapidement, presque imperceptiblement, à l'attention de Philip avant de continuer.

— Il semblerait, sergent White, que le tueur essayait de faire porter le chapeau à mon client.

Le son du dossier atterrissant brusquement sur son bureau fit sursauter Philip.

— Mais pourquoi ? Et pourquoi votre client ? Quel est le lien ? Si votre enquêteur a raison, pourquoi Clarkson voudrait-il l'accuser de la sorte ?

Le sergent White secoua la tête.

— Votre théorie n'a aucun sens.

La tête de Philip se releva brusquement.

— Vous avez dit Clarkson ?

Le sergent White acquiesça.

— Simon Peter Clarkson III, répondit George. Les gens l'appellent Tripp. C'est un vendeur de bibles et le propriétaire de la Continental jaune qu'Anthony était en train de filer.

Philip resta bouche bée lorsque son rôle dans cette tragédie devint soudain évident. Parler à Terrence de Clarkson avait été une erreur. Philip était responsable de la mort d'Anthony, autant que s'il avait tiré la gâchette lui-même.

— J'ai entendu Clarkson déblatérer sur les marches du Lincoln Memorial, il disait que les homosexuels s'attaquaient aux enfants. Ses paroles m'ont bouleversé et je n'ai pas pu rester silencieux. Je savais que je l'avais mis en colère, mais je n'avais pas la moindre idée…

Le sergent White se caressa le menton, plongée dans ses pensées. Sa main retomba et elle se concentra sur Philip.

— Lui avez-vous donné votre nom et votre adresse ?

Philip se tourna vers George pour voir s'il pouvait répondre et reçut un signe de tête.

— Non, aucunement. Je n'ai pas la moindre idée de la façon dont il m'a trouvé. Les seules personnes qui me connaissaient, là-bas, ne le lui auraient jamais dit, même s'ils connaissaient mon vrai nom. Ils m'ont mis en garde contre lui.

— Votre vrai nom ?

— Oui. Notre travail est… délicat, nous utilisons donc des pseudonymes.

— Je vois, dit-elle en se penchant vers l'avant. Qui sont-ils et que font-ils exactement ?

Après que George eut acquiescé de nouveau pour marquer son assentiment, Philip continua de parler.

— Ils font partie de la *Mattachine Society* de Washington, et se battent pour mettre fin à l'interdiction fédérale sur l'embauche des homosexuels et le genre de harcèlement par la police que je subis en ce moment même.

— Monsieur Potter, dit-elle en lui lançant un regard noir. Je ne vous harcèle pas. Je vous interroge en tant que suspect d'un meurtre. Il y a une diff-…

— Si mon client est en effet suspect, alors je dois lui conseiller d'arrêter de répondre à vos questions. Il est évident, d'après le dossier d'Anthony, que mon client est innocent et qu'on essaie de lui faire porter le chapeau pour meurtre. Écartez-le en tant que suspect afin que nous puissions vous aider à trouver le tueur.

Elle fronça les sourcils, puis lança un autre regard noir vers Philip avant de récupérer le dossier. Elle parcourut les notes de Vincent plusieurs minutes, étudiant les dernières pages avec un soin évident avant de jeter de nouveau le dossier sur le bureau. Elle pencha la tête d'un côté et plissa les yeux.

— Je comprends votre situation, dit-elle en acquiesçant et se levant. Maintenant, vous devez comprendre la mienne. Le chef veut que nous mettions fin à cela, *pronto*. Il y a trop de preuves circonstancielles désignant votre client. Sans un meilleur suspect, je crains de ne pouvoir l'écarter.

XXXVI

— JE SUIS libre de partir ? demanda Philip en espérant que cette épreuve sordide touchait enfin à sa fin.

— Pas exactement, répondit George en tenant la porte du poste de police pour laisser passer Philip. Ils ne vous arrêtent pas, mais ils voulaient vous garder en cellule cette nuit. Je me suis porté caution pour vous. Si vous disparaissez, je devrais me lancer à votre poursuite afin de préserver ma réputation éblouissante dans cette ville.

Son sourire taquin sembla carrément charmeur à Philip. Il dut admettre que l'idée de George en train de le poursuivre, pour quelque raison que ce soit, lui plaisait. Oui, c'était un homme séduisant. Mais son désir conscient de faire la chose juste impressionnait encore plus Philip. C'est pour cela que George s'était excusé pour le comportement de son frère, qu'il était venu aux funérailles de James, et à dire la vérité, qu'il avait accepté Philip comme client. Il faisait confiance à George, il savait qu'il pourrait toujours lui dire la vérité et faire le bon choix. Chercher un meilleur avocat avant de le contacter aurait été une perte de temps. Tout chez George Walker était haut de gamme.

— Vous pensez toujours pouvoir me tirer d'affaire ?

L'expression amusée de George fit réaliser à Philip qu'il aurait mieux fait de mieux choisir ses mots. Il rougit.

— Je veux dire, m'empêcher d'aller en prison.

— J'avais compris.

Ils s'arrêtèrent à côté d'une Thunderbird bleu foncé.

— C'est un modèle de 1967. Je l'ai achetée l'automne dernier, juste après qu'elle est sortie. Je peux vous déposer quelque part ?

Philip lança un regard admiratif à la voiture.

— J'ai toujours aimé les Thunderbird. Elle est magnifique.

George ouvrit la portière.

— Vous devriez voir l'intérieur. Afin de ne pas entrer en concurrence avec la Mustang au niveau du prix, Ford a rendu la Thunderbird plus luxueuse. Allez, grimpez.

Il laissa la portière ouverte et fit le tour jusqu'au côté conducteur.

— Est-ce que vous avez faim ? C'est presque l'heure du dîner et je n'ai rien mangé depuis que j'ai quitté la maison ce matin.

George rayonnait et Philip n'arriva pas à se rappeler la dernière fois qu'il avait vu quelqu'un d'aussi excité pour une voiture, même avec un véhicule aussi accrocheur que celui-ci. Son estomac grogna à l'idée de manger. Il avait eu une très longue journée. La police l'avait placé en garde à vue avant qu'il ait mangé quoi que ce soit ce matin-là.

— J'ai faim également. Mais, et votre femme ?

— Ses chiennes et elle sont en vacances à San Diego.

Philip resta bouche bée aux paroles de George.

— Ses chiennes ?

— Une autre exposition canine. Maxine ne supporte pas les chiens mâles, elle déteste quand ils grimpent et se frottent contre ses jambes. Est-ce que vous aimez les fruits de mer ? Je meurs d'envie de déguster une soupe au crabe au *Market Inn*.

Il devait manger, et maintenant que George avait mentionné le *Market Inn*, Philip eut une envie soudaine de bisque de homard.

— Cela me semble merveilleux.

Il s'installa dans le siège baquet confortable et ferma la portière.

George mit la clé dans le contact, mais ne démarra pas la voiture.

— Mon mariage n'existe que sur le papier. Maxine mène ses affaires et moi, les miennes. Nous dînons ensemble de temps à autre et nous nous informons de nos activités majeures. Au-delà de cela, nous fréquentons des cercles différents. Vous n'avez pas besoin de vous inquiéter que je la néglige pour passer du temps avec vous.

Philip ne sut quoi répondre. L'idée que George vive un mariage infernal depuis neuf ans l'attristait. George n'était pas le genre d'homme à être infidèle. Et pourtant, il n'était pas malheureux ou amer. Plutôt l'inverse.

— Je lui ai parlé de vous, dit-il, sa voix à peine plus qu'un murmure.

— Vraiment ? demanda Philip, surpris. Et que lui avez-vous dit, je vous prie ?

— Que vous êtes l'homme le plus gentil que je connaisse, un homme au cœur d'or, et qu'à vos côtés je me sens plus vivant que je ne l'ai été depuis des années.

Philip en resta bouche bée.

— Qu'a-t-elle dit ?

George s'éclaircit la gorge et braqua son regard vers Philip.

— Elle m'a demandé si j'étais amoureux de vous.

160

Philip dévisagea George, trop abasourdi pour trouver ses mots. Après un moment, il réussit à demander :

— Qu'avez-vous dit ?

George haussa les épaules.

— Je lui ai dit que je ne savais pas. Puis nous avons eu une discussion extrêmement intéressante sur notre mariage. Elle m'a remercié pour ma discrétion au cours des ans et m'a dit que c'était plus qu'elle n'en méritait. Elle m'a même présenté ses excuses pour son manque d'intérêt, en disant que c'était dommage parce que j'avais été un mari vraiment splendide.

Philip avait la tête qui tournait. Qu'est-ce que George essayait de lui dire ?

— Est-ce que vous allez divorcer ?

— Non.

George fit tourner l'alliance autour de son doigt.

— Nous en avons discuté, mais nous sommes tombés d'accord sur le fait que le scandale ruinerait ma carrière. Elle apprécie plutôt mes revenus.

— Alors vous êtes toujours pris au piège d'un mariage sans amour.

Philip n'arrivait pas à comprendre pourquoi George était aussi heureux.

— Pas exactement.

George marqua une pause, puis un sourire penaud s'étala sur son visage.

— Elle m'a dit de passer plus de temps avec vous et de lui dire comment les choses évoluaient.

Philip ne savait pas quoi penser. George ne semblait pas être en train de lui parler d'amitié, le seul genre de relation qu'il avait jamais cru possible entre eux. Non. Il était en train de parler du seul genre de relation que Philip avait justement cru impossible.

— Je suis désolé, dit Philip en essayant de trouver du sens dans les yeux gris acier de George. Êtes-vous en train de dire qu'elle vous a donné la permission d'avoir une liaison avec moi ?

George blanchit.

— Non, pas du tout. Rien de la sorte, même si je pense que si je lui présentais ce scénario, son attitude serait bien plus favorable que je n'aurais pu l'imaginer.

— Vous voulez dire que vous avez réellement pensé... je veux dire, nous deux...

Les mots manquaient de nouveau à Philip.

161

— Oh, allons, Philip. Vous n'avez jamais pensé à nous deux ?

Philip réfléchit à ses prochains mots. Fallait-il la jouer cool ? Ou était-ce le moment de mettre cartes sur la table ? Le regard plein d'attente de George l'aida à trouver exactement quoi dire.

— Franchement, George... je n'arrive pas à m'arrêter de penser à nous... ou à vous, du moins.

S'ils n'avaient pas été garé dans une rue animée au beau milieu de l'heure de pointe, ils auraient sans doute consommé leur liaison illicite sur place. Philip n'avait jamais eu envie d'embrasser quelqu'un autant de sa vie, et un baiser sur la joue ne suffirait pas.

George semblait penser la même chose.

Après un long moment, Philip reprit la parole.

— Que faisons-nous, maintenant ?

George tourna la clef dans le contact.

— Je pense que nous devrions aller manger quelque chose.

Il se glissa dans la circulation.

— Oh, je n'ai jamais répondu à votre question, savoir si je peux vous *tirer*... d'affaire.

Philip rougit. L'étincelle dans le regard de George lui fit comprendre qu'il était bien conscient du double sens.

— Ils ne vous ont accusé de rien, et d'après mon opinion professionnelle, ils ne le feront pas. Je serais prêt à parier qu'elle se concentre déjà sur Clarkson.

— Mais, et si ce n'est pas lui ?

— Pas lui ? demanda George, presque bouche bée. De quoi diable parlez-vous ? Ils ont un meilleur suspect que vous. Laissez tomber.

Philip grimaça.

— Mais si c'est la mauvaise personne, d'autres jeunes hommes mourront. Le sergent White a raison sur un point. Si Clarkson a tué Anthony, il a dû découvrir mon nom et l'endroit où je vis, pour entrer par effraction dans mon appartement.

Sa nuque le picota.

— Il a même dû faire ça lorsque j'étais chez moi, ou il n'aurait pas pu prendre le bracelet. Le reste du temps, je le porte. Ou je le portais, avant qu'il atterrisse en salle des preuves.

George relâcha le volant d'une main, pinçant son menton entre le pouce et l'articulation de son index.

— Avez-vous le sommeil profond ?

Philip ne lui répondit pas tout de suite. La question lui rappela James. Ils dormaient dans le même lit, leur tête à quelques centimètres l'une de l'autre, assez proches pour qu'ils soient capables d'entendre la même chose. James lui avait souvent parlé d'orages ou de bruits forts qui l'avaient réveillé dans la nuit et que Philip n'avait presque jamais entendu.

— Oui.

— Eh bien, voilà. Clarkson est entré chez vous par effraction la nuit quand vous dormiez, a déposé le briquet dans un tiroir de la cuisine et a volé votre bracelet et un mouchoir.

— Impossible, répondit Philip, sûr de lui. Je garde mes mouchoirs dans le tiroir de ma table de chevet.

— Impossible ? Vous avez dit que vous aviez le sommeil lourd.

— Comment aurait-il pu savoir qu'ils étaient là ? Fouiller les tiroirs de ma table de nuit aurait été difficile dans l'obscurité et cela aurait pris beaucoup de temps. Clarkson n'aurait pas pu savoir que j'allais dormir malgré tout le bruit qu'il ferait. Comment aurait-il pu tenter sa chance ? Je n'y crois pas.

George haussa les épaules.

— Mais il pourrait l'avoir fait, et si c'est le cas, vous avez dormi malgré tout.

— Peut-être, mais le tiroir de ma table de nuit ne s'ouvrirait pas, à moins de soulever la poignée, bouger le tiroir vers la gauche, tirer dessus, puis l'ouvrir rapidement. James n'arrivait jamais à le faire.

Il se souvint que James s'était plaint en disant qu'il aurait moins de mal à voler le diamant Hope qu'à récupérer ce dont il avait besoin dans ce tiroir.

Mais Beau le pouvait. Philip n'avait même pas eu besoin de le lui montrer. Il l'avait compris de lui-même alors qu'ils peignaient. Philip repensa à la veille de Noël, lorsqu'il avait rencontré Beau, à son apparition inattendue dans l'appartement le lendemain, et la façon dont il s'était enfui quand il avait vu la photo de Daniel dans le journal.

Quand ils atteignirent le restaurant, Philip avait perdu l'appétit. Il mélangea sa bisque tout en parlant.

— Je ne pense pas que Clarkson ait quoi que ce soit à voir avec ces meurtres. C'est un père de famille, avec une femme magnifique et deux beaux fils. Bien sûr, il est obsédé, mais cela ne fait pas de lui un tueur.

George repoussa son bol de soupe vide et un serveur le débarrassa de la table, le remplaçant par le cocktail de crevettes qu'il avait commandé.

163

— Si ce n'est pas Clarkson, alors qui ?

Une crevette couverte de sauce disparut dans sa bouche, ne laissant dépasser que la queue. D'un coup sec, il retira la carapace et la posa sur une petite assiette.

— Beau Carter, dit Philip. Il conduit une Continental jaune et aurait facilement pu prendre l'un de mes mouchoirs et le bracelet, et avoir caché le briquet de ce pauvre garçon dans le tiroir de ma cuisine.

Plus il y réfléchissait, plus il en était convaincu.

Tandis que George engloutissait son cocktail de crevettes et un plateau de fruits de mer grillés, Philip poussa son flet confit du bout de sa fourchette et raconta à George tout ce qu'il savait au sujet de Beau. Dans son esprit, Beau était coupable sans doute possible.

La révélation de Terrence au sujet de Rudy surgit dans son esprit. Philip prit une profonde inspiration.

— Qu'y a-t-il ? demanda George, inquiet.

Il n'arrivait pas à parler. Bien sûr. Cela était parfaitement logique. James avait parlé de se tuer depuis que Philip le connaissait. Mais il n'avait jamais, pas une seule fois, réellement tenté de se suicider.

— Et si James ne s'était pas ôté la vie ?

— Quoi ?

Son expression indiquait clairement que George pensait que Philip avait perdu la tête.

— Pourquoi est-ce que notre homme tuerait James ? Hormis Anthony, ses victimes étaient des prostitués.

Philip se força à prendre une autre bouchée de son flet. Tout en mâchant, il réfléchit : devait-il avouer à George le travail à mi-temps de son neveu ? Qu'est-ce qui était le pire : croire que son neveu s'était suicidé ou découvrir qu'il avait été assassiné parce qu'il se prostituait ?

George le dévisageait de l'autre côté de la table.

Une fois sa décision prise, Philip estima qu'il n'y avait pas de façon gracieuse de le lui dire.

— Désolé de devoir vous dire ça, mais j'ai appris récemment que James faisait le trottoir la journée.

Le serveur se matérialisa pour débarrasser la table des assiettes vides et du poisson à moitié entamé de Philip.

— Souhaiteriez-vous un dessert, Messieurs ?

L'expression abasourdie de George informa Philip qu'il n'avait pas entendu la question. Il sourit au serveur.

— Non, merci. Juste l'addition, s'il vous plaît.

George le regardait fixement, son visage reflétant sa douleur.

— Est-ce que vous en êtes sûr ?

Philip lui raconta que Terrence avait vu une photographie de James et lui avait demandé comment il connaissait Rudy.

— Beau disait que James ressemblait à quelqu'un qu'il connaissait, qui s'appelait Rudy, et faisait presque toujours référence à lui en tant que Rudy dans nos conversations.

Il se souvint d'une autre discussion.

— Terrence a dit que tous ces garçons connaissent Monsieur Carter.

À l'époque, il avait accepté l'explication de Terrence. Mais maintenant qu'il y réfléchissait, le fait que Terrence et Daniel se soient trouvés dans la classe de cet homme à l'école n'expliquait nullement comment les autres prostitués le connaissaient.

— Le sergent White gaspille son temps en suivant la piste de Clarkson.

George hocha la tête.

— Je pense que vous avez raison. Je l'appellerai dès que je rentrerai chez moi.

XXXVII

Shirley White se glissa dans les bulles de savon jusqu'au cou, un verre de Chablis rose à la main, et ferma les yeux. L'eau chaude la détendit. Elle respira l'air humide et tâcha de profiter de la chaleur et de sa magie sur ses muscles, les délassant peu à peu.

Elle laissa son esprit vagabonder, et pendant une minute ou deux peut-être, elle dut s'endormir. Cela expliquerait le verre de vin dans l'eau entre ses pieds. À en juger par la quantité d'eau tiède qu'elle dut drainer pour pouvoir faire couler assez d'eau chaude pour ramener le bain à la chaleur torride qu'elle préférait, elle avait dû dormir plus d'une minute ou deux. Et alors ? Elle n'était pas en service.

La bouteille de vin près de la baignoire était toujours froide. Elle la ramassa pour remplir le verre, mais se contenta de porter la bouteille à ses lèvres et d'avaler quelques gorgées avant de se rallonger dans l'eau, gardant fermement la bouteille dans sa main droite.

Détendue, légèrement rafraîchie, et avec juste assez de vin dans le sang pour stimuler sa créativité, elle était prête à penser à son affaire. Prête, même si elle ne savait pas vraiment quoi penser. Potter n'était pas un meurtrier. Elle avait eu sa part de démêlés avec des tueurs, et même quand Potter s'était mis en colère contre elle pour avoir suggéré qu'il payait pour avoir des relations sexuelles, elle n'avait pas vu cela en lui. Il lui semblait être le genre de type à capturer une araignée pour la sortir de chez lui.

Les flammes d'une demi-douzaine de bougies posées dans des mares de cire fondue vacillèrent quand la chaudière se mit en route. C'était un miracle qu'elle n'ait pas fait brûler tout l'immeuble. La prochaine fois, elle essaierait de se souvenir de souffler ses bougies avant de mourir d'épuisement. Elle inspira l'arôme des fleurs de gardénia, faux mais assez proche pour lui rappeler la brousse qui fleurissait chaque été dans le jardin de sa maman.

Potter pourrait-il être le tueur ?

Trouver un bracelet et un mouchoir avec son nom sur les lieux du crime ne changeait rien à son pressentiment. Étant donné le manque de preuves provenant des autres victimes, elle trouvait cela étrange d'avoir trouvé autant de choses sur la dernière scène de crime. Un coup de chance ? Elle ne le pensait pas, surtout sans empreinte ou d'autres preuves reliant Potter à la scène.

Elle sirota son vin et laissa son esprit vagabonder de nouveau. Et qu'en était-il du briquet de Lanny Summers ? Comment avait-il fini dans un tiroir rarement utilisé de la cuisine de Potter ? Elle flairait un piège que même les faux gardénias ne pouvaient masquer.

Le dossier de Vincent, ou son soi-disant dossier, devrait-elle dire, était un argument convaincant de cette machination. Si le dossier n'avait pas été fabriqué par Potter ou son avocat, ce dont elle doutait fort, pourquoi Clarkson aurait-il rendu visite au quartier de Potter au beau milieu de la nuit pour ne rester que quarante minutes ?

Pourquoi Potter ? Et si l'incident au Lincoln Memorial en était la raison, comment Clarkson avait-il découvert qui il était et où il vivait ? Cela n'avait aucun sens.

Clarkson avait-il compris que Vincent travaillait pour l'avocat de Potter ? Elle repoussa cette idée et aurait été prête à parier que Clarkson n'avait pas la moindre idée qu'il y avait un lien entre Potter et Vincent, qu'un bon avocat de la défense utiliserait pour expliquer la présence du bracelet et du mouchoir.

Pourquoi Vincent était-il nu ? Est-ce que c'était parce que le tueur avait besoin d'autre chose que ses vêtements ? À part des traces de rouge à lèvres rouge sur le pénis de la victime, le médecin légiste n'avait trouvé aucune preuve de contacts sexuels.

Un seul mobile semblait logique. Clarkson s'était rendu dans le quartier de Potter pour entrer chez lui par effraction afin de lui faire porter le chapeau pour les deux meurtres, même si l'un des deux, à l'époque, n'avait pas encore été commis.

Mais cela n'expliquait toujours pas comment Clarkson avait trouvé Potter et l'endroit où il vivait.

La sonnerie du téléphone interrompit ses pensées.

— Merde !

Elle jaillit de la baignoire et échangea la bouteille de vin vide contre une serviette en trottant vers le téléphone.

— White.

— Ici George Walker. Je suis désolé de vous déranger chez vous, mais vous pourriez être en train de poursuivre le mauvais type. Philip et moi ne pensons pas que Clarkson est votre homme.

— Quoi ?

Elle avait envie de dire qu'elle en avait après Potter, mais décida plutôt d'écouter.

— Vous aviez raison. Que Clarkson trouve le nom de Philip et l'endroit où il vit est peu probable, voire impossible.

La serviette tomba sur le plancher du couloir. Elle posa la main sur sa hanche et fronça les sourcils face au téléphone mural.

— Si ce n'est pas Potter ou Clarkson, alors qui est le tueur ?

— Beau Carter, un professeur d'anglais du lycée.

XXXVIII

— JE T'AVAIS dit que quelque chose du genre arriverait, ricana Beau. Je suis surpris qu'ils ne t'aient pas encore arrêté.

Dans tous ses états, Philip se tenait les mains sur les hanches. Il n'avait pas prévu de revoir Beau et avait été surpris quand il s'était pointé et était entré dans l'appartement de Philip sans y être invité. Maintenant, il était sidéré par ce que Beau venait de dire. Les mots lui échappaient. Les bons mots, en tout cas.

— Est-ce que tu es en train de dire que je n'ai que ce que je mérite ?

— Oui, c'est exactement ce que je suis en train de dire, répondit Beau en pointant un doigt vers lui. J'ai essayé de t'éloigner de ce timbré, mais tu ne voulais pas m'écouter. Personne ne t'a forcé non plus à te rendre dans ce refuge la veille de Noël. Est-ce que tu t'es déjà dit que si tu ne l'avais pas fait, James serait toujours vivant, et que rien de tout cela ne serait en train de se passer maintenant ?

Philip n'arrivait pas à croire l'audace de cet homme qu'il soupçonnait d'avoir tué James, six jeunes prostitués, et Anthony Vincent. Plutôt que craindre pour sa vie, la rage l'envahit, une émotion qu'il avait beaucoup ressentie depuis Noël. Ses ongles s'enfoncèrent dans ses paumes et sa mâchoire se serra. Il s'imagina lui mettant son poing en plein visage, et l'image le surprit. Il prit quelques inspirations profondes pour se calmer et compta jusqu'à dix.

Compter jusqu'à dix, cent, ou même mille ne faisait que repousser l'inévitable. Il en avait fini avec Beau, et même s'il ne l'avait pas prévu, il était heureux d'avoir cette occasion de rompre tous les liens avec cet homme horrible qu'il ne voulait jamais revoir.

— Quitte mon appartement immédiatement.

La bouche de Beau s'entrouvrit.

— Tu me jettes dehors ? Mais je ne veux que ton bien.

Philip fit un pas vers la porte en se disant que jeter Beau dehors immédiatement était aussi clairement pour son bien.

— Oui, je te jette dehors, et je n'ai pas besoin de toi ou de quiconque pour prendre soin de moi. Pars. Maintenant.

Beau lui décocha son sourire à un million de dollars et un clin d'œil, donnant un petit coup contre l'épaule de Philip.

— Allons, Philip. Tu ne peux pas être sérieux !

— Ne me touche pas, répondit-il en reculant d'un pas. Et je n'ai jamais été plus sérieux de ma vie.

Il ouvrit la porte et lança un regard noir vers Beau.

— Dégage.

Philip n'arrivait pas à croire à quel point il semblait calme. Il gardait un œil sur les mains de Beau, au cas où il s'emparerait du pistolet qu'il avait utilisé pour tuer ses autres victimes. Philip craignait que son cœur explose dans son torse.

Le sourire de Beau disparut et sa colère surgit.

— Tu as un sacré culot ! Après tout ce que j'ai fait pour toi, tu oses me traiter ainsi ?

Philip pensa à réfuter, à dire à Beau tout ce qu'il savait sur lui. Mais il avait promis à George de n'en rien faire. De plus, lui faire la leçon ne ferait que prolonger l'agonie de se trouver dans la même pièce que lui et lui coûterait peut-être même la vie.

— Pars. Maintenant.

— Est-ce qu'on peut discuter de ça ?

— Il n'y a rien à discuter.

Philip indiqua la porte ouverte.

— Quitte mon appartement. Avant que je te jette dehors.

Il n'arrivait pas à croire que les mots étaient sortis de sa bouche.

Beau eut un mouvement de recul, une expression douloureuse sur le visage, et recula de quelques pas. Quand Philip se dirigea vers lui, il se précipita vers la porte.

Philip apprécia de claquer la porte derrière Beau, peut-être un peu trop. Le pincement indésirable de culpabilité qui apparut en le voyant dévaler les escaliers ne l'empêcha pas de ressentir un poids énorme quitter ses épaules.

Enfin libre.

La soirée précédente avec George et survivre à ce qu'il espérait être sa dernière rencontre avec un potentiel tueur en série avait donné des forces à Philip. Il s'appuya contre la porte et observa le salon, ses meubles multicolores et dépareillés, et les projets artistiques juvéniles que Beau avait créés sur les murs. Il ne pouvait pas vivre un instant de plus avec ces couleurs délirantes. Les tentures murales bizarres furent les premières à atterrir à la poubelle.

Il pensa à George en pulvérisant de la peinture noire sur la table et les chaises multicolores de la salle à manger. Philip avait rejeté l'idée de se marier pour cacher sa préférence sexuelle à cause de l'adultère sous-jacent. Désormais, il contemplait... non, *savourait* l'idée d'une relation adultère avec un homme marié. Et pas n'importe quel homme marié, d'ailleurs. Il était follement amoureux de l'oncle de son amant défunt et extatique d'avoir découvert que George ressentait la même chose à son égard.

Les vapeurs de peinture lui firent un peu tourner la tête. Il ouvrit les fenêtres et activa le ventilateur de la salle de bain et la hotte au-dessus de la cuisinière. L'odeur de la peinture en aérosol lui rappela le graffiti sur le mur du salon.

Il aimait James. Mais maintenant qu'on lui avait souligné la dynamique parent / enfant de sa relation, Philip pouvait la voir sous un nouveau jour. Il avait eu raison concernant son résultat prévisible, même s'il n'avait pas complètement compris le rôle qu'il jouait.

La situation avec George était différente. George n'avait pas besoin que Philip s'occupe de lui. Il savait qui il était, ce qu'il voulait et où il voulait aller. En ce moment même, Philip avait besoin de George, et ce serait le cas jusqu'à ce que le tueur soit capturé et que le nom de Philip soit blanchi. Mais c'était différent : des services professionnels en échange d'une somme d'argent, même s'il n'avait toujours pas reçu de facture.

Était-ce trop tôt ? Philip haussa les épaules. Il était prêt pour une relation mature avec quelqu'un de son âge. De plus, George et lui n'avaient pas de liaison. Pas encore, en tout cas.

Il rejeta l'idée que George ait menti au sujet de la conversation avec sa femme. C'était l'honnêteté et l'intégrité qui avaient poussé George à parler avec elle. Faire cela sans consulter d'abord Philip en disait long sur lui. George ne voulait rien dire jusqu'à ce qu'il sache ce que Maxine pensait de la situation.

Philip ne savait pas s'il était prêt pour une liaison. L'idée d'être avec George, toutefois, lui plaisait énormément. C'était précisément le genre d'homme qu'il avait espéré que James devienne.

Il se leva trop vite et pendant un moment, il vit trente-six chandelles. Peut-être que les vapeurs de peinture étaient responsables de son vertige. Ou peut-être était-ce la constatation qu'il avait aimé George des années avant même de le rencontrer.

Le James qu'il avait aimé pendant leur relation n'avait jamais existé. Philip avait imaginé qu'il deviendrait un homme comme George. Honnête, droit, et avec un bon caractère moral. Mais ce n'était pas James du tout. Philip le savait désormais : le vrai James était un menteur, un voleur et un escroc.

Avant de pouvoir passer à l'acte avec George, Philip voulait être sûr qu'il ne faisait pas non plus de George quelqu'un qu'il n'était pas. Il s'assit sur le comptoir de la cuisine, admirant la table encore humide et les chaises perchées sur les journaux marbrés de noir qui recouvraient le sol. Il voulait un homme en chair et en os, pas un fantasme.

Se réapproprier l'appartement demanderait du travail. Il s'en fichait. Ce travail serait bon pour lui. Au moins pour le moment, il avait le temps. Personne n'emménageait avec personne, et la vie continuait. Il pourrait terminer de repeindre au cours des deux prochaines semaines, trois tout au plus.

À moins d'être arrêté d'abord.

Ou tué.

Environ une heure après avoir jeté Beau de son appartement, le téléphone sonna. Philip envisagea de ne pas répondre, mais il s'inquiéta que George soit en train d'essayer de le joindre. Il décrocha après la troisième sonnerie.

— Allô.

— C'est Beau. S'il te plaît, ne raccroche pas.

Cette demande aux intonations pitoyables empêcha Philip de raccrocher. Il leva les yeux au ciel et se frotta les tempes.

— Je ne comprends pas pourquoi tu rends tout cela si difficile, Beau. Qu'est-ce que tu veux ?

Un long soupir retentit sur la ligne.

— M'excuser, déjà. Je suis désolé.

Il marqua une pause. Philip crut entendre un sanglot. Était-il en train de pleurer ?

— Ce que j'ai dit... j'ai dépassé les bornes.

Une autre longue pause. Philip tapa du pied, de plus en plus impatient à chaque instant qui passait.

— Je sais que c'est trop tard. Les dégâts sont faits, gémit Beau. Mais je veux que tu saches que je suis désolé.

Philip s'affala dans un fauteuil et se frappa le front de la main. Sachant que Beau saisirait toute occasion, il réfléchit à la bonne façon de répondre, mais ne trouva rien.

Beau continua.

— J'aime te parler et être près de toi.

Une autre longue pause. Cette fois, Philip fut certain d'entendre un sanglot.

— Je sais que c'est fini entre nous, et cela me va… vraiment, ça me va.

Philip prit une profonde inspiration. *D'accord. Voilà le « mais ».*

— Mais je ne connais personne d'autre, ici. Le trimestre dernier, j'étais trop occupé pour m'en rendre compte. Mais après avoir passé autant de temps avec toi pendant les vacances, eh bien…

Philip attendit qu'il continue. Tandis que le silence s'étirait, il perdit patience.

— Eh bien, quoi ?

— J'espérais que nous pourrions être amis.

Exaspéré, Philip pinça le haut de son nez et ferma les yeux.

— Cela ne va pas être possible.

— Pourquoi pas ?

Le lui expliquer signifierait aller à l'encontre des indications de George, qui lui avait demandé de se taire. Il pensa à raccrocher, mais décida plutôt de répondre par une vérité partielle.

— Je ne supporte pas l'idée de passer une autre soirée avec toi, dans mon appartement ou le tien, parqué devant la télévision.

— Mais je pensais que tu comprenais… ma situation.

Nous y revoilà.

— Oui, c'est le cas.

Philip n'arrivait plus à cacher son irritation.

— Et ta situation ne diffère pas de celle de tous les autres homosexuels d'Amérique.

Il se leva pour faire les cent pas dans la cuisine, mais le cordon du téléphone restreignit sa mobilité.

— Nous ne sommes pas dans la ville minuscule de Watkinsville, Géorgie, où tout le monde connaît tout le monde, ce qu'ils ont mangé à dîner, et tout ce qu'il y a à savoir au sujet des autres.

— Ce n'est pas ma faute si j'ai grandi là-bas, Philip.

Le ton geignard de Beau l'agaça encore davantage. C'était comme s'il essayait de mettre Philip en colère. Il leva de nouveau les yeux vers le plafond.

— Tu ne comprends pas ce que je veux dire.

— Je n'ai pas appelé pour me disputer avec toi.

— Eh bien, alors, Beau, pourquoi as-tu appelé ? Me disputer avec toi n'est pas la façon dont j'envisageais ma journée non plus.

— Est-ce que tu voudrais bien qu'on se voit pour déjeuner ?

Philip ne sut pas comment répondre. Beau lui offrait de se rencontrer en public et il n'avait pas anticipé cela. Le silence se fit inconfortable.

— Cela aurait beaucoup d'importance pour moi si tu acceptais. Ton amitié est importante pour moi.

Si Philip n'était pas attiré dans un piège, peut-être qu'il découvrait quelque chose qui prouverait que Beau était le tueur. Se rencontrer en public devait être suffisamment sûr.

— Je t'écoute.

— Disons treize heures, dans ce nouveau restaurant italien sur la 17e ?

Des coups retentirent en arrière-plan, à travers la ligne.

— Attends. Il y a quelqu'un à la porte. Je reviens tout de suite.

En rogne et plus que prêt à raccrocher, Philip écouta en attendant que Beau revienne. Il entendit une voix masculine s'exclamer :

— Beauregard Carter ?

Même s'il écoutait autant qu'il le pouvait, Philip n'arrivait pas à entendre ce que l'on disait, jusqu'à ce que Beau se mette à crier.

— Non ! Je n'ai rien fait de mal. Arrêtez ! Vous me faites mal !

Des voix fortes retentirent pendant quelques minutes, puis plus rien, le silence.

Philip attendit, mais les minutes s'écoulèrent et le téléphone resta silencieux, et il sut que Beau n'allait pas revenir en ligne. Monsieur Carter était en chemin vers le poste de police pour rencontrer le sergent White.

XXXIX

Tripp avait pris sa décision. Il avait prié, puis prié plus longuement encore, et Dieu lui avait répondu. La voie était libre. Il savait ce qu'il devait faire.

Ivy laissa retomber sa fourchette dans son assiette et repoussa sa chaise.

— Puis-je être excusé de table ?

Harriet commença à répondre, mais Tripp la coupa.

— Pas encore.

Il regarda sa famille réunie autour de la table.

— J'ai de bonnes nouvelles.

Sa femme le regarda avec un mélange de curiosité et de surprise. Harold se concentrait sur sa cuillère, grattant les restes d'une tarte au chocolat meringué, laissant la croûte vide sur son assiette. Ivy était assis, les mains croisées sur ses genoux, regardant Tripp d'une expression neutre, attendant qu'il parle.

Tripp se racla la gorge et se lança dans le discours qu'il avait écrit, puis mémorisé, et répété au moins une demi-douzaine de fois.

— Dieu nous a amené à la capitale de cette grande nation il y a onze ans. Nous avons travaillé dur, accompli beaucoup de choses, et nous pouvons être reconnaissant pour de nombreuses autres.

Il marqua une pause, regardant autour de la table, attendant.

— Amen, dit Harriet, la tête baissée avec un sourire satisfait.

— Amen, répétèrent les garçons à l'unisson.

Jusqu'ici, tout va bien, pensa Tripp. Maintenant, il devait vraiment vendre la chose.

— Notre travail ici à Chevy Chase est terminé.

Il hocha la tête à l'attention de chacun d'entre eux tour à tour, un remerciement silencieux pour leur rôle dans le succès de leur famille.

— J'ai prié pour recevoir conseil et le Seigneur a répondu à mes prières avec un nouveau but.

Harriet le dévisageait, son expression neutre, sur ses gardes... suspicieuse. Ivy croisa ses bras musclés sur son torse puissant et fixa le plafond. Une appréhension teintée de peur emplissait le visage d'Harold. Il

175

ne s'agissait pas là des visages joyeux et impatients qu'il avait imaginé en s'entraînant. Il repoussa sa colère et se racla la gorge.

— Dieu veut que nous…

La sonnette retentit. La panique submergea Tripp, le faisant jaillir de sa chaise. Il vit par la fenêtre du salon que la rue était déserte. Pas de gyrophare. Pas de sirène.

La sonnette retentit de nouveau. Tripp ouvrit la porte et découvrit un jeune homme, à peine plus vieux qu'un garçon, avec une masse de boucles blondes sur la tête.

— Est-ce que c'est votre Continental ?

— Oui, répondit Tripp. Qui…

— Vous êtes Tripp Clarkson ?

— Je ne répondrai pas…

Une douleur brûlante envahit son aine quand la main du jeune homme jaillit pour agripper son entrejambe. Avant qu'il ne puisse réagir, l'autre main du garçon agrippa sa gorge.

— Je t'ai posé une question.

À quelques centimètres, ses yeux noisette colériques le regardaient.

— Oui, murmura-t-il, les dents serrées.

Les serres agrippant sa gorge et ses testicules se desserrèrent juste assez pour lui permettre de respirer, sans le relâcher.

— Pourquoi as-tu tué Anthony ?

Le sang de Tripp se glaça.

— Je ne vois pas de quoi vous…

Les serres resserrèrent leur emprise sur ses testicules et il cria de douleur.

— Tu sais de quoi je parle.

Le garçon se pencha vers lui, juste assez pour que Tripp puisse sentir son souffle contre sa joue.

— Anthony m'a parlé de toi, de ce que tu as fait à mes amis et ces autres garçons, et de ton travail avec la police et les journaux.

Le jeune homme féminin resserra sa poigne sur ses testicules. La douleur et la conscience que le garçon pourrait lui faire mal empêchèrent Tripp de le repousser. La rage qu'il vit le terrifia.

— C'est quoi ton problème, d'abord ?

Le jeune homme resserra la main sur la gorge de Tripp.

— Je t'ai posé une question !

— Je ne sais pas de quoi vous voulez parler, balbutia Tripp en espérant que la crainte qui avait figé son sang ne perçait pas dans sa voix.

— Tripp ? appela Harriet depuis la cuisine. Est-ce que tout va bien ?

Le garçon lui lança un regard menaçant.

— Dis-lui que tout va bien.

— Tout va bien, ma chérie. Quelqu'un a besoin d'indications pour retrouver la route principale.

Il tourna son regard vers son bourreau.

— Tu es un très bon menteur, dit le garçon en relâchant sa poigne sur la gorge de Tripp. Mais je sais que tu l'as tué.

Tripp s'inquiétait que Harriet ou les garçons puissent l'entendre.

— Je ne sais pas de quoi vous parlez, siffla-t-il.

Le jeune homme sourit et quelque chose dans son regard effraya Tripp.

— Tu ne sais pas grand-chose, n'est-ce pas ?

Les testicules de Tripp toujours fermement coincées entre ses griffes d'acier, le garçon retira l'autre du cou de Tripp et le pointa du doigt.

— Il m'a dit où tu vivais et qu'il surveillait ta maison. Tu l'as tué, de la même façon que tu as tué les autres.

Le garçon relâcha sa poigne et recula sur les marches du porche.

— Tu ne t'en sortiras pas comme ça. Je te le promets.

Avant que Tripp puisse réagir, le jeune homme dévala l'allée et disparut dans l'obscurité.

XL

Le Sergent Shirley White scruta l'homme qui pleurnichait de l'autre côté de son bureau. Pitoyable. Si c'était lui le « Tueur de Tapettes », un nom qu'elle avait trouvé dans le dossier de Vincent, elle serait prête à manger sa casquette de police, visière incluse.

Une nuit en prison ne l'avait pas aidé. Elle l'observa s'essuyer les yeux de ses mains, attendant qu'il retrouve son sang-froid. Après qu'il se fut ressaisi, elle reprit la parole.

— J'ai du mal à croire l'histoire que vous m'avez racontée hier.

— Mais je n'ai rien fait, gémit-il.

Les larmes glissèrent sur ses joues et son nez se mit à couler.

Elle lui offrit un mouchoir. *Pour un homme innocent,* pensa-t-elle, *il agit vraiment de manière coupable.* S'il n'était pas le tueur, il avait fait quelque chose.

— Monsieur Carter.

À cause de lui, le peu de patience qu'elle avait était presque à court.

— Si vous pouviez arrêter de pleurer et répondre à mes questions, cela irait plus vite.

Il essuya son nez, prit une profonde inspiration, et la relâcha lentement en serrant le mouchoir sur ses genoux. Après une longue pause, il releva les yeux du mouchoir dans ses mains.

— Je le jure. Je n'ai jamais tué personne. Faites-moi passer au détecteur de mensonges, ou au sérum de vérité, ou tout ce qu'il faudra pour vous convaincre. Je ne mens pas.

— Revenons au début, d'accord ?

Elle s'appuya contre sa chaise et croisa les bras sur sa poitrine.

— Racontez-moi comment vous avez rencontré Philip Potter.

Il renifla et essuya son nez avec le mouchoir roulé en boule.

— Je vous l'ai dit. Je suis allé me promener la veille de Noël pour voir la neige.

— Et était-ce avant ou après avoir payé un prostitué masculin pour des relations sexuelles ?

Elle s'appuya sur ses coudes, son menton sur ses poings, et le regarda perdre ses couleurs. Ses épaules s'affaissèrent. Elle attendit qu'il réponde.

— Le lendemain.

Il laissa échapper un long soupir.

— J'ai emménagé ici en août et j'étais trop occupé par mon travail, un travail que je perdrais si cela se savait, pour rencontrer quiconque.

Il regarda le mouchoir froissé, le tiraillant avant d'en refaire une boule.

Elle acquiesça.

— Continuez.

Il releva ses yeux bleus de rêve vers elle. Même après une nuit en prison et des heures passées à pleurer, leur impact n'avait pas diminué. Une sensation profonde lui rappela combien de temps s'était passé depuis qu'elle avait fait l'amour avec quelqu'un.

— Je me sentais seul, dit-il en soutenant son regard. Je ne connaissais personne, et la gare routière était le seul endroit où je pensais pouvoir rencontrer quelqu'un… comme moi.

Une carrière qui rendait une vie amoureuse, ou n'importe quel type de vie, d'ailleurs, presque impossible était quelque chose qu'elle pouvait comprendre. Elle s'imagina se en train de se garer près d'un homme sexy dans la rue et se demanda ce qu'il dirait si elle baissait la vitre et lui demandait combien il facturait pour lui faire prendre son pied. Même si elle avait été tentée, elle n'aurait jamais été davantage que curieuse. De plus, les prostitués qu'elle avait croisés étaient homosexuels et se seraient enfuis en criant comme une fillette si elle l'avait fait. L'image lui sembla drôle et elle dut se retenir de rire.

— J'ai rencontré Rudy il y a environ deux mois, quelques semaines après être arrivé à Washington, continua Beau. Je l'ai ramené chez moi. Il m'a offert un rabais pour des rendez-vous… réguliers.

Il rougit.

Elle était plutôt jalouse qu'il ait trouvé un moyen de coucher sans complications gênantes. D'une façon ou d'une autre, il y avait toujours un prix à payer. L'argent rendait les choses simples et bien plus claires.

— Donc Rudy et vous êtes devenus amants ?

Carter s'affaissa davantage dans son siège.

— Non. Ce n'était pas comme ça. L'arrangement permettait de garder secret ce que nous faisions, c'était plus facile. Nous n'avions pas besoin de nous retrouver dans les rues où quelqu'un aurait pu nous voir ou nous arrêter. Je devais prendre en compte ma carrière.

— Et qu'est-ce que tout cela a quelque chose à voir avec Philip Potter ?

Même s'il était mignon, elle était fatiguée de Carter. Cet interrogatoire n'allait nulle part.

— Après que nous nous sommes vus à quelques reprises, Rudy m'a parlé de son amant. Il ne m'a jamais donné son nom, simplement beaucoup d'informations au sujet de cet homme et ce qu'ils faisaient ensemble. Rudy était terrifié que son amant découvre son travail à temps partiel.

— Et Philip Potter était son amant ?

Carter se tortilla sur son siège.

— Oui, mais je ne le savais pas quand j'ai rencontré Philip.

Il baissa les yeux vers le bureau et soupira.

— Je n'avais pas compris que James et Rudy étaient la même personne, jusqu'à ce que je voie sa photo dans l'appartement de Philip.

Ses mains tremblaient et il n'arrivait pas à croiser son regard.

— Donc vous avez tué James/Rudy, fait croire à tout le monde que c'était un suicide, puis vous vous êtes installés avec son petit ami parce que vous vouliez ce qu'ils avaient ensemble.

Il essuya une larme sur sa joue d'un doigt tremblant.

— Je voulais ce que Rudy avait, mais je ne l'ai pas tué, et je ne connaissais même pas le nom de son amant ou qui il était, je savais seulement que Rudy l'adorait. Lorsque je l'ai su, est-ce que je me suis rapproché de lui ? Évidemment. Je veux dire, qui ne l'aurait pas fait ? Philip est un beau parti : séduisant, intelligent, au cœur d'or, si sûr de qui il est et d'où il va. Je donnerais cher pour ce genre de confiance en moi.

Elle le regarda attentivement. Il cachait quelque chose.

— Ce que je ne comprends pas, Monsieur Carter, c'est pourquoi vous étiez dans l'appartement le jour de Noël, quand Monsieur Potter est revenu.

Il pâlit et posa sa main tremblante sur un genou qui bondissait d'une telle force que tout son corps vibrait du geste.

— La veille de Noël, j'étais en train de me promener quand les voitures de police sont passées, toutes sirènes hurlantes, les gyrophares allumés. J'ai pu voir où ils se sont arrêtés. Comme tout le monde, j'étais curieux de savoir ce qu'il se passait et je me tenais sur le trottoir devant l'immeuble quand Philip est rentré chez lui. J'ai entendu l'agent lui dire que son pédé de petit ami s'était fait sauter la cervelle, et j'ai vu Philip s'évanouir et tomber dans la neige.

Elle tressaillit.

— Est-ce que l'un de mes agents a vraiment utilisé ces mots-là ?

— Oui.

Il hocha la tête, son expression sérieuse.

— C'était horrible. J'ai fait ce que n'importe quel être humain aurait fait. Je l'ai aidé à se relever et je me suis assuré qu'il allait bien.

— Cela n'explique toujours pas ce que vous faisiez dans son appartement le jour suivant.

Quelque chose changea dans son expression. Il soupira. Ses épaules s'affaissèrent et il pinça le haut de son nez. Après un moment, ses yeux croisèrent les siens.

— J'ai fait quelque chose de mal.

Elle se pencha vers lui.

— Qu'avez-vous fait ?

— C'est ce flic grossier qui m'a donné l'idée.

Il prit une profonde inspiration, puis soupira.

— Je suis tombé amoureux de Philip la veille de Noël. Il m'a parlé un peu de James et du temps qu'ils avaient passé ensemble, avant que sa sœur vienne le chercher. Il était flagrant qu'il tenait à James. Il était dévasté. M'occuper de lui, l'aider pendant un moment difficile, cela me faisait me sentir bien, pas sale et dégoûtant comme toujours après avoir payé pour coucher avec Rudy.

— Un de mes agents vous a donné l'idée de tomber amoureux de Potter ?

— Non, répondit-il en secouant la tête. Rudy m'avait raconté à quel point les flics se montraient indécents envers les homosexuels et que les appartements de certains de ses amis avaient été vandalisés par la police.

Les forces de l'ordre avaient mauvaise réputation auprès des homosexuels. Le problème n'était pas que les homosexuels causaient des ennuis. Le plus gros problème, c'était que les hommes hétérosexuels ne pouvaient supporter que quelqu'un les reluque. Au lieu d'être flattés par cette attention, ils se sentaient menacés. Et quand il se sentait menacé, le genre d'homme qui avait tendance à devenir flic réagissait de la seule façon qu'il connaissait : en usant de la force.

Carter enfouit sa tête dans ses mains. Après un moment, il se frotta les yeux de ses poings et continua, la voix si basse qu'elle peinait à l'entendre.

— J'y suis retourné le jour suivant. J'ai vu son nom sur la boîte aux lettres et je suis monté voir s'il était chez lui. L'appartement n'était pas verrouillé.

Il marqua une pause.

— Donc vous êtes entré, le poussa-t-elle à continuer.

— Je suis entré et, quand j'ai vu la photo de Rudy, je me suis rendu compte que Philip était l'homme dont j'avais tant entendu parler.

Il prit une profonde inspiration, passant une main dans ses cheveux en soupirant.

— Sachant qu'il croirait que la police l'avait fait, j'ai fait tomber le sapin de Noël, cassé quelques chaises et vidé quelques tiroirs.

Elle ne savait pas quoi penser.

— Est-ce que c'est tout ?

Il resta assis en silence, regardant ses mains fixement. Après une longue pause, il parla, sa voix à peine plus audible qu'un murmure.

— J'ai peint le mot « pédés » sur le mur du salon.

Elle en resta bouche bée.

— À quoi diable pensiez-vous ?

— Je ne sais pas.

Il enroula ses doigts dans ses cheveux, serrant les poings de chaque côté de sa tête.

— Je pensais que l'aider à repeindre et à nettoyer lui donnerait l'occasion de me connaître.

Carter relâcha ses cheveux, entrelaça ses doigts sur ses genoux, et regarda fixement ses pouces en train de tourner. C'était un homme brisé, mais elle ne pensait pas qu'il avait commis le moindre crime, à moins de compter le vandalisme, la sollicitation et la sodomie, mais elle ne pouvait prouver aucun d'entre eux, hormis grâce à sa confession pathétique.

Il croisa son regard.

— Est-ce que vous allez m'inculper ?

Elle l'étudia, se demandant s'il essayait de la berner.

— Non, je ne pense pas, pas à moins que Monsieur Potter veuille porter plainte.

Il se détendit et son inquiétude disparut.

— Pouvez-vous identifier ce mauvais flic ?

Il lui jeta un regard méfiant.

— Eh bien, ça dépend.

— De quoi ?

— De si mon employeur va découvrir tout cela. Vous n'en parlerez à personne, n'est-ce pas ?

La question et son expression la ramenèrent à l'université, quand elle avait recroisé Joan, une amie d'enfance à la peau claire qu'elle n'avait pas revue depuis le collège. Elles avaient pratiquement été siamoises durant l'école primaire, et les deux fillettes avaient pleuré quand la famille de Joan avait déménagé. Elles s'étaient écrit, souvent d'abord, puis le temps entre chaque lettre s'était allongé jusqu'à ce qu'elles s'arrêtent complètement. Shirley avait été ravie de la revoir et n'avait pas compris pourquoi elle l'avait repoussée jusqu'à plus tard, quand Joan lui avait expliqué que personne ne pouvait savoir qu'elle était de couleur. « *Tu ne le diras à personne, n'est-ce pas ?* »

L'expression craintive et méfiante qu'il arborait était la même que Joan. Elle réalisa, de plusieurs façons, que sa situation était la même que celle de son ancienne amie. Carter essayait de se faire discret lui aussi.

— Non, Monsieur Carter. À moins que Monsieur Potter veuille que vous soyez arrêté, et il ne me semble pas être le genre de personne qui le voudrait, vous ne serez inculpé de rien. Alors votre employeur n'aura rien à découvrir.

— Je vous remercie du fond du cœur, répondit-il avant d'indiquer l'autre côté de la salle. Votre mauvais flic, c'est le grand type chauve avec un gros sourcil touffu à la réception.

Elle se leva et lui tendit la main.

— Même un seul mauvais flic donne une mauvaise réputation aux forces de l'ordre. Je vous remercie, *vous*, Monsieur Carter.

XLI

Harold n'avait jamais vu sa mère si bouleversée. Elle se tenait au milieu de la cuisine, se tordant les mains. Les assiettes vides du petit-déjeuner encombraient la table. Ses cheveux s'étaient décoiffés, et des traînées de mascara obscurcissaient ses jours. Harold ne savait pas quoi faire. Sans demander à être excusé de table, il se leva et amena les plats jusqu'à l'évier, où elle n'avait même pas encore fait couler de l'eau pour la vaisselle.

— Maintenant ?

— Le Seigneur m'a parlé, Harriet.

Son père posa les mains sur ses épaules et la regarda dans les yeux. Il s'était montré nerveux depuis l'interruption au dîner la veille et s'était disputé avec elle après qu'Harold et Pete furent allés se coucher.

— Il veut que nous allions à San Francisco. C'est la Sodome et Gomorrhe des temps modernes.

Harold vit à quel point elle se contractait à son contact. Les yeux colériques de Poppa trahissaient son ton agréable et Harold craignit qu'il la frappe.

— Mon travail se trouve là-bas, et en tant que mon épouse, ton devoir est de me suivre.

Elle haussa les épaules pour chasser ses mains et recula d'un pas.

— Mais Tripp, devons-nous vraiment partir maintenant ?

Son sourire tremblant ne collait pas avec la peur dans son regard.

— Pourquoi sommes-nous si pressés ? Cela ne peut-il pas attendre demain ? La semaine prochaine, ce serait encore mieux.

Harold activa l'eau chaude et fit gicler du savon dans l'évier, essayant d'agir comme s'il n'écoutait pas. L'anxiété dans la voix de sa mère l'inquiétait. Il espérait qu'elle serait en mesure de faire changer d'avis Poppa au sujet de son idée folle de déménager vers l'ouest.

— Que veux-tu que je fasse, Harriet ? Dire à Dieu que je dois attendre pour suivre Ses ordres parce que tu n'es pas prête ?

— Mais Tripp …

Harold entendit sa mère crier. Poppa l'avait giflée. Durement. Sa main ne cachait pas la marque rouge sur sa joue.

Pete s'était levé, tremblant, ses poings serrés à ses côtés.

Son père se tourna vers eux.

— Les garçons, allez dans votre chambre et faites vos bagages. Deux valises chacun. Il n'y a pas de place dans la voiture pour davantage. Nous donnerons le reste à une association caritative.

En cet instant, Harold comprit. L'attente était terminée. Poppa avait disjoncté. Rien ne serait plus jamais pareil.

PETE FERMA la porte et frappa son matelas du poing.

— S'il la touche encore une fois, je le tue. Je jure que je le ferai !

Harold savait que c'était vrai.

— Est-ce que tu penses qu'il est sérieux quand il dit qu'il veut partir aujourd'hui pour San Francisco ?

— Ouais.

Pete s'étendit sur le lit et passa les mains derrière sa tête.

— Il a déjà fait ça une fois, auparavant, mais tu étais trop petit pour t'en souvenir. Je ne me souviens pas de grand-chose non plus, hormis qu'on vivait en Alabama et que nous avons conduit pendant des jours jusqu'au Maryland.

En vérité, l'idée d'aller vivre à San Francisco plaisait à Harold. C'était exotique et lointain. Mais que son père, la personne à qui il voulait échapper le plus, l'emmène là-bas allait un peu à l'encontre de l'effet escompté.

— Qu'est-ce qu'on va faire ? Maman ne veut pas aller en Californie, pas plus que nous.

— C'est trois contre un, dit Pete. Peut-être qu'il est temps de lui tenir tête. Il n'est plus beaucoup plus grand que moi.

— Ouais, mais toi, tu n'es pas fou.

Harold s'assit au bord de son lit.

— Impossible de prédire ce qu'il pourrait faire. Je dirais que ça lui donne l'avantage.

Pete se redressa sur son lit et posa les pieds par terre pour lui faire face.

— Exact. Alors voilà ce qu'on va faire. Faire traîner les choses. Prendre notre temps. Traîner des pieds à chaque étape.

Harold réfléchit un instant, ne sachant pas vraiment si cette tactique pour les retarder fonctionnerait.

— Qu'est-ce qu'on y gagne ?

— Du temps. Peut-être que Maman fera quelque chose ou que Poppa fera un faux pas et qu'on trouvera un moyen de l'arrêter. Pour l'instant, c'est tout ce qu'on a.

XLII

PHILIP DESCENDIT du bus, essayant de se rappeler quand il s'était senti aussi fatigué après une journée passée au musée. Il était à mi-chemin de chez lui quand il remarqua Terrence, assis sur le perron de son immeuble. Même de loin, Philip pouvait voir qu'il était bouleversé. Sa tête était posée sur ses bras repliés et ses épaules bougeaient au rythme inimitable de quelqu'un en train de sangloter. Il s'avança sur le perron à côté du garçon en train de pleurer et toucha son épaule.

— Est-ce que tu vas bien ?

Terrence ne répondit pas, mais le mouvement de ses épaules s'accéléra. Philip attendit, gardant sa main sur le bras de Terrence en espérant que son contact était rassurant. Après un sanglot étranglé, Terrence releva son visage couvert de larmes, puis jeta ses bras autour des épaules de Philip, sanglotant contre son manteau. Philip le serra contre lui, fermement, essayant de le rassurer par la force de son étreinte.

Il le laissa pleurer. Le pauvre gamin avait traversé beaucoup de choses, plus que nombre de gens de deux fois son âge n'aurait pu le supporter. Même s'il était impressionné par son esprit courageux et sa confiance en lui, Philip était heureux de voir qu'un cœur d'enfant vivait toujours dans cet adolescent débrouillard.

Après un temps, les sanglots se transformèrent en reniflements. Terrence releva la tête, glissa un bras autour de la taille de Philip et s'appuya contre son épaule.

— Il a tué mon meilleur ami et mon petit ami, gémit Terrence en perdant le peu de sang-froid qu'il avait retrouvé.

Il enfouit son visage contre le torse de Philip un long moment avant de parler de nouveau.

— C'est comme s'il m'avait choisi et avait décidé de me retirer tous ceux que j'aime.

Philip tapota le dos de Terrence, essayant de le calmer.

— Et maintenant, ils l'ont attrapé.

187

Les pleurnicheries s'arrêtèrent. Terrence s'écarta, passa un doigt contre son nez et essuya ses yeux du dos de sa main. Philip remarqua qu'elle aurait eu besoin d'un peu d'eau savonneuse.

— Vraiment ?

— Oui, vraiment, répondit-il en se levant. Maintenant, entre et je te raconterai.

Terrence se leva, passant son sac noir à son épaule et la courroie de l'appareil sur l'autre.

— Il vous reste un peu de cette tarte à la patate douce ?

PHILIP INDIQUA la salle de bain.

— Lave-toi le visage pendant que je regarde ce que je peux trouver à la cuisine. Tu peux même prendre une douche si tu veux. Il y a des serviettes et un peignoir supplémentaire derrière la porte.

— Merci, répondit Terrence en avançant vers la salle de bain avant de s'arrêter. Ça vous dérangerait si je prenais un bain ? Nous avons seulement des douches au refuge et je meurs d'envie de faire trempette.

Philip acquiesça.

— Bien sûr. J'aime profiter d'un bon bain relaxant de temps à autre, moi aussi. Sers-toi dans les sels de bain, les savons et des lotions que tu trouveras.

Terrence laissa glisser les sacs à son épaule au sol. Il fouilla dans l'un d'eux et en sortit une radio rouge vif.

— Ça vous ennuie si j'écoute de la musique ?

Philip regarda la radio fixement. Son esprit se mit à dériver. Il n'arrivait pas à ce souvenir ce qui était arrivé à celle qu'il avait achetée pour James. L'avait-il laissée chez Beau ce soir fatidique ? La petite radio rouge se trouvait-t-elle à Milan, avec Mary, Alex et Thad ? L'avait-il rangée dans un tiroir ou un placard pour la conserver ? Le regard de Terrence le ramena à la réalité.

— Bien sûr, de la musique, ce serait agréable.

— Génial ! répondit Terrence avant de refermer la porte de la salle de bain.

Philip entendit l'eau se mettre à couler et le son nasillard d'une voix féminine chantant qu'elle était libérée quand il se dirigea vers la cuisine. Se disant que la radio pouvait se trouver n'importe où, il décida de ne pas s'en inquiéter. Il remplit la cafetière Pyrex d'eau.

188

La voix de Terrence en train de chanter couvrit la radio.

Tandis que Philip mesurait le café, il repensa à James et à ses secrets. Même si ce n'était pas quelque chose dont il parlait, Philip s'était toujours piqué d'avoir sauvé James d'une vie dans la rue.

Mais il ne l'avait pas fait. Pas vraiment. Tout n'était qu'un mensonge. Comme une sorte de fantasme ou de conte de fées.

Philip avait également cru qu'ils n'avaient aucun secret l'un pour l'autre. Tout ce que James ne connaissait pas de lui n'avait simplement jamais été évoqué dans une conversation. Il n'avait jamais caché sciemment quoi que ce soit. James ne lui avait pas tout dit, ou même quoi que ce soit tout court. Qu'y avait-il d'autre que Philip ne connaissait pas et que pouvait-il croire de ce qu'il savait désormais ?

Il alluma le brûleur sous le percolateur au maximum et se dirigea vers sa chambre. En passant devant la salle de bain, la voix de Terrence lui parvint à travers la porte sur une chanson différente.

Philip replaça sa veste sur le cintre qu'il avait récupéré dans son placard. Comment aurait-il réagi si James lui avait parlé de ses visites à George et de son petit boulot à temps partiel ? Est-ce que James avait eu peur de lui ? Bien sûr Philip était plus grand, de façon significative. Mais il n'avait jamais donné à James de raison de le craindre, n'est-ce pas ?

Il n'avait jamais levé la main sur James lorsqu'il était en colère, ni même la voix. Jamais. Et ils ne s'étaient jamais disputés non plus. Pour autant que Philip le sache, ils avaient été d'accord sur pratiquement tout.

La vérité, semblait-il, était qu'il avait connu une version fictive de James, sans défaut humain et sans accroc. Il en savait davantage sur George Walker qu'il n'en avait jamais su sur James. Au moins, George ne lui avait jamais menti. Pas qu'il le sache, en tout cas. Il repoussa cette pensée. George avait toujours été honnête, avec Philip et avec tous ceux qu'il rencontrait.

Terrence émergea de la salle de bain, empestant le *Old Spice*, une serviette de bain bleu clair nouée autour des hanches. Il avait entouré ses cheveux d'une autre serviette, blanche celle-ci, qu'il avait enroulée en un turban monstrueux.

— Tu te sens mieux ? demanda Philip.

L'énorme coiffe en tissu bascula vers l'avant et menaça de se renverser.

— Beaucoup mieux.

Terrence récupéra le peignoir sur la porte et, dans un tourbillon dramatique, le drapa autour de ses épaules avant de le fermer. Puis il récupéra une bouteille de lotion et le rejoignit dans la cuisine.

Philip se tenait devant le réfrigérateur ouvert.

— Tu as faim ?

Terrence plaça la lotion sur la table, s'affala sur une chaise et croisa les jambes. Philip remarqua qu'elles avaient été rasées. Récemment. Il espérait que Terrence avait rincé la baignoire.

— Je suis affamé.

— Hum.

Philip se pencha pour regarder dans le réfrigérateur.

— Ça te dirait, un petit déjeuner pour dîner ?

— Eh bien, ça dépend, répondit Terrence en rajustant le turban en train de basculer pour l'empêcher de tomber. Est-ce qu'on parle de pain grillé et de flocons d'avoine, de bacon et d'œufs, ou de pancakes et de saucisses ?

— Je n'ai pas fait de pancakes depuis longtemps. Que dirais-tu d'œufs, bacon, et pancakes ?

— Oui, s'il vous plaît, ce serait formidable.

Terrence releva les deux mains sur sa tête pour stabiliser la coiffe en éponge.

— Je voudrais mes œufs pochés, trois ce serait bien. Je n'ai pas mangé depuis des heures. Avec une pile de pancakes. Faites-les petit, pour que je puisse empêcher mon blanc d'œuf de se mélanger au sirop d'érable.

Il déroula la serviette et secoua la tête vigoureusement.

— Vous avez du sirop d'érable, n'est-ce pas ?

— Eh bien, comme tu as dit « s'il vous plaît » …

Philip posa le sirop sur la table avant de récupérer les ingrédients nécessaires dans le réfrigérateur et dans les placards. Il les mesura tous et commença à cuisiner par étapes, afin d'être certain que tout soit prêt en même temps.

Terrence resta assis à table, ébouriffant ses cheveux de ses doigts tandis que Philip faisait frire le bacon et mélangeait la pâte des pancakes. Puis Terrence remplit ses paumes de lotion et s'en badigeonna les jambes, les frottant doucement.

— Donc ils ont arrêté notre tueur ?

— Oui.

Philip hocha la tête, retournant des lamelles de bacon à l'aide d'une fourchette.

— En fait, j'étais au téléphone avec lui quand la police est venue l'arrêter.

Terrence se figea. La bouteille de lotion lui tomba des mains, claquant au sol.

— Au téléphone avec lui ?

— Oui, répondit Philip en frappant un œuf contre le bord de la poêle et en libérant le contenu dans une mare de beurre grésillant.

Il ne comprenait pas pourquoi Terrence était si bouleversé.

— Pourquoi étiez-vous au téléphone avec Tripp Clarkson ?

Philip versa la pâte à pancakes sur la plaque chauffante et secoua la tête.

— Non, je parlais avec Beau Carter quand la police est venue l'arrêter.

— Monsieur Carter ? dit Terrence, horrifié.

— Oui, qu'est-ce qui ne va pas ?

Il retira le bacon de la poêle et le plaça sur une serviette pour en retirer la graisse, retourna les œufs de Terrence, puis fit sauter quatre petits pancakes, un par un.

Terrence pâlit.

— Monsieur Carter ne peut pas être le tueur.

Il leva la main comme s'il prêtait serment.

— Je le jure. Il ne peut pas avoir fait ça.

Philip fit glisser trois œufs pochés sur une assiette, y ajouta les pancakes et plusieurs lamelles de bacon, puis la déposa sur la table devant Terrence.

— Qu'est-ce qui te rend si sûr de toi ?

Terrence versa du sirop sur ses pancakes.

— Il s'évanouit à la vue du sang.

— Tu es sérieux ? demanda Philip en s'asseyant. Comment est-ce que tu sais ça ?

— Un jour, reprit Terrence en mâchant une lamelle de bacon, deux types se sont battus juste devant la classe de Monsieur Carter. Ils s'étaient pas mal amochés et saignaient.

Il empala un pancake de sa fourchette, le traîna dans la mare de sirop sur son assiette, et l'engloutit.

— Monsieur Carter a passé la tête par sa porte, est sorti pour interrompre la bagarre, puis est devenu blanc comme un linge et est tombé dans les pommes.

Il piqua un autre pancake et le recouvrit de sirop.

— Il a repris ses esprits, mais les garçons qui s'étaient battus étaient penchés sur lui, et quand il a ouvert les yeux, il s'est évanoui de nouveau. C'est arrivé trois fois de plus avant que quelqu'un comprenne que c'était le sang qui le faisait défaillir.

Philip essaya de réfléchir : est-ce qu'une personne qui s'évanouissait à la vue du sang pouvait abattre quelqu'un d'une balle dans la tête ? Cela semblait hautement improbable. Peu importe la disposition du corps.

Terrence continua.

— Hier soir, je suis allé chez les Clarkson. J'allais seulement jeter un œil, mais je n'ai pas pu m'en empêcher. J'ai fini par frapper à la porte. Clarkson a répondu et sans même réfléchir, j'ai agrippé ses couilles et lui ai demandé pourquoi il avait tué Anthony.

Même s'il était horrifié que Terrence se soit rendu chez les Clarkson, l'idée de le voir tenir Tripp par les couilles l'amusa.

— Est-ce qu'il a avoué ?

— Non, répondit Terrence en secouant la tête. Mais je l'ai vu dans son regard. Il a tué Anthony et Daniel et tous ces autres garçons. J'en suis certain.

Terrence était clairement convaincu, mais Philip n'en était pas si sûr.

— Si Tripp Clarkson est le tueur, comment a-t-il découvert mon nom et où je vis ? Seul Beau aurait pu prendre ces objets de mon appartement et les placer sur la scène du crime.

— Je ne sais pas comment il vous a trouvé, admit Terrence, mais si c'est le cas, c'était écrit sur son visage. Monsieur Carter est un peu coincé, mais ce n'est pas un tueur. Il ne le supporterait pas.

Philip réfléchit à ses paroles. Si Terrence avait raison et que Beau n'était pas le tueur, alors cela devait être Tripp Clarkson. Il prit le téléphone et composa un numéro.

— Qui appelez-vous ? demanda Terrence.

— Le sergent White, répondit Philip. Je dois lui faire savoir qu'elle a arrêté le mauvais homme.

Le téléphone sonna et sonna. Lorsque personne ne répondit, il appela George et lui expliqua pourquoi Beau ne pouvait pas être le tueur.

Il raccrocha le téléphone, reconnaissant d'avoir pu appeler George, et retourna à table où Terrence s'était endormi, la tête posée près de son assiette vide. Philip toucha doucement son épaule.

— Terrence.

Il redressa la tête et le regarda, les yeux à peine ouverts.

— Pourquoi tu n'irais pas t'allonger dans la chambre d'amis ?

Terrence se leva puis, sans un mot, se dirigea vers la chambre et grimpa dans le lit.

Philip rangea la cuisine, et maintenant qu'il n'était plus fatigué, récupéra son livre sur Winston S. Churchill avant de s'installer confortablement sur le canapé. Une part de lui était déçue que Beau ne soit pas le tueur. Ne jamais le revoir aurait été beaucoup plus simple. Il espérait simplement qu'ils arrêteraient Clarkson avant que d'autres vies soient perdues.

XLIII

— Dépêchez-vous, bordel !

Tripp en avait terminé d'essayer d'être gentil. Tout était fini. Sa vie parfaite, disparue, comme si elle n'avait jamais existé. Sa famille se tenait devant lui, le regardant fixement comme une biche et ses faons pris dans les phares. Ils ne semblaient pas comprendre que la situation était urgente.

— Nous n'avons plus de temps.

Il lança un regard noir vers Harold, dont les joues étaient couvertes de larmes, et eut envie de le frapper.

— Arrête de pleurer et bouge-toi, sale petite mauviette.

Harold sanglota.

— Je ne veux pas partir. Pourquoi est-ce que je dois partir sans même dire au revoir à Abigail ? cria-t-il à Tripp. Dieu veut que je reste dans le Maryland.

Le bras de Tripp jaillit, son poing frappant Harold, qui tomba sur le sol de la cuisine.

Harriet cria et tomba à genoux près de lui. Elle attrapa un torchon et essuya le sang qui coulait du nez d'Harold et de sa lèvre éclatée, déclenchant sa colère. Elle se mit à hurler des invectives.

Tripp tendit la main pour la faire taire, mais Ivy s'interposa entre eux, un couteau à découper à la main.

— Pose encore la main sur ma mère ou mon frère et je te tuerai.

Ivy soutint son regard, brandissant le couteau avec une confiance que Tripp n'avait jamais vue auparavant. Il reconnut un défi dans les yeux de son fils qu'il ne pouvait ignorer.

— Lâche ce couteau, Ivy.

— Arrête de m'appeler Ivy. Je m'appelle Pete.

L'horloge tournait. Le temps était compté. Si on en venait aux mains, Ivy gagnerait. Les yeux d'Ivy lui apprirent qu'il en était venu à la même conclusion.

Tripp n'avait pas de temps pour ça. Pas maintenant. Il tira le Walther de sa poche de manteau et le pointa sur Ivy.

— J'ai dit : lâche le couteau.

Les regards horrifiés et colériques de sa femme et de ses fils l'attristèrent. La prière et son désir d'être un bon mari et un bon père avaient gardé le démon loin de lui pendant des années, tellement longtemps, en réalité, qu'il avait cru que prier l'avait sauvé de l'enfer qui le torturait.

Mais il avait eu tort. Encore une fois.

Et comme toutes les fois auparavant, le démon était revenu plus puissant que jamais. Tripp était une victime innocente. Comme il l'avait toujours craint, la bête démoniaque en lui avait détruit sa vie. Le démon avait ligué sa femme et ses enfants contre lui, démoli tout ce pour quoi il avait travaillé si dur.

Il blâmait Ivy. Le démon n'aurait pas montré son horrible tête s'il n'était pas devenu un jeune homme si masculin et si viril. Il lorgna son bel homonyme, cédant à la force qui le contrôlait. Son regard s'attarda sur les avant-bras musclés. Tripp ne comprenait pas comment il en était venu à désirer l'enfant dont il avait changé les couches, il y avait si peu de temps encore. Plus il essayait de ne pas penser à son désir grandissant, plus il empirait.

Sa femme et ses deux fils le haïssaient, et il était trop tard pour y faire quoi que ce soit. Les mots ne pouvaient pas être effacés, ni les actions annulées. Le démon ne pouvait plus être contenu. Leur mépris glacial lui apprit tout ce qu'il avait besoin de savoir. Ils pensaient qu'il était une sorte de monstre. Quelque chose à craindre. Un démon.

Même Dieu ne pouvait plus l'aider désormais.

Harriet l'étudia, son regard allant et venant entre l'arme et lui. Tripp la vit changer. La colère remplaça sa peur.

— C'est quoi ton problème ?

Ses mains se posèrent sur ses hanches.

— Qui était à la porte hier soir ?

Son ton accusateur le déstabilisa et le mit sur la défensive.

— Je t'ai dit, quelqu'un avait la mauvaise adresse. Ils étaient perdus.

Il voyait bien que qu'elle ne le croyait pas.

— Que se passe-t-il réellement, Tripp ?

L'intonation inconnue de sa voix l'inquiéta. La femme aimante qui l'avait épousé et qui avait élevé ses enfants avait disparu. À sa place se tenait un pilier flamboyant de juste colère et d'indignation qu'il ne reconnaissait pas. Elle lui lança un regard noir, attendant une réponse.

— Je te l'ai dit. Dieu m'a dit d'aller à San Francisco.

Un regard lourd de haine croisa le sien.

— Conneries.

Tripp recula d'un pas, la bouche ouverte sous le choc.

Harriet s'avança vers lui.

— Cela n'a rien à voir avec un satané appel de Dieu.

Ses paroles le frappèrent comme une gifle et il recula d'un autre pas.

— Ouais, dit-elle d'un ton moqueur. Je n'ai pas cru à ces conneries quand nous avons quitté l'Alabama pour venir ici, mais je me suis tue et je t'ai suivi, parce que c'est ce qu'aurait fait une bonne épouse.

C'est mieux, ça, pensa Tripp. Peut-être qu'une fois qu'elle aurait dit ce qu'elle avait sur le cœur, elle se reprendrait.

— Mais je me suis juré que ce serait la dernière fois.

Elle fixa son regard sur lui.

— Je savais alors que tu étais complètement timbré, mais tu étais un bon père pour les garçons et tu subvenais à nos besoins. Je me fichais du reste, surtout après avoir obtenu mon masseur personnel.

Son ton le choqua autant que son langage. Au cours de leurs années de mariage, jamais elle ne lui avait parlé comme ça.

— J'ai fait des sacrifices pour rester avec toi, mais cela valait la peine d'être là pour les garçons. Je ne vais pas laisser ta folie envers les homosexuels détruire cette famille sans me battre.

Elle croisa les bras sur sa poitrine et lui lança un autre regard noir.

— Que se passe-t-il, bon sang ?

— Je n'ai pas le temps d'expliquer, Harriet. Nous devons partir. Maintenant.

Il pointa le pistolet vers la porte, en direction de la Continental garée dehors.

— Vas-y, tire-moi dessus. Je ne bougerai pas jusqu'à ce que tu me le dises.

Elle le foudroya du regard.

— Qu'est-ce que tu as fait ?

Sa confiance en elle l'impressionna. C'était vraiment une sacrée bonne femme.

Ivy avait aidé Harold à se relever. Ses fils se tenaient derrière elle, unis pour s'opposer à ses ordres.

— Dis-moi, Tripp. Qu'est-ce que c'est ? Qu'est-ce que tu as fait ?

Il ne pouvait pas le lui dire. Elle ne devrait jamais le savoir. Qu'elle pense ce qu'elle voulait. Rien de ce qu'elle imaginerait ne pourrait être aussi horrible que la vérité.

XLIV

LA SONNERIE stridente du téléphone tira Philip d'un lourd sommeil. Il se leva du canapé, son livre tombant au sol, et se dirigea vers le téléphone noir monté au mur près du réfrigérateur.

— Allô.

— Monsieur Potter, ici Shirley White, du DCPD. Je suis désolée de vous appeler au milieu de la nuit, mais je viens seulement de recevoir le message il y a quelques instants et votre avocat a dit que c'était important.

Il essuya ses yeux ensommeillés et bailla.

— Quelle heure est-il ?

— Presqu'une heure du matin. Je suis désolée de vous réveiller, mais nous avons disculpé Beau Carter et à moins que vous ayez des informations pour me diriger vers une autre piste, il ne me reste que vous comme suspect principal.

Elle n'avait pas l'air d'être la même femme. Il aurait pu sucrer son café avec la douceur de sa voix.

— J'ai peur que vous ne deviez passer par mon avocat. Vous l'avez entendu. Tant que je suis suspect, je ne peux pas répondre à vos questions.

— En fait, dit-elle de cette voix mielleuse inhabituelle, c'est pour cela que j'aimerais vous parler.

Il attendit qu'elle continue.

— Est-ce que vous possédez une voiture, Monsieur Potter ?

— Cela ressemble à une question, sergent.

— Oui, je suppose que vous avez raison, soupira-t-elle. Hormis les preuves circonstancielles, en supposant que ces meurtres soient liés, à l'exception du dernier, la personne responsable a eu besoin d'une voiture.

— Où est-ce que vous voulez en venir, sergent ?

Philip n'arrivait pas à croire à quel point il s'amusait de la faire languir.

— J'ai besoin de mon sommeil réparateur.

— D'accord.

Elle poussa un long soupir.

— Vous n'êtes pas suspect. Je sais que vous n'avez pas de voiture. Et si cela peut vous aider à vous sentir mieux, je n'ai jamais cru que vous étiez le tueur de toute façon.

Il lui parla de la visite de Terrence chez Tripp Clarkson et de sa conviction que Tripp était le tueur.

— Alors c'est Clarkson, au final. Est-ce que vous savez où trouver ce gamin, Terrence ?

Philip regarda vers la chambre d'amis et vit les boucles reconnaissables entre toutes, posées sur l'oreiller.

— Oui, il se trouve que je le sais.

— Amenez-le au poste quand vous le pourrez, que je puisse prendre sa déposition. En attendant, dès que je trouve un juge pour signer les documents, nous allons arrêter Clarkson et fouiller chez lui.

XLV

Dans la chambre qu'il avait partagée avec Harriet pendant treize ans, Tripp alluma un cierge pourpre, un reste des couronnes de l'Avent d'Harriet, et le plaça sur un bougeoir en cristal sur la table de chevet. La lumière vacillante éclaira une photo d'eux deux, beaucoup plus jeunes, souriant à l'appareil en se nourrissant l'un l'autre de leur gâteau de mariage. Des photographies de ses fils à différents âges se trouvaient aussi sur la table de nuit, la commode et au mur dans le long couloir. Un sanglot lui échappa.

Pousser sa famille à se préparer avait été beaucoup plus difficile qu'il ne l'avait prévu et cela avait pris plus de temps également. *Beaucoup* plus.

Éclaboussant le couloir d'essence en reculant, Tripp rejoignit la cuisine. Tant pis, ils ne donneraient pas tout aux pauvres. Le temps était écoulé et il espérait que le plan auquel il avait pensé leur permettrait d'en gagner un peu plus. Il éteignit la veilleuse sur la cuisinière à gaz et monta ensuite les quatre brûleurs au maximum.

L'odeur d'essence l'entoura pendant qu'il observait la cuisine où sa famille avait mangé le petit-déjeuner et le dîner tous les jours, sept jours par semaine, cinquante-deux semaines par an. Son idée était la meilleure. Il ne supporterait pas qu'une autre famille s'assied à cette table.

Il referma la porte derrière lui, s'assurant qu'elle était verrouillée, se rendant compte en rejoignant la Continental que cela n'avait pas d'importance.

Au lieu de l'aider, sa femme et ses fils avaient entravé ses progrès, avançant lentement et faisant ce qu'ils pouvaient pour ralentir leur départ.

Il avait joué le jeu un moment. Il avait besoin qu'ils l'aiment. Ils devaient savoir qu'il faisait cela pour leur bien et qu'il suivait simplement ce que Dieu avait prévu pour eux.

La fin justifie les moyens. Ils ne pouvaient pas comprendre. Il pensait au bien de tous, une chose qu'ils ne pouvaient pas voir parce qu'ils ne possédaient pas sa foi. Il allait les sauver, vraiment, d'un cauchemar plus horrible que ce qu'ils auraient pu imaginer.

Tripp prit place au volant et démarra le moteur. En reculant dans l'allée, la vision de sa famille, ligotée et bâillonnée sur la banquette arrière, le bouleversa. Les regards qu'Harriet lui avait lancés quand il tenait le pistolet contre la tête d'Harold alors qu'elle attachait Ivy lui avaient brisé le cœur. Mais il n'y pouvait rien. Il était à court d'options.

XLVI

Le Sergent Shirley White tapa un mandat d'arrêt à l'encontre de Simon Peter Clarkson III et un mandat de perquisition pour le 971 Hampton Avenue, à Chevy Chase.

Elle se rendit au domicile du Juge Overly pour une signature afin qu'ils puissent aller de l'avant. Sa femme bovine aux cheveux bleus était prête à jurer sur une montagne de bibles que Son Honneur recevait des traitements médicaux, quelque part en dehors de la ville.

Une heure plus tard, la secrétaire du juge contredit Madame Overly, mais se montra réticente à fournir des informations sur ses allées et venues. Shirley la persuada de coopérer, et espéra que la secrétaire loyale ne dirait pas au juge qu'elle l'avait menacée d'entrave à la justice.

Deux heures plus tard, après avoir beaucoup frappé à la porte, Shirley le trouva bien réveillé dans une suite de l'hôtel Mayflower. Elle interrompit sa séance avec deux prostituées habillées en infirmière, du moins si un hôpital avait été dirigé par Hugh Hefner.

Le Juge Overly signa le mandat en sous-vêtements, un boxeur bleu pâle et un tee-shirt gris informe qui avait été blanc à l'origine, mentionnant en lui rendant le mandat de perquisition qu'il apprécierait son silence au sujet de son traitement médical unique en son genre.

— Certainement, Votre Honneur, et je prierai tous les jours pour votre prompt rétablissement, avait-elle répondu.

Derrière lui, les infirmières s'embrassaient dans le lit, incapables d'attendre son retour ou refusant de le faire.

Le salaud ! Elle avait perdu plus de deux heures à le trouver. Ce dont elle avait vraiment envie, c'était de le coffrer pour proxénétisme. Bon sang, elle pourrait même ajouter des accusations d'entrave à la justice. Elle se fichait de qui ce vieux con baisait, mais si le temps qu'elle avait perdu lui faisait manquer sa chance, elle l'attaquerait en justice, c'était certain.

Elle contacta le poste par radio pour les informer que le juge avait signé les mandats. Chaque agent disponible à Washington et dans le sud du Maryland convergea vers Chevy Chase. Alors qu'elle conduisait à toute vitesse sur Wisconsin Avenue, Shirley entendit les sirènes et sut qu'elle était proche. Elle espérait qu'ils n'arrivaient pas trop tard.

Sur Hampton Avenue, elle fit taire la sirène et dévala la longue route sinueuse, son gyrophare allumé. Tandis que les chiffres le long du trottoir approchaient du 971, elle fouilla la rue du regard.

Contrairement aux autres maisons, toutes les lumières étaient allumées dans la maison d'architecte qu'elle pensait être sa destination. Elle leva le pied de l'accélérateur en approchant, cherchant des silhouettes aux fenêtres ou tout autre signe de vie. Rien.

Aucune Continental jaune non plus. Bon sang. Ils arrivaient trop tard. Il était parti.

Elle s'arrêta au pied de l'allée et ouvrit sa portière. Alors qu'elle allait sortir de sa voiture, le 971 Hampton Avenue explosa.

La portière de la voiture se referma en claquant sous la force de l'explosion, la projetant dans sa voiture. Des fragments enflammés retombèrent dans le ciel nocturne. Elle n'avait jamais rien vu de tel. Un instant, la maison allait bien. L'instant d'après, toute la structure était engouffrée par les flammes. Elle avait eu de la chance de s'en sortir indemne, hormis le souffle coupé.

Shirley fit marche arrière pour se mettre à une distance de sécurité de l'incendie, et regarda le feu faire rage. Même si elle avait manqué le coche, elle n'attaquerait pas le juge pour ses crimes. Ce retard lui avait très probablement sauvé la vie.

Être passée si près la convainquit. L'heure était venue. Elle allait tirer un coup ce week-end, même si elle devait payer pour ça.

XLVII

Après avoir parlé avec le Sergent White, Philip appela George et l'informa des événements récents.

— Elle veut que j'emmène Terrence afin de prendre sa déposition.

— Donnez-moi trente minutes et je viendrai vous chercher, répondit George. Et s'il vous plaît, attendez que j'arrive.

Philip jeta un coup d'œil à l'horloge.

— Il est trois heures du matin. Où est-ce que je pourrais aller ?

— S'il vous plaît, promettez-moi de n'aller nulle part avant que j'arrive.

— À supposer que vous arriviez d'ici vingt minutes, je vous le promets.

Il raccrocha le téléphone puis alla vérifier si Terrence allait bien.

— Tu es réveillé ?

— Oui. Le téléphone m'a réveillé.

Terrence se redressa sur le lit, les couvertures autour des hanches, et s'étira.

— Qu'est-ce qui se passe ?

— La police veut te parler au sujet de Clarkson.

Terrence sauta hors du lit.

— Donc vous me croyez ? Je sais que c'est lui.

— Oui, tout le monde te croit. Maintenant, habille-toi, nous devons nous dépêcher. Mon avocat est en chemin pour venir nous chercher.

— Le fameux George Walker ?

Terrence se tenait près du lit, nu… balayant la pièce du regard pour trouver ses vêtements.

— Anthony l'idolâtrait.

— Oui, répondit Philip. Le fameux George Walker.

Il ne s'était pas rendu compte qu'Anthony avait si bon goût en matière d'hommes.

— Cool ! s'exclama Terrence. J'ai hâte de le rencontrer.

Il se pencha et chercha sous le lit.

— Est-ce que vous savez où j'ai laissé mes vêtements ?

Même s'il était mignon, Philip aurait préféré que Terrence se couvre d'un drap ou de quelque chose, mais il savait qu'il essayait simplement de jouer avec lui.

— Tu les as laissés en tas près de la baignoire.

— Oh, ouais.

Terrence parada jusqu'à la salle de bain. Quand il atteignit la porte, il s'arrêta.

— Je suis vraiment heureux d'être venu vous voir. J'aime bien être ici. Merci de m'avoir laissé prendre un bain, d'avoir cuisiné pour moi et de ne pas m'avoir forcé à retourner au refuge.

Son regard sérieux toucha Philip en plein cœur.

— De rien, Terrence.

QUINZE MINUTES plus tard, George se gara devant l'appartement de Philip pour les emmener au poste de police. Terrence grimpa à l'arrière et Philip se glissa sur le siège passager.

— George, voici Terrence Bottom. C'est un ami d'Anthony et il l'aidait dans son enquête.

— Ravi de vous rencontrer, dit Terrence en serrant la main de George. Anthony n'avait jamais mentionné à quel point vous étiez beau.

Philip n'arrivait pas à y croire : George rougissait. Quand ils atteignirent le poste de police, Terrence et Philip l'avaient informé de tout ce qu'ils savaient.

Le sergent White était sorti, mais elle avait contacté le poste par radio : elle était sur le chemin du retour. Elle passa la porte dix minutes plus tard et les fit entrer dans son bureau, expliquant en marchant que Clarkson était devenu son principal suspect.

— Qu'est-ce que vos amis de la *Mattachine Society* vous ont dit à son sujet ?

Elle s'installa derrière son bureau, les bras croisés sur sa poitrine. Philip remarqua que son ton était amical, presque gentil.

— Clarkson et le chef de la police sont amis, ils vont à l'église ensemble, et il donne des indications au chef pour savoir où conduire des opérations d'infiltration et des descentes.

Elle siffla doucement.

— Eh bien, que je sois damnée.

Elle se pencha sur sa chaise.

— Même la brigade des mœurs n'était pas au courant de certains de ces endroits. Nous nous sommes toujours demandés comment le chef les connaissait. Je pensais qu'il était peut-être dans le placard. Vous savez ce qu'on dit, ce sont ceux qui en parlent le plus…

— Vous avez bien raison, sergent, répondit Terrence. Seulement dans ce cas, Tripp Clarkson est celui qui en parle.

Enhardi par la gentillesse du sergent White, Philip continua.

— Ils m'ont aussi parlé d'un agent Robinson, ils disent que c'est un mauvais flic.

— Ah oui ?

Philip s'était attendu à une réaction différente. Au lieu de se mettre sur la défensive, elle semblait… triomphante.

— Fermez ça, voulez-vous ?

Terrence tendit le bras et ferma la porte. Les trois hommes se regardèrent, puis se tournèrent vers le sergent White, attendant qu'elle parle.

Elle croisa ses mains et les posa sur la table.

— Monsieur Potter, au nom du DCPD, je veux m'excuser pour le comportement de l'agent Robinson le soir du décès de Monsieur Walker. Notre objectif est de servir et de protéger tous les citoyens, et pas seulement les blancs hétérosexuels. Le comportement de l'agent Robinson la veille de Noël était inexcusable.

Philip acquiesça.

— Merci, sergent. Mais comment saviez-vous ?

— Monsieur Carter me l'a dit. Je me suis entretenu avec les affaires internes et ils ont lancé une enquête sur l'ensemble du département. Monter une affaire à son encontre, ou à l'encontre d'autres agents qui dépassent les bornes, prendra un certain temps.

Elle marqua une pause et son expression changea, comme si une idée venait de lui venir.

— Sauf bien sûr si vos amis de la *Mattachine Society* ont des informations qui pourraient accélérer les choses.

Philip haussa les épaules.

— Je ne peux pas parler en son nom, mais je suppose que le Docteur Kameny serait ravi de partager ses dossiers avec vous, surtout si cela peut vous aider à débarrasser les forces de l'ordre de Robinson et d'autres hommes comme lui.

— Bien. Alors je lui passerai un coup de fil.

Elle prit une profonde inspiration et expira lentement.

— Il y a autre chose que vous devriez savoir.

Elle fit une nouvelle pause, comme si elle réfléchissait à ses paroles.

— La police n'est jamais entrée dans votre appartement la veille de Noël.

Philip était confus.

— Si la police n'est pas responsable, qui aurait fait une chose pareille ? Son regard s'adoucit.

— Beau Carter.

— C'est impossible, dit Philip. Qu'est-ce qui vous a donné cette idée ?

— Carter a avoué. Il avait la folle idée que vous aider à vous occuper de cet acte de vandalisme vous donnerait une chance de le connaître.

Terrence siffla tout bas.

— Mauvaise idée.

La tête de Philip lui tournait. Il se souvenait d'avoir senti la peinture en entrant dans son appartement, le jour de Noël. Il ne le savait pas alors, mais il l'avait appris depuis grâce à son expérience de décoration : une odeur si forte signifiait que la peinture avait à peine eu le temps de sécher… donc qu'elle avait été pulvérisée après que la police eut quitté les lieux.

— Il y a autre chose, dit-elle. Êtes-vous au courant pour Rudy ?

— Rudy ? demanda George. Qui est-ce ?

— James, répondit Philip. Rudy est le nom qu'il utilisait dans la rue. Qu'est-ce que cela a à voir avec tout ça ?

— Monsieur Carter était l'un des clients réguliers de Rudy, répondit Terrence. Je ne voulais pas vous en parler parce que je pensais que vous sortiez ensemble. C'est comme ça que tous les garçons le connaissaient.

— Impossible !

Philip n'arrivait pas à y croire. Son monde s'effondrait.

— J'ai bien peur qu'il ait raison, dit le sergent White. Monsieur Carter ne savait pas que son Rudy était votre James, jusqu'à ce qu'il voie la photo sur votre commode. Si cela peut vous consoler, il a dit que James vous adorait et était terrifié que vous découvriez ce qu'il faisait. Voulez-vous porter plainte pour vandalisme contre Monsieur Carter ?

Philip pensa que Beau avait été suffisamment puni pour son acte insensé et désespéré.

— Non, cela causerait sa perte. Pas besoin d'empirer cette situation déjà houleuse.

— Avez-vous arrêté Clarkson ? demanda George.

207

Il était en train de changer de sujet. Philip ne pouvait pas le blâmer. Il n'aimait pas non plus qu'on lui rappelle la vie que James avait choisie.

— Non.

Elle inspira longuement.

— Quand j'ai réussi à obtenir le mandat de perquisition, il avait déjà quitté le nid. J'ai lancé un avis de recherche à toutes les patrouilles pour retrouver sa Continental. On le trouvera tôt ou tard. À en juger par la petite surprise qu'il a laissée pour nous chez lui, il n'a plus de choix.

XLVIII

Tripp Clarkson et Billy Fleming, son meilleur ami depuis la maternelle, passèrent les premières semaines de l'été après leur année de cinquième à construire une cabane derrière le garage des Clarkson. Ils avaient récupéré des planches et de gros morceaux de contreplaqué dans le chantier qui semblait être apparu en pleine nuit dans les pâturages, de l'autre côté de la clôture du jardin. Une fois terminée, ils avaient peint leur structure à l'intérieur et à l'extérieur, ajoutant « Interdiction d'entrer ! » et « Interdit aux filles ! » sur la porte.

Billy et Tripp étaient allongés côte à côte sur un vieux tapis qu'ils avaient jeté par terre pour servir de moquette, regardant le plafond. Billy avait passé ses mains derrière sa tête. Il roula sur le flanc, posant sa tête sur un coude.

— Est-ce que notre cabane est aussi bien que tu pensais ?

Tripp roula sur le flanc et imita la position de Billy.

— Encore mieux que je ne l'imaginais.

— Ah oui ? Pourquoi ça ?

Il haussa les épaules.

— Je sais pas. L'intimité, je suppose. C'est comme être à l'intérieur sans avoir maman ou papa en train de surveiller tout ce que je fais.

Billy roula sur le dos.

— Ouais. Je vois ce que tu veux dire. Bon sang, je ne peux même pas me branler chez moi sans que l'un de mes petits frères veuille savoir ce que je suis en train de faire.

Tripp ne voulait pas avouer à Billy qu'il ne savait pas ce que « branler » voulait dire.

— Ouais, moi non plus, répondit-il en espérant que cela ne trahirait pas son ignorance.

— Tu veux le faire maintenant ? ricana Billy. Comme on est meilleurs amis, ça serait pas un problème.

Tripp était coincé. Il ne savait pas quoi dire. La panique le rendit muet.

— Alors ?

Tripp entendit le défi dans la voix de Billy.

209

— Euh, bien sûr... tout ce que tu veux.

Billy se pencha pour récupérer une boîte à cigares que Tripp n'avait pas remarquée auparavant, sous le tapis. À l'intérieur se trouvait un paquet de cigarettes à moitié vide, des allumettes de cuisine, une patte de lapin vert vif, un couteau suisse et une petite pile de cartes postales. Il tendit plusieurs des cartes postales à Tripp.

— Jette un œil à ça !

Billy se leva, retira son pantalon et son tee-shirt, et s'assis en tailleur à côté de Tripp en caleçon rayé et chaussettes blanches.

Tripp resta bouche bée. Sur les cartes se trouvaient des photos de femmes nues, une chose qu'il n'avait jamais vue auparavant. Sa réaction le surprit. Plutôt qu'être intrigué ou fasciné ou excité, une femme s'affichant de telle manière le répugnait.

— Tu aimes ça ?

Billy étudiait la carte postale qu'il tenait dans une main et glissait l'autre de haut en bas du pénis en érection qui dépassait de son caleçon.

C'est alors que le démon fit connaître sa présence pour la première fois. Tripp ne put s'en empêcher. Les cartes postales tombèrent au sol, oubliées. Il n'arrivait pas à s'empêcher de regarder l'érection de Billy. Sans se rendre compte de ce qui se passait, il tendit la main, saisissant le sexe dans son poing et bougeant sa main de haut en bas.

— Hé, qu'est-ce que tu fais ?

Hypnotisé, Tripp l'ignora, toute son attention rivée aux caresses sur le sexe de Billy. Il ne pouvait pas s'arrêter.

— Putain, mec, c'est trop bon.

Billy décroisa les jambes et se laissa retomber sur le tapis.

Tripp fit glisser le caleçon de Billy jusqu'à ses genoux et se débarrassa de son propre pantalon et de ses sous-vêtements tout en continuant à le caresser, glissant sa main plus bas pour prendre les testicules de Billy en coupe. Grâce aux bruits qui provenaient de Billy, il se sentait tout-puissant. Tripp laissa courir ses doigts à travers les poils pubiens, puis, sans savoir pourquoi, il prit le sexe durci dans sa bouche.

Aucun des deux garçons ne vit le père de Tripp entrer dans la cabane. Ils ne l'entendirent pas défaire sa ceinture et la retirer de son pantalon, ni le sifflement de la ceinture sur sa trajectoire avant d'entrer en collision avec les fesses de Tripp.

IL NE se souvenait pas de ce qui s'était passé après ça, mais à en juger par les cicatrices sur ses fesses, il avait pris une sacrée raclée de la part de son père. Il n'avait jamais revu Billy et s'était demandé si son père lui avait peut-être fait quelque chose également.

Un bruit sourd à l'arrière de la voiture le poussa à regarder dans le rétroviseur. Il avait été forcé de déplacer sa femme et ses fils dans le coffre avant de s'arrêter pour prendre de l'essence, et il considérait qu'il s'agissait d'un miracle que le pompiste ne les ait pas entendus se débattre.

Cela avait été le dernier signe de Dieu lui indiquant qu'il était sur la bonne voie. Même s'il essayait, Tripp ne voyait pas de moyen de s'en sortir. Ses prières restaient sans réponses. Il conduisit sans destination en tête, presque aveuglé par les larmes. Comment les choses avaient-elles tant dégénéré ? Qu'avait-il fait pour mériter le film d'horreur qu'était devenue sa vie ?

Ses prières devinrent des insultes. Dieu l'avait abandonné alors qu'il avait le plus besoin de lui. Il était seul. Nulle part où se tourner. Nulle part où se cacher.

Il ne restait qu'une seule option. Il n'avait plus aucune chance. Le démon avait triomphé. La rivière Anacostia le purifierait de ses péchés et il serait à nouveau libre.

XLIX

Philip se leva et se prépara à partir. Terrence avait fait sa déposition. Ils en avaient terminé ici. Terrence et George se levèrent pour le suivre.

Le téléphone sur le bureau du sergent White se mit à sonner. Elle saisit le combiné.

— Ici White.

Philip put entendre quelqu'un parler, mais ne réussit pas à comprendre les paroles.

Les yeux du sergent White s'écarquillèrent.

— Merde ! Il se dirige vers la vieille usine désaffectée de parachutes où il a tué Anthony Vincent. Je suis en route.

Elle reposa le téléphone dans un claquement et se dirigea vers la porte.

— Nous l'avons trouvé.

— Je veux venir avec vous ! dit Terrence, en courant près d'elle.

George et Philip se précipitèrent à sa suite.

— Non, répondit-elle en marchant rapidement vers la sortie. Il est armé et dangereux. Vous ne pouvez pas venir.

Terrence frappa du pied par terre.

— Oh, allez !

Elle s'arrêta.

— Vous ne venez pas avec moi. Est-ce que je me suis bien fait comprendre ?

— Vite ! cria Philip depuis le siège passager de la Thunderbird de George.

Terrence était sur la banquette arrière, penché vers l'avant, un coude sur chacun des sièges baquets.

— Je n'arrive pas à croire que vous m'ayez convaincu de faire ça, dit George. Le sergent White nous a clairement fait comprendre qu'elle ne voulait pas que nous venions avec elle.

— Et ce n'est pas le cas, répondit Philip. Nous venons de nous-mêmes. Conduisez !

— Merci, George, ajouta Terrence. J'aurais dû me trouver avec Daniel ce soir-là. Anthony aussi… je voulais venir, mais il ne m'a pas laissé faire. Ils seraient peut-être encore là aujourd'hui si je l'avais fait.

Philip se souvint d'avoir eu des pensées similaires, puis des paroles de Mary.

— Quand on repense aux choses après coup, c'est toujours à double tranchant. Ce qui est fait est fait.

— Je sais, répondit Terrence. Mais il faut que je sois là quand ils l'attraperont… pour Daniel, Lanny, Anthony, et les autres gars qu'il a tués.

Ils conduisirent en silence, concentrés sur la route devant eux. Philip peinait à voir au-delà des phares et écoutait pour entendre des sirènes.

— Vous faites un joli couple, tous les deux, déclara Terrence. Philip est bel homme… vous devriez le voir en peignoir.

— Je l'ai vu, dit George. Ça a clairement retenu mon attention.

Philip resta bouche bée en se rappelant du jour où ils s'étaient rencontrés.

— Depuis combien de temps êtes-vous ensemble ?

George leva sa main gantée jusqu'à sa bouche. Philip n'en était pas certain, mais il pensa que George cachait un sourire.

— Terrence, Monsieur Walker est un homme marié.

Terrence leva les yeux au ciel.

— Comme si ça signifiait quelque chose. La plupart de mes clients le sont aussi. La femme d'un des types lui donne même l'argent. Ce sont les années soixante… faites ce qui vous plaît.

Philip décida de changer de conversation.

— Terrence, qu'est-ce qui pourrait t'empêcher de faire le trottoir ?

— Oh, ça c'est facile : un bon « papa-gâteau [18] ». Si je vivais dans un bel appartement comme le vôtre, Philip, je quitterais la rue. Et contrairement à votre Rudy, vous ne me retrouveriez jamais dehors. Non monsieur, loin de là.

— Tournez à droite ici après la station essence, George.

Philip indiqua l'avant de la voiture.

— Je sais où nous allons, Philip. Mais merci de vous en assurer.

Terrence éclata de rire.

— Vous êtes adorables, tous les deux.

---

18 Homme d'un certain âge qui entretient un(e) amant(e) très jeune. (De l'anglais « sugar daddy »)

— Alors, Terrence, dit Philip en l'ignorant. Si tu avais un endroit agréable où vivre et que tes soucis d'argent étaient terminés, qu'est-ce que tu ferais ?

— Hum, répondit Terrence en penchant la tête et en réfléchissant à la question.

— Quelque chose qui ait à voir avec la photographie ? demanda George.

Le rebond de ses boucles suggéra une réponse négative.

— Non, je ne pense pas. J'aime prendre des photos, mais je veux être de l'autre côté de l'appareil. Quelqu'un que tout le monde remarque. Je veux être apprécié et admiré, pas seulement parce que je suis magnifique. Je veux dire, ça va de soi. Mais faire une différence dans le monde.

Philip tourna la tête pour pouvoir le voir.

— Terrence, je dois dire que tu es un jeune homme exceptionnel. Un original. Je n'ai jamais rencontré quelqu'un comme toi et je crois que tu seras capable de réussir tout ce que tu décideras de faire.

Terrence soutint son regard.

— Vous le pensez vraiment ?

— Oui. J'en suis certain. Et je te promets de faire tout ce que je pourrais pour t'aider.

— Moi aussi, ajouta George. Waouh. Regardez toutes ces voitures de police.

Au-delà du long capot de la Thunderbird, Philip vit la scène qui se déroulait sur le parking de l'usine de parachutes.

— Ils l'ont coincé.

L

TRIPP ENTRA sur le parking de l'usine de parachutes et se dirigea vers la rivière. De la vapeur dérivait vers le pont depuis la grille. Il remarqua que les caisses avaient disparu. Brûlées, à en juger par le tas de cendres à côté du chevalet en béton.

Il arrêta la voiture, retira les clés du contact et se dirigea vers l'arrière de la Continental. Les coups provenant du coffre un peu plus tôt s'étaient arrêtés, mais ils reprirent dès l'instant où il tourna la clef pour ouvrir le loquet.

L'odeur d'urine envahit son nez. Il n'en était pas surpris. Ils étaient dans le coffre depuis des heures. Et ce n'était pas comme s'ils pouvaient s'arrêter pour aller aux toilettes. Ils avaient soif, sans aucun doute, et faim aussi.

Au moins, il n'avait plus à se soucier que sa famille découvre tout. Il leur avait tout dit, et comme il l'avait craint, ils ne comprenaient pas que le démon avait frappé son âme et le hantait depuis si longtemps.

Dieu le pardonnerait pour leur souffrance. Tout ce qu'il avait besoin de faire, c'était se confesser, et la rivière purifierait ses péchés. Et avec le sacrifice qu'il prévoyait de faire, il savait que cette fois il vaincrait le démon une bonne fois pour toutes.

La vue de sa femme et de ses fils allongés dans le coffre le fit pleurer. Il avait utilisé presque tout en rouleau de ruban adhésif pour immobiliser sa famille. Des yeux effrayés suivaient chacun de ses mouvements. Du ruban adhésif recouvrait leur bouche, les empêchant de pousser autre chose que des grognements étouffés quand il les souleva un par un par-dessus son épaule pour les aligner comme des sacs à patates le long du côté passager de la Continental. Ils pouvaient voir la rivière, ainsi. Être témoin de son absolution.

Il se tenait debout devant eux, le Walther à la main, son dos tourné vers l'eau qui le purifierait de ses péchés. Sa main tremblait quand il leva l'arme, la pointant vers sa famille qui le dévisageait, terrifiée.

— Je suis tellement désolé, sanglota-t-il.

215

Il leur parla de nouveau de son démon, essayant de leur faire comprendre comment il lui avait rendu visite à travers sa vie, à commencer par ce jour avec Billy Fleming. Il expliqua à travers ses larmes les efforts extraordinaires qu'il avait fournis pour le vaincre, et comment découvrir Asa dans la Bible lui avait offert un chemin vers le salut. Tandis qu'il parlait, il retira ses vêtements, passant le Walther d'une main à l'autre tandis qu'il déboutonnait, délaçait et se déshabillait.

Nu, il se tourna vers Harriet.

— Même si je n'ai pas toujours été en mesure d'exercer mes fonctions maritales, je t'ai toujours aimée, Harriet.

Il pointa l'arme vers elle.

— Tu m'as toujours rendu fier de t'appeler mon épouse.

Les yeux d'Harriet s'écarquillèrent. Il se rapprocha et elle secoua la tête de gauche à droite, plaidant pour sa vie.

Une file de voitures de police se déversa dans le parking et se gara en demi-cercle autour de lui. Il était piégé désormais, la rivière derrière lui, une mer d'hommes en bleu pointant leurs armes vers lui, cachés derrière les portières ouvertes de leurs voitures.

Il leva la main, pointant le canon vers la femme qu'il aimait.

— Étant donné que je t'aime tellement, je vais te sacrifier en premier, Harriet, pour que tu ne voies pas ce qui arrivera à tes fils.

Il tira sur la gâchette, puis pointa le pistolet vers Ivy.

— Tout ça, c'est de ta faute, sanglota-t-il. Sans toi, rien de tout cela ne serait arrivé.

LI

SHIRLEY WHITE s'accroupit derrière la portière ouverte de sa voiture de patrouille et pointa son fusil vers Tripp Clarkson. Il était nu, tenait un pistolet à la main et l'agitait dans tous les sens tout en parlant à quelqu'un qu'elle ne pouvait pas voir.

— Qu'est-ce qui se passe ici ? aboya-t-elle dans sa radio. Est-ce que quelqu'un a un visuel ?

La radio crépita.

— Le sujet est entièrement nu et brandit une arme.

Elle secoua la tête. *Sans déconner.*

— Est-ce que quelqu'un peut voir à qui il parle ?

Le pistolet de Clarkson retentit.

— Bordel !

Elle relâcha la radio et s'empara de son fusil.

Le pistolet retentit de nouveau. Son entraînement prit le dessus. Elle leva son fusil, visa et tira.

LII

PHILIP REGARDA avec horreur un Tripp Clarkson nu comme un ver, faire un bond vers l'arrière avant de disparaître. Une armée de forces de police s'avança, leur fusil pointé, avant de submerger la Continental.

Il ouvrit la portière de la voiture.

— Où est-ce que vous croyez aller ? demanda George.

Avant que Philip puisse répondre, Terrence passa devant lui et courut vers la voiture jaune. Il avait sorti son appareil photo et l'enchaînement rapide du flash indiquait qu'il était en train de s'en servir.

— Terrence, arrête ! cria Philip avant de courir à sa suite. Venez, George !

Quand George et lui atteignirent la Continental, essoufflés de leur course, les agents de police retiraient du ruban adhésif des mains, des genoux et des chevilles d'un jeune homme hagard. Une femme et un autre jeune homme, tous les deux ligotés et bâillonnés par du ruban adhésif, gisaient près du véhicule, morts. Près de la rivière, le corps sans vie de Tripp Clarkson était étendu au sol.

Où était Terrence ? Philip ne vit aucun signe de lui ou du flash de son appareil photo. Puis il remarqua deux policiers tenant quelqu'un avec une masse de cheveux blonds, le visage contre le sol. À côté d'eux, un autre agent était allongé par terre sur le dos, les genoux relevés, ses deux mains protégeant ses bijoux de famille.

Philip donna un coup de coude à George avant de lui indiquer la scène.

— Je pense que quelqu'un va avoir besoin d'un bon avocat.

— Je pensais vous avoir dit de rester au poste, dit le sergent White derrière eux.

— Non, répondit Philip, vous avez dit que nous ne pouvions pas venir avec vous. Ça n'a pas été le cas. Nous sommes venus par nos propres moyens.

— Oui, renchérit George. Nous voulions venir pêcher un peu. Imaginez notre surprise de vous revoir ici.

— Laissez-moi ! Mon avocat va vous le faire payer cher, je le promets !

Le sergent White se tenait debout, les bras croisés, regardant un Terrence furieux se débattre sous les hommes qui le maintenaient au sol.

— Potter, vous allez vous occuper de ça ou dois-je le faire ?

— Je vais m'en occuper. Rappelez vos chiens, dit Philip en se dirigeant vers la bagarre. Terrence, ils ne te relâcheront pas tant que tu ne te seras pas calmé.

— Hicks. Johnson. Ça suffit. Lâchez-le.

Les deux agents se regardèrent, s'assurant de le relâcher en même temps avant de sauter hors de portée. Terrence jaillit du sol, donnant des coups de pied dans toutes les directions. L'agent de police aux organes génitaux endommagés roula pour s'écarter et essaya de se lever, tenant toujours son entrejambe.

Philip se tenait juste hors de portée, observant Terrence et attendant qu'il se calme. Pour un gamin aussi chétif, sa capacité à intimider des hommes beaucoup plus grands que lui, et des agents de police de surcroît, était sacrément impressionnante.

— Très bien, Terrence. Ça suffit.

Il marcha d'un pas lourd vers Philip.

— Ce trou du cul a pris mon appareil photo. George, est-ce qu'il a le droit de faire ça ? Je veux le poursuivre en justice.

— Fiston, répondit le sergent White, tu ferais mieux de te surveiller. Tu as agressé un agent de la paix.

Terrence s'avança vers elle, les poings serrés.

— Il a pris mon appareil photo !

George s'interposa.

— Allez, Terrence. Allons marcher un peu tous les deux.

Tandis qu'ils s'éloignaient, George tenant le coude de Terrence, Philip plaida auprès du sergent White.

— Lâchez-lui un peu de lest, s'il vous plaît. Il a traversé beaucoup de choses depuis Noël. Clarkson a tué son petit ami, un autre ami du refuge, puis son meilleur ami.

Elle posa les mains sur ses hanches.

— Potter, vous êtes un homme bon et j'apprécie votre intérêt. Mais vous devriez savoir désormais que ça ne sert à rien de me dire quoi faire.

219

Il était sur le point de lui présenter ses excuses quand il vit son sourire.

— Mais comme je vous aime bien, nous allons prétendre que cette petite bagarre au sujet de l'appareil photo n'a jamais eu lieu.

— Je vous remercie, sergent. Je vous suis redevable.

LIII

HAROLD MÉPRISAIT tout ce qui concernait sa famille d'accueil. Sa famille décédée était allée à l'église tous les dimanches. Mais en dehors de l'église et des discours occasionnels de Poppa, même si Harold l'aurait réfuté un mois plus tôt, ils n'étaient pas des pratiquants très dévots.

Vivre avec les Palmer lui avait montré la différence. Ils priaient quand ils se levaient le matin, avant chaque repas, avant de se coucher et à travers la journée, à la moindre provocation. Il avait béni, prié et remercié davantage au cours des deux dernières semaines que toutes les années précédentes confondues. L'ironie était qu'il ne s'était jamais senti aussi malheureux.

Être placé chez les Palmer, une famille terne et ennuyeuse, était un châtiment cruel et inhabituel. Même s'il était fou, son père avait au moins apprécié les belles choses et même si Harold n'avait jamais aimé les choix de Poppa en matière de style pour lui, les mêmes sélections avaient été pas mal sur Pete. Mais cette maison laide le vidait de toute son énergie et il aurait préféré porter un sac à patates plutôt qu'enfiler ce qu'il avait vu sur la mère ou ses trois filles. Sans parler de ce qu'ils portaient sous ces vêtements hideux.

Il soupira, souhaitant pouvoir se rappeler quoi que ce soit de cette nuit terrible, tout en espérant malgré tout que cela ne serait jamais le cas. Les faits qui lui avaient été présentés de manière directe par le travailleur social étaient assez terribles.

Se souvenir ne lui importait pas autant que le fait qu'il n'y arrivait pas. La dernière chose dont il se souvenait, c'était de son père pointant un pistolet vers lui. Sans les marques sur ses joues et ses poignets à cause du ruban adhésif, il n'aurait jamais cru à quel point les choses avaient dégénéré. Il avait de la chance d'être en vie.

Parfois, il souhaitait que Poppa l'ait tué à la place. Son père n'avait jamais vraiment embêté Harold ni été capable de le changer. Il avait toujours su que son père était fou et comme il n'avait jamais pris ses critiques à cœur, il avait émergé de cette jeunesse infernale plus ou moins intact.

Les choses avaient été différentes pour Pete. Hormis le temps passé à l'école et les soirées où Poppa n'était pas à la maison, Pete n'avait jamais échappé à son contrôle. Ses critiques constantes avaient démoralisé Pete, l'empêchant de devenir le garçon enjoué et typiquement américain qu'il aurait été avec n'importe quel autre père. Il avait mérité mieux. Ils avaient mérité mieux, tous les deux.

Perdre sa mère était difficile. Au moins, il avait les valises qu'elle avait empaquetées pour elle-même, ainsi que sa propre chambre, avec un verrou sur la porte qui fonctionnait, même s'il avait découvert qu'ils avaient une clé qu'ils utilisaient s'il refusait d'ouvrir.

Après avoir porté les mêmes vêtements pendant une semaine, Madame Palmer lui avait demandé s'il avait autre chose à porter dans ses valises. Mais elle n'avait pas du tout été ravie quand il était descendu dîner dans le costume rose d'Harriet avec sa petite cape assortie. Même si elle était rose, c'était la seule tenue qu'elle avait emportée qui comportait un chapeau, et puisqu'il n'avait pas de perruque, il n'avait pas d'autre choix. À côté de ses filles inélégantes, le fait que le rose ne soit pas sa couleur préférée n'avait pas d'importance. Il restait la plus jolie fille de la pièce.

Puis ils étaient allés faire des courses pour lui. Oh, il aurait tout donné pour un joli pantalon bleu marine ou même un chandail recouvert de pompons. Tout sauf ces chemises en flanelle et ces pantalons en jean, deux de chaque, qu'ils avaient acheté pour lui dans un magasin où tout était à dix centimes. En plus, il avait dû faire des corvées supplémentaires pour rembourser l'argent qu'ils avaient dépensé, et c'était la goutte d'eau qui avait fait déborder le vase.

À la place des plats créatifs et imaginatifs que sa mère avait préparés, la nourriture fade et sans goût de Madame Palmer se ressemblait chaque jour. Ses boulettes sauce marinara avaient le même goût et le même aspect que son poisson avec des frites, ce qui lui faisait penser qu'elle jouait à un jeu, donnant un nom différent à ce gruau huileux et nocif à chaque repas pour le faire passer plus facilement. Mais il l'avait assez observée pour voir qu'elle semblait utiliser les bons ingrédients. C'était la conception, le problème. La seule chose qu'on utilisait plus que les toilettes dans cette maison de prière, c'était le mixeur de Madame Palmer.

Quand Philip, l'homme à barbiche qui avait laissé tomber son mouchoir à l'un des discours de Poppa, vint le voir, Harold se jeta dans ses bras et lui demanda de le sauver de cet endroit horrible et de cette terrible famille. Harold espérait que Philip disait la vérité quand il avait promis de voir ce qu'il pourrait faire. Il ne savait pas combien de temps il tiendrait.

LIV

Le Sergent White referma le dossier qu'elle avait été en train de lire lorsque Philip entra dans son bureau.

— Philip Potter !

Elle se leva et contourna son bureau pour lui serrer la main.

— Je vous remercie vraiment d'être venu me voir. Je sais que vous êtes un homme occupé.

Il ne savait que penser de la nouvelle version amicale du sergent White qui se tenait devant lui. C'était clairement mieux que la femme qui avait cru qu'il était un meurtrier.

— Heureux de vous revoir aussi, sergent White.

— C'est Lieutenant, maintenant.

Elle indiqua le gallon sur son épaule.

— Une promotion !

Philip pensa lui tapoter le dos et décida de n'en rien faire.

— Et amplement méritée, si je puis me permettre.

— Merci.

Elle l'attira à lui et le serra dans ses bras.

— Et je ne pense pas que cela aurait pu arriver sans votre aide.

Philip la serra contre lui en retour, se demandant ce qui était arrivé à la femme qu'il avait autrefois redouté.

— Mon aide ? demanda-t-il en secouant la tête. Je n'ai rien fait.

— Eh bien, dit-elle en reculant d'un pas et en souriant. Ce n'est pas tout à fait vrai.

— Est-ce que j'ai besoin de mon avocat ?

Philip lui sourit de toutes ses dents.

Elle éclata de rire.

— Non, pas cette fois.

Elle s'assit derrière son bureau et lui indiqua un siège.

— Installez-vous.

Philip s'assit, croisa les jambes et entrelaça ses mains sur ses genoux.

— Alors, qu'est-ce que j'ai fait ?

223

— Grâce à vous, à Monsieur Walker, et au dossier d'Anthony Vincent…

Elle se pencha vers lui sur sa chaise.

— … nous avons réussi à fermer plus d'une demi-douzaine d'affaires de meurtres dans tout autant de juridictions. Maintenant que Clarkson est mort, nous ne saurons jamais s'il a tué quelqu'un d'autre, mais au moins les affaires que nous avons pu relier à lui sont désormais résolues.

— Je suis heureux qu'il soit mort, dit Philip. Un procès aurait été difficile pour beaucoup de gens, surtout Harold.

Elle acquiesça.

— Comment va le garçon ?

Philip haussa les épaules.

— Aussi bien qu'on pourrait s'y attendre, compte tenu de ce qu'il a vécu. Il déteste les Palmer, la famille chez qui il a été placé. Ce sont de bons citoyens, droits, mais il serait beaucoup plus heureux et s'en sortirait beaucoup mieux si la cour acceptait de le placer avec moi.

— Pardonnez-moi de vous le demander, mais pensez-vous vraiment qu'il serait mieux avec vous que dans une maison avec une mère et un père ?

La question le surprit venant d'elle. Elle ne voulait pas le blesser, et si Philip obtenait ce qu'il voulait, elle ne serait probablement pas la dernière à la lui poser.

— Vu comme avoir deux parents a fonctionné pour Daniel Bradbury, Lanny Summers et James Walker, je le pense. Mieux vaut un parent qui veut et aime l'enfant que deux pour qui ce n'est pas le cas.

— Si cela ne tenait qu'à moi, il pourrait emménager avec vous dès demain.

Elle haussa les épaules.

— Vous connaissez la loi. Techniquement, il n'y a pas moyen qu'on vous accorde légalement la garde. Mais il y a un certain juge avec un problème médical inhabituel qui me doit un grand service. Voyons ce que je peux faire.

— Lieutenant White, je vous serais pour toujours redevable.

— Je crois que cette dette est la mienne.

— Balivernes. Je n'ai rien fait de plus que quiconque dans les mêmes circonstances.

Elle secoua la tête.

— J'aimerais que ce soit vrai. Mon travail en serait beaucoup plus facile. Nous aider à trouver Clarkson n'est pas la seule chose que vous ayez faite.

Il leva un sourcil, confus.

— Qu'est-ce que j'ai fait d'autre ?

— Grâce à vous, Robinson et cinq autres mauvais flics devront trouver un autre travail… après être sortis de prison.

— Ce fut rapide.

— Un service pour un ami.

Elle releva le menton et lui lança un clin d'œil.

— Ils ne sont pas encore passé au tribunal, mais les dossiers de la *Mattachine Society* contiennent assez de preuves pour les condamner pour des chefs d'accusation allant de chantage et entrave à la justice à la falsification de preuves, et tout un tas de choses entre ça.

— C'est certainement une bonne nouvelle.

Il tira un mouchoir de sa poche et s'essuya le front.

— On dit qu'il suffit d'un seul mauvais flic pour donner mauvaise réputation aux forces de l'ordre. Se débarrasser de six d'entre eux devrait faire une sacrée différence.

— J'aimerais pouvoir vous promettre que nous les avons tous capturés, et que vous n'aurez plus à vous inquiéter d'une police homophobe désormais.

— Lieutenant, chaque voyage commence par le premier pas.

LV

Philip balaya la salle à manger du *Mayflower Hotel* du regard. Il vit George debout près d'une table, à mi-chemin de la cuisine, un sourire s'étirant d'une oreille à l'autre et agitant la main pour attirer son attention. Plutôt que son habituel costume *Brooks Brothers*, il avait l'air carrément décontracté dans un blazer à double boutonnière bleu marine et un pantalon de toile, avec une chemise rayée et une cravate rouge.

— Un blazer *et* une chemise rayée ? Je ne savais pas que nous nous encanaillions ce soir, dit Philip en tendant la main tout en approchant de la table.

George prit sa main dans les siennes et la serra.

— Ce n'est pas tout. Regardez.

Il indiqua le bas de son pantalon et releva ses revers, révélant des mocassins à pompons.

— Je suppose qu'ensuite vous porterez des sandales et des tee-shirts *tie-dye*.

Ils s'installèrent l'un en face de l'autre. Philip n'arrivait pas à croire à quel point George était séduisant et combien il était heureux de le voir.

Un serveur se matérialisa à côté de George.

— Puis-je vous apporter un cocktail, messieurs ?

Philip allait commander un Manhattan, mais George l'interrompit.

— Apportez-nous une bouteille de Dom Pérignon.

— Oui, Monsieur Walker, répondit le serveur en reculant d'un pas. Immédiatement.

Il se dirigea vers la cuisine et disparut.

— Du champagne ? demanda Philip, un sourcil relevé. En quelle occasion ?

— Cet après-midi, j'ai signé pour cet immeuble sur Dupont Circle… celui que je vous ai montré près de New Hampshire Avenue.

Philip pouvait voir que George débordait de fierté.

— Félicitations ! C'est certainement quelque chose qu'il faut célébrer. Je sais que c'est ce que vous avez toujours souhaité.

226

Il était heureux d'être là avec George. Leurs emplois du temps les avaient empêchés de passer beaucoup de temps ensemble. Il ne voulait pas admettre à quel point cela lui avait manqué de le voir.

Le serveur en smoking réapparut avec le Dom Pérignon dans un seau d'argent rempli de glace et de flûtes à champagne qu'il plaça à un centimètre au-dessus du couteau de chaque homme. Il tira la bouteille du seau, l'essuya avec une serviette en lin pliée, et présenta l'étiquette à George.

George regarda la bouteille, hocha la tête à l'attention du serveur et se tourna vers Philip.

— Qu'avez-vous fait ces dernières semaines ?

— J'ai travaillé, bien sûr. À part ça, m'occuper de Terrence et Harold m'occupe beaucoup.

George hocha la tête.

— J'imagine. Comment vont-ils ?

— S'occuper d'Harold semble avoir faire ressortir le meilleur chez Terrence.

Philip observa le serveur verser le champagne.

— Il reste malgré tout difficile, vous connaissez Terrence. Mais maintenant, plutôt que de l'empêcher de rester dans la rue et d'avoir des ennuis, le défi est d'arriver à tempérer son ambition. Il veut tout, hier.

— Cela sera intéressant de voir où il finit, celui-là, répondit George. Un énorme potentiel dans un emballage auquel le monde ne saura pas comment réagir.

Philip éclata de rire.

— Oui, il est unique en son genre, ça c'est sûr.

— Et Harold ?

— Eh bien, tout d'abord, il veut qu'on l'appelle Monique.

Philip garda une voix neutre et une expression semblable. L'annonce l'avait pris de court, mais il voulait lui offrir son soutien. Si s'habiller en femme rendait le garçon heureux, qu'il en soit ainsi.

— Il m'a demandé de vous interroger pour savoir comment faire pour changer légalement son nom en « Monique Devereux ».

— « Monique Devereux » ? répéta George en riant doucement. D'où diable est-ce que ça sort ?

Philip haussa les épaules.

— Je n'en ai pas la moindre idée. La semaine dernière, c'était Mariana Del Sol, et avant ça, Nikita Smirnoff.

George éclata de rire, et après s'être repris, il récupéra sa flûte de champagne et la leva vers le centre de la table.

— J'aimerais proposer un toast. À l'homme le plus gentil, le plus aimant et au plus grand cœur que je connaisse. Philip, je suis vraiment heureux que vous m'ayez demandé d'être votre avocat. Apprendre à vous connaître fut un régal.

Philip sut qu'il rougissait.

— Eh bien, George, je vous remercie beaucoup.

Il fit tinter son verre contre celui de George.

— Passer du temps avec vous a clairement été un des moments forts de ces derniers mois, pour moi.

Il sourit.

— Avec ma sœur, Mary, en Italie, je suis franchement heureux d'avoir Terrence et Monique pour m'occuper.

— Avez-vous eu des nouvelles de Beau Carter ?

— Oui, j'ai reçu une lettre de lui la semaine dernière. Il est retourné en Géorgie. Il a dit à sa famille qu'il était homosexuel et qu'il ne partirait pas tant qu'ils n'auraient pas accepté la chose.

— Tant mieux pour lui.

George retira la bouteille du seau et remplit de nouveau leurs verres.

— Comment va Maxine ?

— Je lui ai parlé de Terrence et Harold… du moins, je veux dire, Monique. Elle veut que je vous aide à vous occuper d'eux. Elle a toujours apprécié James, et elle a suggéré que nous mettions en place une fondation pour aider d'autres jeunes hommes comme lui dont les parents n'acceptent pas qui ils sont.

La tête de Philip lui tournait et ce n'était pas à cause du verre de champagne.

— Maxine semble bien plus progressiste que je ne m'y serais attendu.

George se mit à rire.

— Je suis aussi surpris que vous. Cela me fait presque regretter de ne pas avoir pris le temps de faire sa connaissance avant aujourd'hui. Et écoutez ça. Elle a appelé Roland. Elle lui a dit qu'elle allait mettre en place une fondation pour aider de jeunes hommes comme James, et qu'elle pensait qu'un don de 10 000 dollars était le moins qu'il puisse faire. Avant de raccrocher, elle avait réussi à lui soutirer 25 000 dollars.

Philip le regarda fixement.

— Roland Walker ?

— Celui-là même.

La lueur familière dans le regard de George informa Philip qu'il y avait autre chose.

— Comment diable a-t-elle réussi à lui faire accepter cela ?

— Elle a fait comme Terrence... elle a frappé sous la ceinture.

Il ricana.

— Il se trouve qu'elle connaît trois femmes différentes qui croient être l'amour de la vie de Roland. Elle a promis de leur dire, ainsi qu'à toute femme disponible dans un rayon de 150 km, qu'il était un coureur de jupon, à moins qu'il lui donne l'argent.

Philip étouffa son rire dans sa serviette pour éviter de recracher du champagne sur la table.

— Je détesterais qu'elle me prenne en grippe.

— Elle a plutôt une bonne opinion de vous, répondit George. En fait, elle voudrait que vous présidiez le conseil d'administration de la fondation.

Il sourit à Philip, rayonnant.

— Elle dit que c'est sa façon d'aider Terrence et Harold, et tous les autres garçons dans une situation similaire que vous pourrez rencontrer.

— Je ne sais pas quoi dire.

Philip pensait à tout ce que cet argent signifierait pour Terrence et Harold. Ils iraient à l'université, ou étudieraient même avec Mary Day à l'École de Ballet de Washington. Il ne pourrait empêcher certains parents de jeter leurs enfants homosexuels à la rue, mais il pourrait clairement faire la différence quand ils le feraient désormais.

George plaida avec lui.

— Dites oui. Ne le faites pas pour Maxine, ou Terrence et Harold. Faites-le pour vous. Vous occuper de jeunes hommes qui n'ont personne d'autre pour les protéger, c'est votre passion. Vous le ferez, avec ou sans la fondation. Autant dire oui afin d'avoir les ressources pour faire la différence.

Philip observa George et vit l'amour que reflétait ses yeux d'un gris d'acier.

— C'est énormément de responsabilités.

— Oui, acquiesça George. Mais vous êtes clairement à la hauteur de la tâche, et selon mon opinion professionnelle, la meilleure personne pour le poste.

— Vous autres avocats, vous êtes de vrais bonimenteurs, le taquina Philip. Je ne pourrais pas le faire à temps plein...

— Bien sûr que non, intervint George. Vous avez votre travail au Smithsonian, après tout.

— En effet.

Philip acquiesça, sachant que George avait raison. Il pourrait s'occuper de Terrence et Harold, avec ou sans les ressources de la fondation. Même si elles permettraient de simplifier les choses.

— Je ne pourrais pas le faire sans aide.

— C'est pour cela que vous aurez un conseil d'administration.

— Je vois, dit Philip. Et qui sera dans ce conseil ?

George haussa les épaules.

— Vous, moi, Maxine, et toute autre personne qui pourra faire la différence selon vous.

— Espèce de beau diable, me leurrer ici ce soir sous prétexte de célébrer votre nouveau bureau. Et tout ce temps, vous aviez prévu tout cela.

— Je plaide coupable. Non pas que cela m'inquiète, mais si quelqu'un le demande, maintenant que vous n'êtes plus mon client, cela nous donnera une bonne raison pour dîner ensemble. Mais au-delà de ça, gérer la fondation vous rendrait heureux. Laissez Maxine et moi faire cela pour vous. Vous avez besoin que l'on ait besoin de vous, et il y a des centaines de garçons comme James, Harold et Terrence qui ont besoin de quelqu'un comme vous dans leur vie.

Philip l'étudia de nouveau. Un homme si beau, si gentil, avec le cœur sur la main. Oui, George était marié. Mais c'était un mariage inhabituel, c'est certain, et à moins qu'il mente, une chose que Philip ne pensait pas que George sache faire, alors sa femme leur avait non seulement donné sa bénédiction, mais elle avait trouvé une raison pour que la relation avec son mari continue également.

— Je n'ai pas la moindre idée de ce dans quoi je m'engage, dit Philip. Mais il semblerait que je n'ai pas le choix. Vous avez raison. Je vais aider ces garçons, avec ou sans l'aide de votre fondation.

— Donc vous voulez bien le faire ?

Vu combien George semblait attendre la réponse de Philip, celui-ci comprit à quel point cela lui importait.

— Oui, répondit Philip. Je le veux.

Ces mots lui rappelèrent les vœux que Mary et Alex avaient échangés quand ils s'étaient mariés.

— Bien. Maintenant je peux m'occuper de vous « tirer d'affaire ».

— Mais je n'ai été accusé de rien, n'est-ce pas ? demanda Philip.

— Non, répondit George en souriant, cette lueur familière dans son regard. Ce n'est pas ce que je voulais dire.

— Très bien, renchérit Philip. Alors la chambre magnifique que j'ai pris la liberté de réserver pour la nuit ne sera pas perdue.

Il récupéra son menu.

— Mangeons. Je suis affamé !

Michael Rupured a grandi à Lexington, dans le Kentucky, la capitale mondiale des chevaux pur-sang. En 1998, il a déménagé à Athens, en Géorgie, berceau des B-52s, de R.E.M., de Widespread Panic, et d'innombrables petits groupes espérant devenir grands.

C'est un grand fan de sport universitaire, surtout des équipes de football de Géorgie, de basket-ball du Kentucky, et de gymnastique féminine. L'implication personnelle de Michael en matière de sport consiste à courir, s'entraîner à la gym et jouer avec ses chihuahuas à poils longs, Tico et Toodles.

En plus d'écrire « des histoires assez vraies pour le gouvernement », il fait partie du corps enseignant du *Collège des Arts Ménagers*, à l'Université de Géorgie. Il a reçu de nombreuses récompenses pour les programmes d'éducation financière qu'il a développés au cours des trente dernières années pour les jeunes et les familles à faible revenu, et a servi dans divers rôles de dirigeant au niveau de l'État et au niveau national. En 2015, il a été nommé « Éducateur Postsecondaire de l'Année » par l'*Association des Professeurs de Géorgie en Arts Ménagers* et par l'*Association de Géorgie pour la Carrière et l'Éducation Technique*. Il a rejoint l'Atelier d'Auteurs (*Writers Workshop*) d'Athens en 2010 et depuis, a publié quatre romans : « *Until Thanksgiving* » en 2012, « *After Christmas Eve* » en 2013 (republié en tant que « *No Good Deed* » (« Aucune Bonne Action ») en 2016), « *Happy Independance Day* » (finaliste du Rainbow Award dans la catégorie « Fiction Historique » en 2014), et « *Whippersnapper* » en 2016.

BLOG : rupured.com

Par MICHAEL RUPURED

Aucune bonne action

Publié par DSP PUBLICATIONS
www.dreamspinner-fr.com

For more
great fiction
from

DSP PUBLICATIONS

visit us online.

www.ingramcontent.com/pod-product-compliance
Lightning Source LLC
Chambersburg PA
CBHW022111240626
47153CB00007B/2322